사
국
지

5

사·국지 5

권외편 한수의 쟁투(爭鬪)

하응백 역사소설

1판 1쇄 발행 | 2026. 2. 17

발행처 | **Human & Books**
발행인 | 하응백
출판등록 | 2002년 6월 5일 제2002-113호
서울특별시 종로구 삼일대로 457 1409호(경운동, 수운회관)
전화 | 02-6327-3535~6, 팩스 | 02-6327-5353
이메일 | hbooks@empas.com

ISBN 978-89-6078-829-9

사·국지 四國志

하응백 역사소설

5

권외편
한수의 쟁투(爭鬪)

Human & Books

|

개로왕[1]은 곤지를 왕성(王城)[2]으로 불렀다. 대성(大城)[3] 병관(兵官)에 머물던 곤지는 왕의 명을 받자마자 왕성으로 급히 말을 몰았다. 북쪽에 있는 대성에서 남쪽의 왕성까지는 반 시각이면 도달할 수 있는 거리였다. 백성들은 북쪽의 대성을 북성(北城), 남쪽의 왕성을 남성(南城)이라고 불렀다. 대외적으로 북성과 남성을 합쳐서 한성(漢城)이라 했다. 한성은 백제의 서울이었다.

곤지는 하마소(下馬所)에서 말을 내려 성큼성큼 중전(中殿)으로 들어섰다. 개로왕은 곤지를 보자 중전에서 나와 별궁 깊숙한 곳에 있는 화원(花園)으로 그를 데리고 갔다. 화원에는 계절마다 여러 꽃이 피어나곤 했다. 화원의 연못 중간에는 정자 도화루(桃花樓)가 고운 자태를 자랑했다. 왕이 상대를 만나면 가끔 바둑을 두거나, 무희와 악사를 불러 풍류를 즐기는 은밀한 공간이었다. 도화루 앞에는 때마침 복숭아꽃이 흐드러지게 피어, 복숭아꽃 옅은 향이 봄빛을 간지럽히고 있었다. 개로왕은

---

1) 백제 제21대 임금(재위: 455년-475년)
2) 현재의 서울 몽촌토성
3) 현재의 서울 풍납토성

만발한 복숭아 꽃에 한참이나 시선을 주었다.

"형님, 무슨 일이라도?"

곤지는 단둘이 있는 때는 개로왕을 형님이라 불렀다. 더군다나 도화루로 자신을 데리고 왔을 때는 군신(君臣)의 예를 피하고자 함이 아니겠는가. 왕께서 자신에게 긴밀히 할 말이 있는 거다. 곤지의 말에 개로왕은 그제야 복숭아꽃 은은한 향기에서 빠져나와 곤지를 바라보며 입을 열었다.

"그래, 내 너에게 긴히 할 말이 있다. 너도 알다시피 나는 선왕(先王)께서 비명에 돌아가신 후, 어떻게 복수를 할까, 그 일념으로 살고 있다. 연루된 놈들을 발본색원(拔本塞源)하고 고구려에 원수를 갚아야 하지 않겠나."

"형님. 그거야 저도 마찬가지지요. 형님보다 더하면 더했지요. 형님께서도 제 성질 급한 거 아시잖아요?"

"그렇지. 나는 너를 잘 알지. 하지만……"

"바로 말씀해 주세요."

"하지만 세상 사람은 너를 잘 몰라. 그게 문제야."

"아니 형님, 그게 무슨?"

"너는 항간에 떠도는 소문을 모르느냐?"

"저도 듣긴 들었는데. 그게, 그게…… 그냥 소문이지, 말도 안 되는 소문인데……"

"네가 좌현왕이자 병관좌평임을 잊었느냐? 이 백제의 군권(軍權)은 모두 네가 가지고 있다. 네가 마음만 먹으면 이 근개루[4]도 마음대로 할 수 있지 않느냐?"

"아니 형님, 무슨 말씀을 그리 하십니까?"

곤지는 개로왕의 표정을 살폈다. 곤지를 쳐다보는 개로왕의 눈은 백제의 가을 하늘처럼 투명하고 무심했다. 개로왕의 얼굴에는 아무것도 씌어있지 않았다. 노여운 기색도 없었다. 곤지는 당황스러웠다. 늘 다정하고 살가웠던 큰형의 본래 표정이 아니었다.

곤지는 개로왕을 멀뚱히 쳐다보다가, 털썩 무릎을 꿇었다.

"폐하, 폐하께서도 그리 생각하신다면 소신을 죽여주십시오. 아무리 소신이 사사로이는 폐하의 아우라 하더라도 이 나라 백제에서는 폐하의 신하일 뿐입니다. 폐하의 손에 죽는다면 아무 여한이 없사옵니다."

개로왕은 그제야 껄껄 웃으며 말했다.

"내 너를 죽일 거야. 이 백제에서 너를 죽일 거야."

"폐하……"

곤지는 엎드려서 개로왕의 말뜻을 곱씹어 보았다. 백성들이 자신 곤지를 이 나라의 일인자라고 한다. 곤지도 그 말뜻을 잘 알고 있다. 좌현왕이자 병관좌평인 자신에게 모든 군권이 있으니 그러한 말이 나도는 건 당연하다. 하지만 자신은 큰형님 근개루에게 추호도 불충하지 않았

---

4) 개로왕의 이름

다. 성격이 무른 둘째 형님 문주 대신에 무예와 병법에 능한 자신이 군권을 쥐고 형님을 보좌해야 마땅했다. 그런 나를 백제에서 죽인다?

아, 그렇구나. 곤지의 머릿속으로 화살보다 더 빠르게 생각의 한 뭉치가 지나갔다. 그렇구나. 백제를 떠나 왜국으로 가라는 거다. 큰형님은 동생 곤지에게 쏠리는 항간의 의심을 피하게 하면서, 먼 훗날을 도모하고 있는 게 틀림없다.

"형님, 이제야 좀 알겠습니다. 저에게 왜국으로 가라는 말씀이지요."

"가라는 게 아니라, 가서 살라는 거다. 왜국에서 때를 기다리라는 거다."

그제야 곤지는 개로왕의 뜻을 완전히 알아차렸다. 할아버지 전지왕이 태자 때 갔던 길이기도 했다. 험난한 길이었다. 형님이 가라면, 가지 않으면 안 될 길이기도 했다.

"좀 쉽게 말씀해주시지 않고요……"

"흑룡이 나타나고 부왕께서 그렇게 돌아가시고 난 뒤, 우리 형제가 힘을 합쳐 백제를 지켰다. 역적을 찍어내고 남쪽 송나라에 작위를 요청해 너를 좌현왕으로 임명했지. 그깟 좌현왕이란 작위가 뭐가 중요하겠어. 하지만 송나라가 우리를 인정했다는 건 중요해. 송나라는 군사는 보내지 않더라도 다른 지원은 아끼지 않을 거야. 사로국은…… 부왕이 돌아가시던 해, 군사를 보내서 우릴 도왔어. 사로국과 고구려는 이미 원수가 되었어. 가야도 우리의 요청을 어기진 못할 거야. 남은 건……"

"왜국이라는 말씀이지요. 왜국에 가서 왜왕을 우리 편으로 완전히 끌어들이라는 말씀이지요?"

"그렇다. 쉽지는 않을 게다. 큰아버지 구이신왕이 그렇게 죽고 난 뒤, 왜국은 우리와 멀어졌어. 하지만 몇 년 전에 왜국의 왕이 살해당하고 지금의 왕이 들어섰지. 앞으로 어떻게 될지 몰라."

"그래요?"

"네가 가서 왜국의 상황을 잘 봐. 앞으로 누가 왕이 되는 게 우리에게 유리한 지 잘 살펴봐. 누구를 돕는 게 좋은지 잘 판단을 해야 해. 그런 일을 누가 하겠나? 신하를 보내서는 되지 않을 일이야. 곤지, 네가 가야 한다."

"그럼, 중국 위나라는요?"

"위나라는 우리 편을 들게 되어있다. 지난번 거련5)이 연 왕 풍홍을 죽이고 연나라 재물과 백성을 쓱싹 가로챘다. 연나라는 원래 위나라가 노리는 땅이었다. 땅만 있으면 뭘 하겠느냐. 백성과 재물이 있어야지. 거련은 백성과 재물을 한입에 쏙 잡수시고 위나라에 아무 일도 없었던 것처럼 시치미 떼고 있지. 겉으로는 굽신거리기까지 하고 있어. 하지만 위나라가 바보는 아니야. 위나라는 언젠가는 고구려를 칠 거다. 그 언제가…… 그 언제가 바로 백제가 고구려를 치는 날이지. 위나라가 동진(東進)하고 백제가 북진(北進)하는 그날, 우리 백제가 고구려 평양성을 함락시킨다."

나지막하게 말하는 개로왕의 음성에는 힘이 실려있었다. 평양성 함락을 말할 때 개로왕의 목소리는 떨리기까지 했다. 곤지는 개로왕의 얼굴을 빤히 쳐다보았다. 개로왕의 눈은 어느새 빨개져서 눈물까지 머금고 있었다. 곤지는 형님의 마음을 짐작했다. 아버지 비유왕이 비명에 간

---

5) 고구려 장수왕의 이름

이후 세 형제는 아버지의 원수를 갚겠다고 천지신명께 목숨을 걸고 맹세했다. 형님은 큰 그림을 그리고 있다. 위나라, 송나라, 사로국, 가야, 왜가 모두 고구려를 둘러쌀 때 백제가 주도하여 고구려로 진격한다. 그 그림의 완성을 위해 곤지는 왜로 가야 했다.

곤지는 형님 개로왕을 위해, 아니 백제의 부흥을 위해 목숨을 걸 수 있다고 자부해 왔다. 왜국으로 갈 수도 있다. 느닷없이 떠나라 해도, 청천벽력 같은 말이라 해도 형님의 말이라면 얼마든지 갈 수 있다.

하지만 그냥 갈 수는 없었다. 가라면 가겠지만 혼자 갈 수는 없었다.

"형님, 가겠습니다. 가서 백제의 훗날을 위해 왜국에 뿌리를 박겠습니다."

"그래, 고맙다. 과연 내 동생 곤지다."

"형님, 딱 한 가지 청이 있습니다."

"무어냐? 무엇인들 들어주지 못하겠느냐?"

"저, 형수님을…… 형수님을 데리고 가게 해주십시오."

"뭐? 형수를? 각라부인(各羅婦人)을 말하는 거냐?"

"그러하옵니다."

"……"

각라부인은 왜국 축자국(筑紫國)[6]의 군주 딸이었다. 한 해 전 개로왕은 왜국 축자 군주의 딸 각라부인을 별처(別處)의 왕비로 맞아들였다. 별처 왕비란 첫째 왕비 이후의 왕비를 말함이었다. 왜국 축자와 백제의 혼인은 축자 지역 백제계 왜인들의 요청도 있었지만, 백제로서도 맺어

---

6) 현재의 일본 후쿠오카 지방

서 손해 보지 않을 결합이었다. 혼인만큼 서로의 결속을 다지는 일도 드물었다.

각라부인이 왜국에서 백제에 도착했을 때, 곤지가 송파나루로 신부 마중을 나갔었다. 그때도 복숭아꽃 피는 날이었다. 배에서 내리는 각라부인을 보는 순간, 곤지는 일순간 얼이 빠졌다. 이런 여인이 있다니. 곤지는 첫눈에 반한다는 말을 믿지 않은 자신의 어리석음을 꾸짖었다. 어찌 이런 여인이 세상에 있단 말인가. 각라부인을 두 번째 바라보는 순간, 곤지의 가슴은 통 하고 땅에 떨어졌다. 잠시 후 곤지의 정신이 돌아왔을 때 곤지의 생각은 현실로 다가갔다. 각라부인은 형의 아내로 정해져서 백제에 온 게 아닌가. 여염집의 여인이 아니라 왕의 여인으로 시집온 게 아닌가.

환영 연회 때 뜻밖의 미인을 아내를 맞이하게 된 형님 개로왕은 벌어진 입을 다물지 못했다. 그 형님에게 이 여인을 나에게 주시오, 라고 할 수는 없었다. 곤지의 가슴이 새카맣게 타들어 가도 세월은 흘렀다.

각라부인을 먼발치에서 바라보기를 한 해, 봄꽃이 지듯이 잠깐 사이에 꿈처럼 한 해가 지나갔다. 곤지는 각라부인이 아무리 형님의 아내가 되었어도 사무치는 연정을 거둘 수가 없었다. 오히려 시간이 지날수록 연모의 정은 마음에서 점점 자라났다. 마음속에서 각라부인의 눈은 그를 향해 치켜떴다가 내리감았다. 순간의 눈 맞춤이 곤지를 부르르 떨게 했다. 상상이 불러일으킨 몸의 전율이었다.

도화루에 살랑거리는 바람이 두어 차례 지나간 뒤 개로왕이 말문을 열었다.

"이, 녀석이. 힘들었겠구나."

"형님."

"해산달이 두어 달도 남지 않았다는 것은 알고 있느냐?"

"알고 있습니다."

"그래도 데리고 가겠다고?"

"형님께서 허락만 하신다면."

"내 하루만 생각해보겠다. 물러가 있거라."

개로왕이 먼저 도화루를 벗어나 중전 쪽으로 천천히 걸으면서 생각에 잠겼다. 저 녀석이 얼마나 애가 닳았으면 저렇게 부탁을 하는 것이냐. 처음에 말할 것이지 왜 이제 와서…… 바보같은 녀석. 왕의 여자를 탐내? 그것도 형수를? 이 녀석을 당장, 목을 베어도 시원찮을……

개로왕은 다시 도화루로 발길을 돌렸다. 곤지는 도화루를 떠나지 않고 하염없이 복숭아꽃을 바라보고 있었다. 처량했다. 수만 명의 백제군을 호령하면서 드넓은 들판에서 말 달리던 곤지가 아니었다.

"이 녀석, 곤지야."

"……"

"그렇게 형수가 좋으냐?"

"그러하옵니다."

"알았다. 데리고 가거라."

"네?"

"너희 형수가 아들을 낳으면 그곳이 어디라도 백제로 돌려보내야 한다. 알겠느냐?"

"형님!"

"왜국에서는 늘 몸조심하고……"

곤지는 대답 대신 개로왕에게 넙적 엎드려 절을 올렸다. 곤지의 눈에서는 어느새 눈물이 철철 넘쳐 흘렀다.

"폐하께서도 늘 옥체를 보존하시고, 제가 다시 모실 때까지 평안하시옵소서."

"곤지야, 어찌 이대로 이별할 수 있겠느냐? 문주와 함께 우리 삼 형제가 이별연이라도 해야지. 내일 오시에 입궁하거라."

곤지가 물러나고 난 뒤 개로왕은 눈을 감았다. 개로왕은 깊은 생각에 잠겼다. 형수를 달라고? 그래, 네가 원하면 내 아내를 주마. 내가 형이니, 내가 왕이니 너에게 다 주마. 너라면, 곤지, 너라면 내가 다 주마.

개로왕의 망막에 아버지 비유왕의 생전 모습이 가득 찼다. 비유왕은 괴로운 듯이 손으로 목을 감싸 쥐었다. 적의 번뜩이는 칼에 아버지의 목이 툭 떨어졌다. 피칠갑이 된 머리통이 풀숲에 나뒹굴었다. 개로왕은 머리를 감싸 쥐고 아버지를 불렀다. 아바마마, 아바마마, 아버지, 아버지. 비유왕의 다급한 목소리가 들렸다. 아들아, 아들아, 나를 구해다오.

2

아버지 비유왕은 왕이 될 팔자가 아니었다. 개로왕은 자신이 왕이 될 때까지, 피로 얼룩진 백제의 왕위 승계 과정을 떠올렸다. 그런 생각을 할 때면 한수(漢水)에서 낚시나 하면서 유유자적하게 일생을 보내는 일개 촌부의 삶이 부러웠다.

고구려의 담덕[7]이 모든 불행의 출발이었다. 70여 년 전 담덕이 아버지 고국양왕의 왕위를 잇자마자 4만 대군을 이끌고 백제 영토에 침입했다. 담덕은 대방지역[8]의 몇몇 성을 단숨에 함락시키고 백제 영토 깊숙이 쳐들어왔다. 목표는 관미성(關彌城)[9]이었다. 담덕의 첫 남정(南征)이었다. 관미성은 한수와 임진수에서 서해로 나가는 길목이어서 백제의 요충지 중의 요충지였다.

담덕은 갓 스무 살밖에 되지 않는 애송이임에도 대담하고 노련하게

---

7) 고구려 담덕왕의 이름
8) 현재의 황해도 지역
9) 여러 설이 있으나 이 책에서는 경기도 파주의 오두산성으로 추정.

군사를 이끌었다. 치밀하기까지 했다. 백제를 정벌하기 전에 담덕왕은 사로국을 먼저 단속하여야겠다고 계획을 세웠다. 고구려나 백제에 비한다면 사로국의 군사력은 보잘것없었다. 하지만 사로국이 백제에 가담하여 두 나라의 군사력이 합세하면 고구려가 쉽게 승부를 낸다고 장담하기 어려웠다.

담덕왕은 잔뜩 위세를 갖춘 사신을 사로국에 보냈다. 사이좋게 지내자는 고구려의 요청을 사로국은 받아들이지 않을 수 없었다. 고구려의 힘에 눌린 사로국의 내물왕은 절대로 고구려를 배신하지 않겠다고 약조했다. 담덕왕의 사신은 사로국이 배신하지 않겠다고 약조한다면 그 징표를 보이라고 요구했다. 볼모를 보내라는 말이었다. 내물왕은 자기 아들 대신 이찬 대서지(大西知)의 아들 실성(實聖)을 볼모로 보냈다. 내물왕은 자기 아들은 아직 어리다는 핑계를 댔다.

담덕왕은 그 정도 선에서 사로국의 정성을 받아주었다. 실성이 하찮은 인물이 아니라 사로국 왕에 거의 버금가는 권력가인 왕족 대서지의 아들이었기 때문이다. 사로국은 여섯 부의 귀족들이 왕과 권력을 나누어 가지고 있었다. 담덕왕은 사로국의 내부 사정을 잘 알고 있는지라, 실성을 보낸 게 내물왕의 기만행위가 아님을 인정했다.

담덕왕은 실성이 고구려에 도착하자마자 바로 백제로 진격했다. 담덕왕은 미리 철저히 준비하고 있었다. 중무장한 철갑기병을 앞세워 신속하게 군대를 움직였다.

준비된 담덕왕의 군대는 강했다. 난공불락이라 여겼던 관미성은 백제 군사들의 필사적인 항전에도 20주야 만에 함락되고 말았다. 백제 군사들은 일곱 방향으로 밀고 들어오는 고구려 4만 대병의 힘을 도저히 막아낼 수가 없었다.

관미성이 함락되자 백제는 완전히 혼란에 빠졌다. 성이 함락되면서 성을 지키던 5천 군사가 죽거나 포로가 되었다는 소식에 진사왕은 다음 대책을 세울 수가 없었다. 강력한 적 앞에서는 일사불란하게 힘을 모아야 했건만, 진사왕은 우왕좌왕하다가 백성들의 신망을 얻지 못했다. 백제 백성들은 왕성(王城)에 연못을 파고 화려한 전각을 지어 흥청망청 노는 데 국력을 소모한 진사왕을 미워했다. 잦은 부역은 백성을 피폐하게 했다. 백성들의 곤궁함은 왕에 대한 원망으로 바뀌어 있었다.

왕에 대한 백성들의 책망이 심해지자, 진무(眞武)장군이 귀족들을 규합했다. 그는 진사왕을 시해하고 새로운 왕을 세웠다. 새 왕은 전왕(前王)이었던 침류왕의 장남 아신이었다. 아신은 이미 왕이 되어야 할 사람이었다. 아버지가 죽었을 때 아신의 나이가 어려서 삼촌인 진사가 왕위에 올랐다. 삼촌에게 잠시 맡겼던 왕위를 되찾은 셈이었다. 진사왕을 미워한 대부분의 백제 백성들은 아신을 반겼다. 진무장군은 아신의 외삼촌이기도 했다.

새로운 왕, 아신왕을 중심으로 백제는 온 힘을 다해 담덕왕에 맞서기 시작했다. 관미성을 탈환하기 위해 백제는 1년을 준비했다. 백제는 관미성이 함락된 이듬해 2만 정예병을 편성했다. 2만은 백제가 동원할 수 있는 정예병의 전부였다. 출정에 앞서 아신왕은 백제군 총사령 진무대장군에게 당부했다.

"관미성은 우리 북쪽 변경의 요충지다. 서해로 나가는 관문에 있다. 고구려가 임진수와 한수 입구에 버티고 있으니 도무지 우리 백제가 숨을 쉴 수가 없다. 장군은 관미성을 되찾기 전에는 돌아오지 말라."

진무는 관미성의 전략적 중요함을 외조카인 아신왕보다 더 잘 알고 있었다. 진무대장군의 2만 대군은 관미성에 이르러 맹공을 퍼부었다. 고구려 지원군이 오기 전에 속히 관미성을 탈환해야 했다. 관미성은 본디 백제의 성이라 진무대장군은 관미성의 지형지물을 속속들이 알고 있었다. 성의 북쪽과 서쪽은 강에 접해 있다. 남쪽은 돌격하여 오를 수 있는 완만한 언덕이었다. 하지만 남쪽 사면으로 돌격하면 곧 적의 옹성에 노출되어 아군의 피해가 커질 수밖에 없었다. 처음부터 그렇게 방어하도록 만들어 놓은 성이었다. 동쪽을 돌파하는 게 답이었다. 동쪽은 관미성을 마주 보는 야트막한 산줄기가 이어지는 지형이라 사면으로 공격하는 척하면서 주력군이 동쪽을 뚫는다면 아군의 피해를 줄이고 성을 함락시킬 수 있다.

진무가 돌격대 앞에 나섰다. 퍼붓는 돌과 화살을 무릅쓰고 대장군이 앞장서서 동쪽 성벽으로 돌진했다. 대장군이 앞장서자 백제 돌격대는 더욱 힘을 내기 시작했다.

고구려군의 저항은 완강했다. 동쪽 능선이 약점이라는 것을 고구려 군대도 이미 알고 있었다. 그곳에 병력을 갑절로 배치하고 필사적으로 맞섰다. 돌과 화살, 심지어 펄펄 끓는 기름을 쏟아붓기까지 했다.

백제군은 진무의 진두지휘 아래 일곱 주야를 공격했다. 관미성은 함락되지 않았다. 관미성은 뚫리지 않는 성이었다. 마침내 백제군의 군량이 먼저 떨어지기 시작했다. 빨리 승부를 결정짓겠다고 예상한 진무는 많은 군량을 가지고 오지 않았다. 고구려의 지원군이 바다에서 나타나기 전에 승부를 내야 했다. 일곱 주야가 지나면 어차피 군사를 물려야 했다. 고구려 수군에 의해 후방을 차단당하면 백제군은 전멸을 면치 못한다. 2만의 4부 정예병은 백제군 최후의 보루였다. 병력 손실이 크면 이후 백제 전체가 위험해질 수 있다. 진무는 전군이 위험해지기 전에 서둘러 한수 동쪽으로 물러났다. 사력을 다한 관미성 탈환 전투는, 백제가 헛힘만 쓰고 만 꼴이 되어버렸다.

진무장군과 2만 군사의 분투에도 원정군이 빈손으로 돌아오자 아신왕의 분은 풀리지 않았다. 담덕을 향한 적개심은 깊어만 갔다. 아신왕은 이듬해에도 수곡성(水谷城)[10]을 쳐들어갔으나 패배했다. 그 이듬해 예성강 전투에서도 담덕왕에게 크게 패해 수천의 군사를 잃었다. 아신왕의 군대는 담덕 군대의 벽을 넘어설 수 없었다.

그것이 끝이 아니었다. 오히려 더 큰 시작이었다. 백제에 더 큰 바람이 불어닥쳤다. 고구려는 방어만 하지 않았다. 아신왕의 몇 번의 공세를 가소로운 심정으로 지켜보던 담덕왕은 거대한 공격을 시작했다. 또다시 4만 고구려 대병이 백제로 들이닥쳤다. 담덕왕의 2차 남정이었다. 1차 관미성 공격과는 달리 담덕왕은 아예 백제를 뿌리째 없애버리겠다는 기세로 백제로 진군했다.

고구려의 수백 척 흑색 군선(軍船)이 한수를 검은빛으로 물들이면서 사리 때 들물처럼 도도하게 한수를 거슬러 올랐다. 군선에 가득한 고구려의 군마(軍馬)가 순식간에 한 치 빈틈도 없이 남북 한성(漢城)을 에워쌌다. 고구려군은 가장 먼저 날랜 기병을 보내 한성에서 한산성으로 가는 길목을 차단했다. 한성은 평지(平地)에 쌓은 성이어서 흙을 다져가면서 튼튼하게 쌓았다 하더라도 많은 병력이 해자를 건너 동시에 사방으로 기어오르면 방어하기가 힘든 성이었다.

---

10) 예성강 중류의 황해도 신계(新溪) 다율(多栗)로 추정.

백제의 시조 온조왕은 한수 남쪽 사람들이 살기 좋은 터에 성을 마련하고 한성(漢城)이라 했다. 백성들은 한성을 위례성이라고 불렀다. 위례는 백제 백성의 말로 울타리라는 뜻이었다. 한수 옆 농사 잘되는 옥답 부근에 울타리를 치고 살았기에 그렇게 불렀다. 세월이 지나 고이왕 때 한성 인구가 늘어나자 개천 건너편 남쪽에 성을 하나 더 세워 번듯한 별궁을 지었다. 그때부터 먼저 있었던 성을 대성(大城), 뒤에 세운 성을 왕성(王城)이라 불렀다. 백성들은 대성과 왕성 사이를 흘러 한수에 합류하는 개천을 성내천(城內川)이라 불렀다. 성내천의 물은 대성과 왕성의 울타리 아래로 판 해자에 물을 채우고 한수로 흘러 들어갔다.

　대성의 동쪽 둔덕을 따라 한 마장 올라가면 곧 험산(險山)에 이른다. 그 산에 성을 쌓아 백제 사람들은 한산성(漢山城)이라 했다.

　백제는 국초(國初)부터 대대로 도성이 위험하면 재빨리 한산성으로 왕과 군사가 이동하여 한산성에서 농성하며 방어하는 전략을 세웠다. 한산성에는 서너 달 치의 군량은 늘 준비되어 있어야 했다. 한산성의 바깥 3면은 군사들이 기어오르기도 힘들 정도로 험준했다. 동남방이 그나마 적이 어렵게 치고 올라올 수 있었다. 그렇게 하려면 성안보다 서너 배 이상의 많은 병사로 공략해야 했다. 한산성 안쪽은 넓은 분지라 군량만 넉넉하다면 몇 년도 버틸 수 있는 천하의 요새였다. 그동안 각 지역에서 아군이 도착하면 적을 협공하며 물리칠 수 있었다. 시조 온조왕이 한성 동쪽이 험지(險地)라서 도읍을 택할 만하다고 한 이유가 바로 그때문이었다.

　담덕왕의 군대는 번개처럼 빨랐다. 아신왕이 한성을 빠져나가기도 전에 한성은 고구려군에 의해 완전히 포위되고 말았다. 고구려의 2만

기병(騎兵)이 한성을 포위하는 동안, 여러 장군이 지휘하는 2만 보병(步兵)이 한성 주위의 백제성을 차례로 함락시켰다. 서로 고립된 한성 주변의 수십 개 성은 제대로 힘도 써보지 못하고 차례로 고구려군에 함락되었다. 병사들은 죽거나 포로가 되었다. 한성이 위기에 빠지면 적의 보급선을 차단하거나 한성에 지원군을 보내주어야 할 성들의 십중팔구가 고구려군의 수중에 떨어져 버렸다. 고구려군 내에서는 이틀에 천 리를 달린다는 천리마와 천리인(千里人)이 활발하게 움직이면서 각 부대 간 연락을 취했다.

독 안에 든 쥐가 바로 백제 한성의 군사와 백성이었다. 한성 포위가 한 달을 넘기자 죽음의 공포가 위례성 백성을 짓눌렀다. 담덕왕은 사자를 보내 항복을 강요했다. 노객(奴客)[11]의 맹세를 하고 고구려를 형님의 나라로 인정하면, 조상의 제사는 지내게 해주겠다는 조건을 제시했다. 노객은 노예처럼 충성스러운 신하라는 뜻의 고구려 말이었다.

한성에서는 항복하여 장래를 도모하자는 온건파와 결사 항전을 주장하는 강경파로 나뉘어 연일 설전이 거듭되었다. 아신왕이 결정해야 했다.

마침내 아신왕은 치욕을 받아들이기로 했다. 다른 방법이 없었다. 온조왕부터 내려온 4백 년 백제를 이어가기 위해서는 어쩔 수 없었다. 항복하면 수많은 백성을 노예로 보내야 했다. 아신왕의 동생과 10여 명의 신하도 볼모로 고구려에 보내야 했다. 그게 담덕왕의 요구였다. 하지만 아무리 치욕스럽더라도 일단은 살아남아야 했다. 살아남아야 훗날도 기약할 수 있다.

---

11) 광개토왕릉 비문에 나오는 말. 왕에 대해 신하을 낮추어 부르는 말로 추정.

아신왕은 성문을 열고 항복했다. 고구려군이 진을 치고 있는 송파강 모래사장에서 담덕왕 앞에 무릎을 꿇었다. 도열한 고구려 군사들 한가운데서 담덕왕의 깃발이 한수의 바람을 받아 펄럭이고 있었다. 단 위에서 담덕왕은 아신왕을 무심하게 내려다보았다. 아신왕은 단 아래에서 머리를 조아리고 담덕왕의 노객이 되겠다고 맹세를 했다.

아신왕의 눈에서 눈물이 떨어져 송파강의 모래를 조금 적셨다. 대제국 백제의 대왕이 노객이라. 백제 대왕의 깃발은 대방과 마한과 가야 땅에서 적들을 벌벌 떨게 했다. 노객이라, 고구려의 심장부 평양에까지 쳐들어가 용맹함을 떨쳤던 백제의 용사들은 어디에 있나. 노객이라, 백제의 대왕이 노객이라……

공손히 무릎을 꿇고 머리를 땅에 찧는 아신왕을 바라보며 담덕왕은 다른 생각에 잠겼다. 25년 전 백제의 근구수태자 군사의 화살에 할아버지 고국원왕이 평양성에서 죽었다. 저 단 아래 아신이 근구수태자의 손자라지. 담덕왕은 백제 왕을 무릎 꿇리면 후련하고 통쾌할 줄 알았다. 나이 든 장군들은 한성을 함락시켜 모조리 도살하여 원수를 갚자 했다. 하지만 담덕왕이 항복을 받아내고자 했던 이유는 굴복하는 백제 왕을 보기 위함이었다. 백제 왕이 엎드려 자신에게 목숨을 구걸하게 하고 싶었다. 그것보다 더한 복수가 어디 있으랴. 항복한 왕족들을 끌고 가 할아버지의 무덤을 쓸고 닦는 수묘인(守墓人)[12]으로 만들고 싶었다.

막상 엎드려 있는 아신왕을 보자 담덕왕은 유쾌하지 않았다. 저도 왕이고 나도 왕일진대, 굴복과 충성은 무슨 의미가 있나. 대를 이어 지속하는 고구려와 백제 왕가의 악연은 또 무엇인가. 악연은 돌고 도는 것. 장차 내 손자가 또 어디에서 저런 수모를 당할지 알 수 없다.

---

12) 무덤의 관리인, 제사를 지내고 무덤을 소제(掃除)하는 일을 한다. 광개토대왕 비문에서 유래한다.

지난번 평양성에 새로 지은 절에서 들은 설법이 언뜻 지나갔다. 업보를 소멸시켜야 정토에 이른다고 했던가. 악연을 끊어내려면 도대체 무엇을 해야 하나. 백제 왕이 세 번의 절을 마쳤다. 고구려 군사의 큰 함성이 들리자 담덕왕은 상념에서 슬그머니 빠져나왔다.

3

아신왕은 노객의 맹세를 하고 난 다음 해 태자 전지(腆支)를 왜국으로 보냈다. 왜국 병사를 지원받기 위함이었다. 태자 전지가 왜국에 볼모로 있는 동안 왜국의 병사를 더 빌려야 했다. 아신왕은 담덕에게 무릎을 꿇고 약속한 맹세를 지킬 마음이 전혀 없었다. 오히려 담덕에게 치욕을 갚아야 했다. 고구려에 볼모로 끌려간 동생과 10여 명 대신의 목숨은 중요하지 않았다.

아신왕의 마음은 급했다. 왜국 병사들이 도착하기도 전에 백제 군사는 쌍현성(雙峴城)[13]을 쌓고 북쪽으로 진격했다. 총공격을 앞둔 날 밤 큰 별이 백제 진중(陣中)으로 떨어졌다. 병사들은 불안에 떨었다. 선봉으로 임명된 사두(沙豆)장군은 병사들을 진정시키기 위해 안간힘을 썼다.

별은 늘 떨어진다. 병사들은 별이 떨어져서 불안한 게 아니라 담덕왕의 군대를 알기 때문에 불안했다. 사기가 떨어진 군대로 적에 맞서면 백전백패다. 아신왕은 패전의 쓰디쓴 맛을 너무나 잘 아는 임금이다. 아신왕은 진격하자는 사두장군의 간청에도 불구하고 눈물을 머금고 한산

---

13) 경기도 장단 북쪽에 있는 망해산 부근으로 추정.

남쪽으로 철수했다. 아신왕의 군사는 담덕왕의 군사 앞에 다가가지도 못하고 돌아서고 말았다. 얼마 지나지 않아 전장에서 큰 별이 떨어진 그 날 밤에 고구려에서 아신왕의 동생과 대신 10여 명이 참수되었다는 소식이 전해졌다. 노객의 맹세를 정면으로 배신한 아신왕의 공격에 노한 담덕의 짓이었다.

계속된 전란과 전쟁 준비로 백제 백성들의 삶은 무너졌다. 한성 남쪽에 사는 백성들은 사로국으로 도망가기 시작했다. 아신왕이 왕이 된 지 8년째, 태자 전지가 왜국으로 떠난 지 2년이었다. 아신왕은 초조했다. 왜왕에게 여러 번 사신을 보냈다.

그해 가을 아신왕의 요청을 받은 왜왕이 2만의 군사를 보내준다고 약속했다. 왜국의 급보를 받은 아신왕은 사신을 연나라 왕에게 급히 보냈다. 백제는 왜와 함께 사로국을 도모하고 여세를 몰아 고구려를 칠 테니, 연나라도 북쪽에서 호응하라는 아신왕의 밀지가 연 왕에게 전해졌다. 연 왕은 기다리고 있었다는 듯이 백제와 호응하기로 약조했다.

아신왕은 왜병이 도착하면 담덕왕과 바로 부딪히기보다는 가야와 연합하여 먼저 사로국을 도모하고, 그 기세를 몰아 북진하기로 했다. 고구려의 속국인 사로국이 백제의 뒤통수를 치는 게 무엇보다 무서웠기 때문이었다. 아신왕은 사두장군을 백제, 왜, 가락 연합군의 대장군으로 임명했다. 사두는 가야의 탁순(卓淳)[14]에 모든 병력을 집결하여 군사들을 훈련하면서 아신왕의 공격 명령을 기다렸다.

이듬해 2월, 고구려 연호로 영락 10년[15]의 일이었다. 담덕이 건방지

---

14) 현재의 경남 창원시로 추정.
15) 서기 400년

다는 이유를 대며 연나라 왕 모용성(慕容盛)이 직접 병사 3만을 거느리고 고구려를 공격했다는 급보가 아신왕에게 도착했다. 아신왕은 쾌재를 불렀다.

"하늘이 때를 내렸다!"

아신왕은 백제군의 주력을 한수 이북에 대기시키고 사두장군에게 진격 명령을 내렸다. 사두장군의 연합군은 물밀 듯이 사로국으로 쳐들어갔다. 사두의 연합군이 사로국을 평정하고 북상하면 그 병력과 함께 백제의 정예군이 청목령 이북으로 북진할 터였다. 평양은 물론 국내성까지 진군하여 이번에는 기필코 담덕의 목을 치리라 작정했다. 송파강의 수치를 곱절로 갚아주리라.

백제 연합군이 사로국의 서라벌로 진격하던 그때, 반가운 소식이 날아들었다. 연나라 표기대장군(驃騎大將軍) 모용희(慕容熙)가 선봉이 되어 고구려의 신성(新城)16)과 남소성(南蘇城)17)을 차례로 무너뜨렸다는 전갈이었다.

아신왕은 연나라의 잇따른 승전에 크게 기뻐했다. 담덕이 연나라에 맞서 출병하여 싸우면 남쪽이 빈다. 아무리 빠른 고구려군이라 하더라도 요하 근처에서 한두 달 사이에 대병력을 사로국 쪽으로 이동할 수는 없었다. 고구려군이 북방에 잡혀있는 동안 사로국을 정벌하고 여세를 몰아 고구려로 쳐들어간다면 충분히 승산이 있었다.

사두의 지휘 아래 연합군은 사로국의 서남쪽 성부터 맹렬하게 공략했다. 일순간 사로국의 몇몇 성이 함락되었다. 사두는 서라벌을 함락하

---

16) 랴오닝성[遼寧省] 선양[瀋陽] 동남쪽 푸순[撫順]에 있는 고이산성(高爾山城)으로 추정.
17) 랴오닝성[遼寧省] 선양[瀋陽] 동남쪽 푸순[撫順]에 있는 철배산성(鐵背山城)으로 추정.

기 위해 빠른 속도로 진격했다. 시간을 지체했다가는 북방의 고구려가 연과의 전쟁을 마무리하고 남진할 수도 있다. 고구려의 원병이 오기 전에 서라벌을 함락하고 여세를 몰아 평양으로 진격해야 했다. 그게 사두의 임무였다.

사로국 서라벌을 포위하면서 백제 연합군 대장군 사두의 마음은 급했다. 말로는 아우의 나라라고 하지만 실제 사로국은 고구려의 신하 나라나 다름없었다. 더군다나 당주(幢主)라는 이름으로 고구려 장군이 군사를 거느리고 서라벌에 진주하고 있었다. 당주는 긴급하게 고구려 본국에 구원을 요청할 게 뻔했다. 고구려 정예병은 연나라에 발목이 잡혀 있을지라도 고구려의 예비병이 얼마든지 지원군으로 나설 수 있다. 사두장군은 그 전에 서라벌을 함락시켜야 했다.

내물왕은 백제 연합군이 물밀듯 서라벌을 향해 진격해 들어오자 아연실색했다. 왜병이 사로국에 쳐들어온 게 여러 수십 차례였지만, 이번에는 노략질 수준의 공격이 아니었다. 사로국의 중심인 서라벌로 바로 치고 들어오고 있었다. 진격의 모양새가 팔다리를 자르려고 하는 게 아니었다. 바로 목에 비수를 들이대는 형국이었다. 더군다나 백제, 왜, 가야가 함께 한, 3만이 넘는 엄청난 군세(軍勢)였다. 내물왕은 급히 고구려 당주 귀도장군을 불렀다. 고구려의 구원병을 요청하기 위함이었다. 귀도장군도 사로국의 힘만으로는 서라벌을 지켜내기가 어렵다는 판단을 내렸다. 서라벌의 함락은 시간문제였다. 고구려 장수로서 당주의 임무는 사로국의 동향을 감시하는 동시에 사로국의 안전도 지켜내야 했다. 귀도는 사로국의 사절과 함께 급히 평양으로 출발했다. 귀도 역시 급보로 연나라가 고구려를 공격했다는 소식을 들었다. 그 시각 담덕왕은 친히 군대를 거느리고 연나라와 격전을 벌이고 있으리라.

귀도는 사로국 사절보다 한발 앞서 말을 여러 필 갈아타고 평양에 이르렀다. 귀도는 자신의 예상과 달리 평양성에 대군이 집결해 있음을 보고 깜짝 놀랐다. 더군다나 평양 성문에는 대왕의 깃발이 버젓이 휘날리고 있는 게 아닌가. 성문을 열고 들어갔을 때 놀랍게도 귀도 앞에는 화려한 갑옷을 입은 담덕왕의 큰 덩치가 떡하니 버티고 서 있었다. 귀도는 급히 엎드렸다. 평양 대성산 아래 또 하나의 거대한 산이 우뚝 서있었다.

"귀도장군, 급히 오느라 수고 많았소."

담덕왕은 말에서 내려 헐떡이는 귀도를 보며 큰 웃음을 터트렸다.

"폐하, 귀도가 엎드려 폐하를 배알하옵니다. 급하여 바로 여쭈옵니다. 지금 사로국이 아니, 연나라는 어찌 하시고……"
"하하, 귀도장군도 그럴 줄 알았소. 내가 다 속였지. 하하하."
"그러면 신성과 남소성은……"
"적당히 싸우다가 도망치라고 내가 일렀소. 연나라는 더 이상 못 들어올 거요. 다른 성은 견고해서 연나라 군사로는 못 들어와. 전번에 뺏은 땅에 쌓은 신성과 남소성은 다시 뺏으면 되고. 우리 고구려 군사가 나오면서 백성들도 다 데리고 나와 성이 텅텅 비어있으니 연나라 백성으로 채운다고 지금 백성들을 이주시키고 있다지 아마. 으하하하. 내가 다시 가서 뺏으면 그 백성들도 곧 나의 백성이 될 거요."

그제야 귀도장군은 담덕왕의 말을 알아들었다. 두 성을 내어주고 방어하는 척하여 고구려의 주 병력이 연나라와 싸우고 있는 줄 아는 동안,

대군은 남정하여 먼저 연합군을 친다! 그렇구나. 양쪽에 적이 있으니 이 방법이 최선이다. 이게 바로 병법에서 말하는 성동격서(聲東擊西)였다.

담덕왕은 단 아래로 내려와 귀도 옆에 섰다.

"장군은 내가 무슨 글자를 쓰는지 알아보시오"

담덕왕은 칼집으로 크고 힘있게 글씨를 그렸다.

"서, 수, 남, 진(西守南進)?"
"그렇소. 바로 서수남진이요. 내가 일찍이 평양에 절을 아홉이나 세 웠소. 아신왕에게 노객의 맹세를 받기 전이지. 왜 그런지 아시겠소? 내 가 여기 이렇게 5만 대병을 이끌고 와있는 이유를 아시겠소?"

담덕왕의 말뜻을 정확하게 알아듣는 측근은 아무도 없었다. 다만 서 수남진은 다 알아들은 듯했다. 담덕왕은 백제가 왜병을 끌어들여 사로 국을 침공하고 여세를 몰아 북진할 거란 걸 이미 간파하고 있었다. 백제 와 연나라가 연통하여 연나라가 공격해오자 담덕왕은 신성과 남소성을 먹이로 던져주었다. 연나라가 먹이를 먹는 동안 담덕왕은 직접 남정하 여 백제 연합군을 괴멸시킨다는 전략을 짰다. 서쪽은 지키고 남쪽은 친 다. 담덕왕의 5만 대군은 이미 출정 준비를 끝마친 상태였다. 만약 백제 의 사로국 도발을 묵인하고 백제 연합군의 사로국 점령을 내버려둔다 면, 고구려의 남쪽 국경이 더 위험할 터였다. 사로국을 살려놓아야 백제 를 견제할 수 있다. 담덕왕이 사로국을 도우려 한 이유는 고구려의 남쪽 변방을 안정시키기 위해서였다.

담덕왕은 이번에 완전히 끝장을 내리라 마음먹었다. 가야와 왜병의 지원을 완전히 끊어내고 백제를 고립시키려면 대군이 필요했다. 담덕왕은 5만 보기병(步騎兵)을 평양성에 집결시켰다.

귀도장군에 이어 한발 늦게 사로국의 사절이 도착했다. 사로국 사절은 담덕왕을 알현하여 사로국의 사정이 급박함을 알린 뒤 원병을 청했다. 마침 사로국의 볼모 실성도 배석한 자리였다. 실성 역시 사로국의 왕족인지라 자신의 조국 사로국의 안위가 걱정되어 안절부절못했다. 담덕왕이 쩌렁쩌렁한 목소리로 말했다.

"백잔의 무리가 나를 배반할 줄 이미 알고 있었다."

백잔(百殘)은 백 가지 잔악한 일을 하는 무리라는 뜻이다. 고구려가 담덕왕의 할아버지 고국원왕이 백제군이 쏜 화살에 맞아 서거한 이후 백제를 원수처럼 여기어 부르는 말이었다.

담덕왕은 보병과 기병 5만을 바로 사로국으로 출정하게 했다. 귀도 장군은 길잡이가 되어 빠른 길로 고구려 대군을 사로국으로 인도했다. 담덕왕의 세 번째 남정이었다.

아신왕은 담덕왕이 그렇게까지 신속히 남쪽으로 원군을 보내리라고는 전혀 예상하지 못했다. 연나라와의 싸움에 붙잡혀있기에 고구려군이 신속하게 사로국으로 원병을 보내기는 불가능하다고 보았다. 또한 백제 주력이 북쪽 국경에 배치되어 있었다. 담덕왕은 대군을 남으로 보내지 않으리라고 판단했다. 하지만 담덕왕은 허를 찔렀다. 게다가 고구려군의 진격 속도는 바람같이 빨랐다. 평양성에 있던 고구려의 정예병 5만은 남거성(男居城)을 거쳐 사로국 원정에 나섰다. 기병이 먼저 죽령을 넘고 사로국의 영토를 따라서 남하했다. 이어 보병이 따랐다.

아신왕은 평양성에는 고구려 병력이 거의 없다는 세작의 보고를 받았다. 아신왕은 정예병이 없는 틈을 타서 백제의 주력군을 북상시키고 싶었다. 한달음에 나아가서 평양성을 함락하면 지난날의 모욕을 한꺼번에 설욕할 수 있을 것 같았다. 하지만 백제군이 북상하면 남으로 우회한 고구려의 5만 대군이 왜와 가야 연합군을 궤멸시키고 백제의 후방으로 밀어닥칠 수도 있다. 아신왕은 그게 두려웠다. 고구려의 기병의 이동 속도는 혀를 내두를 정도였다. 자칫 했다가는 역으로 고구려 군대에 완전히 포위될 수 있다. 아신왕이 결정을 내리지 못하고 우물쭈물하는 사이 고구려 군대는 서라벌에 도착했다.

담덕왕의 군대는 대륙의 거대한 바람이었다. 눈을 뜰 수도 없게 매섭게 몰아치는 찬바람이었다. 눈을 뜨면 바람은 이미 지나가 버렸다. 왜국과 가야의 병사들은 고구려 기병의 상대가 되지 못했다. 벌판에서 맞붙으면 고구려 군대는 궁수(弓手)가 화살을 퍼붓고 이어 철갑기병이 먼지바람을 일으키고 달려들었다. 여기서 승부가 거의 끝장났다. 전투는 기세 싸움이다. 고구려 철갑기병의 기세를 이겨낼 상대는 없었다. 철갑기병의 말발굽이 지나가면 이어 창수, 검수, 도부수가 차례로 들이닥쳐 전열이 무너진 상대를 창과 칼과 도끼로 도륙했다. 잔인한 살육이었다. 죽음이냐, 항복이냐, 선택은 둘밖에 없었다.

사두장군은 속수무책이었다. 연합국 군사들은 죽고 다치고 항복하고 포로로 잡혔다. 사두장군은 오합지졸의 지휘관이 얼마나 초라하고 외로운지 새삼 깨달았다. 사두장군은 남은 패잔병을 모두 낙수(洛水)[18] 하류의 종발성(從拔城)에 집결시켰다. 왜군을 주축으로 2만이 넘는 대군이 종발성에서 마지막 항전을 시도했다. 한번 사기가 꺾인 군사들의 사기를 회복하기란 어려웠다. 종발성도 순식간에 함락되고 말았다. 왜군들은 서둘러 본국으로 도망쳤다.

종발성이 고구려군에 함락되었다는 소식을 듣자 가야의 다른 성들도 서둘러 고구려에 항복하거나 서둘러 성을 비우고 도망쳤다. 종발성과 여러 가야의 고구려군 점령 지역은 사로국 병사들이 주둔하면서 질서를 잡았다. 사두장군은 겨우 목숨을 부지하여 단기필마(單騎匹馬)로 백제로 도망쳤다. 담덕왕의 군대로 말미암아 남가야는 존망의 기로에 섰다. 살아남은 남가야 사람들은 고구려군의 손길이 닿지 않는 낙수 서쪽과 낙수 상류로 도망쳐 기사회생을 도모해야만 했다.

아신왕은 재위 기간 내내 담덕과 싸웠다. 그에게 돌아온 건 늘 잔인한 패배였다. 아신왕이 담덕왕과 맞서는 동안 백제는 오히려 황폐해졌다. 백성은 지칠 대로 지쳐버렸다. 살아남은 백성은 하늘을 원망하고 임금을 미워했다. 아신왕은 하늘이 영웅 하나만을 냈음을 탄식했다. 담덕을 내고 왜 자신을 냈는지 하늘을 원망했다. 하늘은 답을 주지 않았다.

아신왕 즉위 14년째 되던 해 봄, 왕궁 서쪽 한수 쪽 하늘에 흰 구름이 일어나 며칠이나 왕궁을 덮었다. 그때부터 왕이 시름시름 앓기 시작했다. 아신왕은 구름 속에서 시조모(始祖母) 소서노 할머니의 온화한 얼굴을 보았다. 어머니의 얼굴이었다. 왕은 실없이 울고 웃기를 반복하며 혼자 중얼거리곤 했다. 때로는 입은 옷을 찢어버리고 태어날 때의 발가벗

---

18) 현재의 낙동강

은 형상으로 돌아가기도 했다. 그 상태로 왕궁을 돌아다니기도 했다. 어의는 왕이 울화병에 걸렸다고 진단했다.

그해 가을 아신왕은 왜국에 있는 태자를 부르라는 말을 남기고 숨을 거두었다.

4

태자 전지가 왜국에서 돌아오는 중에, 전지의 동생 혈례(碟禮)가 진씨 일족과 손을 잡고 반란을 일으켰다. 아신왕의 외삼촌 진무장군이 앞장섰다. 한때 진무는 백제 최고의 장수였다. 그가 고구려와의 싸움에서 연패를 거듭하자 아신왕은 사두장군을 중용했다. 진무는 다시 병권을 잡고 재기(再起)하고 싶었다. 자신 혼자의 욕심이 아니라 진씨 일족 전체의 존망이 달린 문제였다. 백제 개국 때부터 명문 가문이었던 진씨 일족은 진사왕을 몰아내고 아신왕을 세웠을 때 나라의 전권을 장악하다시피 했다. 백제가 거듭 전쟁에 패하자, 누군가는 패전에 대한 책임을 져야 했다. 아신왕은 진무장군을 그 자리에 세웠다. 당연히 진씨 일족이 반발했다.

아신왕이 시름시름 앓기 시작하자 진씨 일족은 왕자 혈례에게 접근했다. 고지식한 둘째보다는 셋째 혈례가 아신왕을 닮아 야망이 있었다. 고구려에 대해 적개심도 불태우고 있었다. 진씨 일족은 혈례와 손을 잡고 가문의 영광을 되찾겠다는 계책을 세웠다. 아신왕이 죽자마자 혼란한 틈을 타서 진씨 일족은 둘째 왕자 훈해(訓解)를 죽였다. 이어 셋째 왕자 혈례가 왕임을 선포했다.

아버지의 부고를 듣고 전지태자가 왜국에서 출발했다. 전지는 왜국 병사 1백여 명의 호위를 받으며, 서해 연안으로 항해하여 한수로 막 접어들었다. 8년 만의 환국이었다. 아버지의 죽음은 놀랍고도 황망한 일이었다. 한편으로 백제로 돌아올 수 있어 기쁘기도 했다. 얼마나 그리던 백제 땅이었던가. 오매불망, 꿈에도 잊은 적이 없었다. 한수의 평안하고 넓은 물길을 보자 전지의 마음은 급해졌다. 어서 빨리 백제 땅의 흙 내음을 맡고 싶었다. 왜국에서 데려온 새 신부 왜왕의 딸 팔수부인에게도 백제의 흙 내음을 알려주고 싶었다.

전지의 마음을 모르는지 마침 서해의 물때는 날물이었다. 날물에는 물살이 세어서 큰 배는 한수를 거슬러 오르지 못했다. 들물로 바뀌는 시간까지 전지의 군선(軍船)은 한수와 임진수가 섞이는 강어귀에서 기다려야 했다.

갈매기가 배 주위를 몇 바퀴 선회하며 유유히 먹을거리를 찾아다녔다. 전지는 갈매기의 비상을 구경하며 물때를 기다렸다. 그때 한수 상류 쪽에서 작은 쾌선(快船) 한 척이 날물을 타고 쏜살같이 군선으로 다가왔다. 배에는 한성 사람 해충(解忠)이 타고 있었다. 해충은 전지가 왜국으로 떠날 때 한수가 서해와 만나는 곳까지 따라와 전지를 배웅했던 해씨 집안의 어른이었다. 해충은 군선으로 옮겨 타 태자에게 절을 올리자마자 다급하게 말했다.

"대왕께서 돌아가신 후에 혈례왕자가 훈해왕자를 죽였사옵니다."

전지가 아연실색했다. 어찌 형제간에 그럴 수가 있단 말인가. 전지가 다급히 자초지종을 물었다. 해충은 대왕이 승하한 직후에 혼란한 틈을 타서 혈례 왕자를 등에 업은 진씨 일족이 훈해 왕자를 급습하여 죽였다고 했다.

"혈례 왕자 스스로 왕이 되었음을 선포하였으니, 태자께서 지금 한성으로 들어감은 불면호구(不免虎口)이옵니다."

"불면호구라. 호랑이의 아가리에 들어감과 마찬가지라? 그렇다면 내가 어떻게 해야 합니까?"

"저쪽 섬에서 기다리시면, 소신이 뜻있는 사람들을 모아 혈례 왕자님을 도모하겠사옵니다. 태자께서 혈례를 도모하라는 명을 주시고, 그 징표를 저에게 주시옵소서."

전지는 잠시 생각을 가다듬었다. 해충이 형제간에 싸움을 붙이려고 거짓말을 할 수도 있다. 어찌 혈례가 그런 짓을 했을까. 혈례는 착한 동생이었다. 그렇다고 해충이 곧 밝혀질 거짓말을 할까? 어릴 때부터 전지는 해충을 보았다. 사람됨이 듬직하여 믿음직했다. 더군다나 나중에 거짓이 밝혀지면 해씨 온 집안이 도륙을 면치 못한다. 철부지 막내 혈례가 진씨 일족의 농간에 놀아났음이 틀림없다. 그렇다면 아무리 동생이라 해도 죽이지 않을 수가 없다. 왜국을 떠날 때 장인인 왜왕이 한 말이 생각났다. 그는 권력은 나누지 말라 했다.

전지는 왜왕에게서 선물로 받은 야명주를 해충에게 주었다. 태자의 징표가 있어야 사람들을 모을 수 있다. 죽간에는 殺礫 두 자를 써주었다. 살혈(殺礫), 혈례를 죽이라는 말이었다.

태자 전지의 명을 받는 해충은 한성으로 돌아갔다. 귀족들에게 야명주를 보여주며 군사들을 모았다. 해충은 일순간에 진씨 일족을 제압하고 한성을 장악했다. 해충의 아들 해구(解丘)가 궁으로 들어가 혈례와 진무를 척살했다.

전지는 반란이 진압되자 한성에 입성했다. 왜국에 볼모로 가 있던 전지가 마침내 왕위에 오르니, 백제의 열여덟 번째 임금이 되었다. 전지왕은 시조에게 제사를 지내 왕이 됨을 고했다. 이어 해충을 달솔(達率)로 삼았다. 그에게는 한성 주변의 벼 1천 석을 수확할 수 있는 땅을 내렸다. 그 땅은 진씨 일족이 가졌던 땅이었다. 무려 장정 1천 명을 먹여 살릴 수 있는 옥답(沃畓)이었다. 이어 해수(解須)를 내법좌평으로, 해구(解丘)를 병관좌평으로 임명했다. 전지왕 치세 초기에 나라의 정사는 해씨 일족이 도맡았다. 전지를 왕으로 옹립한 해씨들은 백제의 대들보였다. 한편으로는 백제의 가장 큰 도둑이기도 했다. 오랜 왜국 생활로 인해 전지왕은 백제 국내 사정에 어두웠다. 해씨들은 전지왕을 대신해 국정을 좌지우지하면서 나라의 곳간 재물을 조금씩 빼먹었다.

전지왕이 귀국할 때 왜국에서 데리고 온 팔수부인은 두 해가 지나 심신이 안정되자, 튼실한 아들을 낳았다. 팔수부인은 왜국의 공주였으니, 부부가 화합하여 낳은 아들은 백제와 왜국과의 우호의 증표이기도 했다. 전지왕은 왜국의 장인에게 이 소식을 알리고 싶었다. 기념품도 제작하여 보내고 싶었다. 전지왕은 나라의 최고 공인(工人)에게 신물(神物)을 만들라 명했다. 공인은 혼신의 힘을 쏟아 칼의 형상을 한 신물을 주조했다. 이름을 칠지도라 했다. 일곱 가지가 난 칼이었다. 사슴의 뿔 같기도 했다. 그 뿔 하나하나가 백제 왕의 권위와 권능이었다. 신물이 완성되자 전지왕은 그것을 바로 왜국 왕에게 보냈다.

고구려에 맞서기 위해서 왜국과의 친교는 전지왕에게는 대단히 중요했다. 전지왕은 어린 나이에 왜국에 가서 두 나라의 우호를 다졌다. 신라 왕자 미사흔을 곤경에 빠뜨리기도 했다. 왜국 왕은 전지를 상객 대접을 하면서 아꼈다. 백제로 환국할 때는 공주를 전지의 아내로 삼게 했다. 전지는 앞으로도 변함없이, 왜국과의 친교를 유지해야 했다. 고구려에 맞서기 위해서는 그 방법이 최선이었다.

전지왕은 왜왕에게 보낸 신물 칠지도에 百濟王世子 奇生聖音 故爲倭王旨(백제 왕세자 기생성음 고위왜왕조)라고 명문을 새겼다. 백제 왕세자가 부처님의 가호 아래 태어났음을 왜왕 지(旨)에게 알린다는 말이었다. 전지왕은 아들 이름을 구이신이라 했다.

팔수부인이 맏아들 구이신을 낳자 해씨 일족이 당황했다. 전지왕 옹립 때 세운 해씨 일족의 공은 세월이 가면 흐지부지될 수 있다. 전지왕과는 혼인으로 결속을 맺어놓아야 했다. 왕과 사돈으로 연결되어야 가문의 장래가 밝아진다. 해충은 전지왕에게 둘째 왕비를 들이도록 설득했다. 전지왕 역시 불안한 왕좌를 튼실하게 하기 위해서는 해씨 일족과의 굳건한 결속이 필요했다. 젊은 나이였기에 새 왕비를 마다할 이유도 없었다. 전지왕에게도 해씨 일족에게도 혼인보다 더 튼튼한 동아줄은 찾아보기 힘들었다. 전지왕은 해충의 막내딸과 결혼했다. 해씨 부인은 곧 튼튼한 아들을 출산했다.

전지왕은 나라가 평안함을 찾자 아버지 아신왕의 굴욕을 씻어낼 방안을 찾기 시작했다. 하지만 해씨 일족은 고구려와의 전쟁을 반대했다. 내실을 다지는 게 우선이라는 그들의 주장이 마냥 틀리지는 않았다. 게다가 그 무서운 담덕이 여전히 버티고 있었다. 이미 많은 재산을 가진 해씨 일족은 변화를 싫어했다. 가진 자들은 변화를 두려워한다. 해씨들은 토지와 노비를 늘려 세력을 확장하는 일 외에는, 그 어떤 움직임도 싫어했다.

선대의 굴욕을 깨끗이 잊었지. 이 배부른 놈들이…… 그런 생각을 하면 전지왕의 가슴으로 분노가 치밀어 올랐다. 어린 나이에 왜국으로 가서 왜왕에게 굽신거리며 조신하게 지내야 했던 지난날의 자신을 떠올렸다. 자신의 처지를 헤아려보는 자가 과연 백제에는 있기나 할까. 전지왕은 젊었다. 분노에만 머물지 않았다. 바로 개혁 조치를 단행했다.

전지왕은 해씨들의 전횡을 막고자 군국(軍國)의 정사를 총괄하는 상좌평 직을 새로 만들었다. 상좌평에는 해씨 일족의 반대에도 자신의 배다른 동생인 여신(餘信)을 임명했다.

전지왕 8년에 고구려 담덕왕이 죽었다. 태자 거련이 담덕왕의 뒤를 이어 고구려 왕으로 즉위했다. 담덕이 죽었으니 아신왕이 맺은 노객의 맹세는 사라졌다. 그렇다고 치욕이 사라지는 건 아니었다. 전지왕은 진(晉)나라[19]에 사신을 보내 배후의 결속을 강화하고자 했다. 진나라에서는 진동장군백제 왕(鎭東將軍百濟王)이라는 이름으로 전지왕을 호칭하며 축하의 사절을 보냈다. 전지왕은 해씨 일족의 도움을 받아 왕이 되었다고는 해도 아신왕의 아들이었다. 아버지의 치욕은 아들의 치욕이었다.

전지왕이 차근차근 전쟁을 준비하자 병관좌평 해구를 중심으로 한 해씨 일족의 반대가 심했다. 전지왕은 동부와 북부 2부의 15세 이상 되는 장정을 징발하여 사구성(沙口城)을 쌓게 했다. 해구를 성을 쌓는 감역으로 내보냈다. 병법에 밝고 군사 지휘에 능한 자가 성을 쌓는 게 원칙이니 해구도 겉으로는 불만을 터뜨릴 수 없었다.

---

19) 서진(西晉). 조조의 아들 조비가 찬탈하여 세운 위나라는 곧 사마달의 아들에게 찬탈당한다. 사마달 아들이 세운 나라가 바로 진(晉)나라다. 이를 역사에서는 구분하기 위해 서진이라 한다.

사구성은 한수와 임진수의 중간에서 관미성을 위협하는 곳에 들어섰다. 사구성 축성이 마무리되면서 전지왕은 본격적으로 군사 훈련을 시작하려 했다. 아버지 아신왕 때 고구려의 담덕왕에게 입은 백제의 상처는 세월이 지나면서 어느 정도 회복되었다.

전지왕은 담덕왕 사후 혼란기의 고구려를 일시에 덮치려는 계획을 짜고 수군과 기병을 육성하기 시작했다. 욱일승천의 기세를 보여 주려 했다. 하지만 인간의 의지는 하늘의 섭리를 이길 수가 없다.

전지왕은 나이 마흔, 재위 16년 만에 급작스럽게 승하했다. 포창으로 온몸에 붉은 반점이 꽃처럼 피어나더니 스무 날을 버티지 못했다. 백성은 포창을 마마라고도 했고 손님이라고도 불렀다. 많은 백제 사람들이 포창으로 죽었다. 아신왕의 장남으로 태어나, 어릴 때 왜국으로 가서도 태자의 위엄을 잃지 않았던 왕이었다. 왕은 웅지(雄志)를 펴보지도 못하고 병마에 쓰러져 유명을 달리했다. 선왕 아신왕의 굴욕을 갚고자 하였으나 때를 만나지 못했다.

전지왕이 승하하기 전의 일이었다. 해씨 일족이 태자를 정하자고 아우성을 쳤다. 전지왕은 장남 구이신이 당연히 태자가 되어야 한다고 생각했다. 왜국과의 관계도 염두에 두어야 했다. 해씨 일족이 극구 반대했다. 구이신이 왜국 여인인 팔수부인의 아들이라는 이유였다. 해씨 일족은 해씨 부인의 아들 비유가 왕위를 잇기를 바랐다. 태자 책봉 문제가 오히려 백제에 혼란을 가져왔다. 전지왕은 아예 태자 책봉을 미루었다. 본인이 젊기에 언젠가는 자연스럽게 해결될 문제라고 보았다. 그러다가 정해놓은 후계자 없이 전지왕이 느닷없이 승하했다. 경신년[20]의 급 보였다.

누가 보위를 이어야 할까? 하루라도 비워둘 수 없는 자리였다. 팔수부인이 낳은 장남 구이신이 13세였다. 해씨 부인이 낳은 아들 비유는 11세였다. 장남 구이신은 어머니가 왜국 여인, 차남 비유는 백제의 실세인 해씨 일족이 외가였다.

전지왕 치세에서 해씨 일족의 전횡에 염증을 낸 나라 사람들이 많았다. 상좌평 여신이 특히 그랬다. 여신은 고룡(古龍)[21] 지역의 호족이었던 목(木)씨 일족을 활용했다. 목씨 일족도 해씨의 세도가 못마땅한 귀족이었다. 목씨 일족은 나라 사람들의 입을 모아서 장자가 승계해야 한다는 원칙을 제시했다. 장자 승계는 누구도 부정하기 힘든 원칙이어서 큰 힘을 받을 수 있었다. 어머니가 왜국의 공주여서 왕이 될 수 없다는 해씨 일족의 주장은 해씨 외에는 수긍하지 않았다.

근초고왕 무렵부터 왜국으로 건너간 백제 사람들은 왜국 여러 곳에 퍼져 살고 있었다. 왜국과의 우호는 백제 외교의 중요한 고려 대상이었다. 왜국은 아신왕과 전지왕 재위 때 매우 밀접한 우방이었다. 누구도 왜국 공주인 첫째 왕비 팔수부인의 낙점을 무시할 수 없었다. 게다가 상좌평 여신이 목씨 일족과 팔수부인의 편을 들었다.

팔수부인은 친정으로 보낸 신물 칠지도에 이미 자기 아들이 왕세자로 되어있으니, 이를 어길 수는 없다 했다. 팔수부인은 자기 아들 구이신을 백제 제19대 왕으로 결정했다.

---

20) 420년
21) 현재의 전북 남원 일대

5

어린 구이신이 즉위하자 팔수부인이 섭정으로 나섰다. 팔수부인은 백제의 국내 사정에 어두웠다. 실질적으로는 목씨 일족의 좌장인 목만치가 국정(國政)을 어루만졌다. 팔수부인은 목만치를 신임하여 그에게 여신을 제쳐두고 상좌평 노릇을 하게 했다. 목만치를 비롯한 목씨 일족은 근초고왕의 남방 원정 때부터 백제와 가야와의 우호를 적극적으로 다진 고룡 지역의 호족 세력이었다. 신흥 목씨 일족의 야심도 만만찮았다. 목만치가 국정을 장악하자 믿었던 도끼에 발등을 찍힌 여신은 병을 핑계로 조정에 나가지 않았다. 여신마저 사라지자 목만치는 해씨 일족 못지않게 국정을 전횡했다. 진씨나 해씨와 같이 백제의 오래된 명문 가문이 아니었기에 목만치는 한성에 뿌리를 내리기 위해 더 조급했고, 더 적극적이었다.

팔수부인은 백제 땅에 도착한 이후 해씨들의 집중적인 감시와 견제를 받았다. 둘째 부인 해씨가 정해지자 팔수부인의 가슴은 미어지는 듯했다. 머나먼 이국 땅, 믿을 건 남편인 전지왕뿐이었다. 그 남편을 해씨 부인과 두 쪽으로 나누어야 했다. 팔수부인에게 해씨들은 원수나 다름

없었다. 팔수부인은 남편 전지왕이 죽은 다음에야 해씨들에게 보복할 힘이 생겼다. 그 힘은 목만치를 통해 행사할 수밖에 없었다. 목만치는 팔수부인의 원을 상당히 들어주었다. 그게 해씨들의 이익을 뺏는 일이라 목씨에게도 좋은 일이었다.

팔수부인은 목만치를 믿고 의지했다. 그 믿음은 얼마 지나지 않아 서로 간에 육체의 믿음으로 이어졌다. 왕모(王母) 팔수부인과 신흥 귀족 목만치의 정염은 왕성 별궁 깊숙한 별처에서 수시로 불타올랐다. 정염은 처음에는 남의 눈과 귀를 두려워했다. 익숙해지면서부터는 아무 데서나 거리낌 없이 불타올랐다.

구이신은 왕이 된 지 7년째인 어느 날 아침 잠자리에서 일어나지 못했다. 구이신이 친정(親政)을 편지 겨우 2년이 될 즈음이었다. 친정이라고는 했지만 실제로는 목만치가 대부분의 정사(政事)를 처리했다. 왕은 하나하나 백제의 현실을 파악해나갈 즈음이었다. 그랬던 왕이, 잠을 자다가, 잠에서 깨어나지 않았다. 그것으로 끝이었다. 나라가 뒤숭숭했다.

임금은 그냥 죽지 않았다. 연부력강(年富力强)하던 스물둘 나이의 임금이 하루아침에 싸늘한 주검이 되었다면 누가 믿겠는가. 뭔가 이유가 있다. 목만치가 구이신왕을 시해한 범인이라는 소문이 파다했다. 목만치와 어머니의 사랑놀음을 목격한 구이신왕이 분개하자, 목만치가 궁성 내인을 시켜 구이신왕을 독살했다는 게 소문의 얼개였다.

구이신왕이 죽은 지 며칠 지나지 않아 목만치가 한성 울타리 안에서 쥐도 새도 모르게 사라져버렸다. 누구도 목만치를 보지 못했다. 목만치가 진범이라는 소문은 사실로 받아들여져 백성의 입과 입으로 전파되었다. 다른 소문도 있었다. 목만치가 한성에서 도망쳐 쾌선을 타고 왜국으로 도망쳤다는 소문도 항간을 떠돌고 있었다. 그 소문과 함께 또 다른 소문이 떠돌았다. 임금 시해의 원수를 갚기 위해 해씨들이 목만치를 습격하여 목만치를 죽이고 시신을 한수에 버렸다고도 했다.

여러 소문이 꼬리를 물고 이어질 때 왕모 팔수부인이 친정인 왜국으로 돌아가겠다고 짐을 쌌다. 아무도 말리지 않았다. 팔수부인은 눈물 한 방울 흘리지 않고 백제를 떠나 왜국으로 갔다. 사라진 목만치를 대신하여 해씨 일족이 국정의 전면에 나서서 사태를 수습하기 시작했다. 구이신왕의 아들은 아직 엄마 젖을 먹고 있는 두 살배기 아이였기에 해씨 일족은 전지왕의 아들인 열여덟 살의 비유를 왕으로 옹립했다. 상좌평 여신도 이번에는 해씨 일족의 손을 들어주지 않을 수 없었다.

백제 20대 임금 비유왕이 즉위했다. 이 해에 고구려의 거련왕은 재위 15년째로 평양으로 도읍을 옮겼다. 정묘년[22]의 일이었다. 거련왕은 오래 계획했던 평양으로의 천도(遷都)를 드디어 단행했다. 사로국의 눌지왕은 재위 11년째로 거련왕의 눈치를 보고 있었다.

비유왕은 용모가 뛰어나고 말을 잘해 왕자 때부터 따르는 사람이 많았다. 하지만 이복형인 구이신왕이 급작스럽게 승하했기에 백성들 사이에는 비유왕도 의심의 눈초리로 바라보는 자가 많았다. 아무리 아니라 해도 비유왕은 구이신왕을 시해할 충분한 이유가 있었다. 비유왕은 백성들의 의심에서 빨리 벗어나고 싶었다. 백성들의 신망을 얻어 빠르게 국정을 안정시키고 싶었다.

비유왕은 왕위에 오르기가 무섭게 동서남북을 순시하며 가난한 사

---

22) 427년

람들에게 곡식을 나누어주었다. 백성에게는 먹는 것이 곧 하늘이다. 비유왕은 그 점을 잘 알고 있었다. 음식을 나누고 의복을 나누고 백성들의 억울한 사정을 들었다. 차츰 비유왕에 대한 백성들의 호감이 쌓여갔다. 비유왕은 외가의 힘으로 어린 조카를 대신하여 왕이 되었다 하더라도 왕 다운 왕이 되고 싶었다. 문제는 오히려 외가 해씨였다. 해씨들은 왕위의 왕이 되고 싶어 했다. 고구려 전쟁에서 필사의 싸움을 감행했던 진씨 일족도, 신흥세력인 목만치도 사라졌다. 해씨 일족을 견제할 뚜렷한 세력이 없었다. 해씨의 전황을 막아낼 힘이 젊은 비유왕에게는 아직 없었다. 아버지 전지왕 때부터 국정을 자문하면서 해씨들을 견제했던 상좌평 여신(餘信)이 비유왕이 즉위한 지 3년 만에 죽고 난 뒤에는 더욱 그러했다. 비유왕은 해씨들의 등쌀에 밀려 해수(解須)를 후임 상좌평으로 임명했다. 상좌평은 종신직으로 백제의 모든 정사는 해수가 도맡았다.

그렇다고 해도 비유왕은 절망 속에서 살지 않았다. 오히려 비유왕은 낙천적인 성격이었다. 비록 당장은 외척에 둘러싸여 힘이 없지만 먼 훗날 온 백제의 힘을 모아 해씨들을 꿇리리라. 그 다음에는 나라 온 백성의 힘을 모아 고구려에 설욕하리라고 다짐했다. 그런 다짐을 하면 비유왕의 관자놀이에는 힘줄이 불끈 섰다. 현실적으로 비유왕은 고구려에 대적하기 어려웠다. 더군다나 비유왕이 즉위하던 해, 고구려는 평양으로 도읍지를 옮겼다. 고구려 거련왕은 비유왕의 머리 위에 산만 한 바윗돌을 얹어놓고 태산처럼 버티고 있었다.

비유왕은 나라 안의 일은 해수를 중심으로 한 해씨들이 좌지우지하더라도, 나라 밖의 일들은 직접 챙기려고 애썼다. 고구려의 압박이 강해질수록 왜국과 가야는 물론이거니와 서해 건너편 중국 나라들과의 우호 관계는 중요했다.

　왜국은 비유왕의 이복형인 구이신왕이 죽자 조문 사절단을 보내왔다. 말이 조문 사절이지 사실은 구이신왕의 사인(死因)을 캐내려는 조사 사절단이나 다름없었다. 그들은 비유왕에게 구이신왕의 죽음에 대한 명확한 설명을 요구했다. 구이신왕이 왜왕의 외손자이니 그럴 만도 했다. 비유왕도 구이신왕의 죽음에 대해 자세한 설명을 할 수 없었다. 오래 공들였던 왜국과의 우호관계는 상당히 틀어져 버렸다. 친정으로 돌아간 팔수부인이 왜왕에게 억울함을 호소한 게 틀림없었다.

　서해 건너 중국 남쪽에서는 사마(司馬)씨의 진(晉)나라가 망하고 유(劉)씨의 송(宋)나라가 들어섰다. 비유왕은 진나라를 승계한 송나라에 외교 사절을 파견하였다. 송나라에서는 답방으로 사절을 보내 비유왕에게 새롭게 임금의 작위를 주었다.

　왜국과의 관계가 멀어지자 비유왕은 사로국과의 화친을 서둘렀다. 비유왕의 할아버지 아신왕이 왜국과 가야의 병사를 동원해 사로국을 공격한 적이 있으므로 사로국은 백제를 원수같이 여기고 있었다. 사로국이 고구려에 굽신거려야 하는 근본 이유가 바로 백제가 사로국의 적이었기 때문이었다. 만약 백제와 사로국이 서로 경계를 침범하지 않고 동맹을 맺는다면, 나아가 사로국과 백제가 힘을 합친다면 사로국은 고구려의 속국 처지에서 벗어날 수 있다. 더군다나 고구려의 거련왕이 도읍지를 평양으로 옮긴 뒤부터 백제가 불안한 만큼 사로국도 불안했다. 담덕왕 때까지만 해도 고구려는 사로국이 아우의 나라로 몸을 낮추는 데 충분히 만족했다. 고구려의 천도 이후에 사정은 달라졌다. 아예 사로국을 직접 다스리려 할지도 몰랐다. 비유왕은 사로국 왕 눌지가 어떻게 왕이 되었는지도 잘 알고 있었다. 비유왕은 눌지를 설득하기로 했다.

비유왕은 재위 7년이 되던 계유년[23], 사로국에 사신을 보내 화친을 요청했다. 비유왕은 사신을 시켜 왕의 말을 전했다.

"사로국의 대왕이시여, 대왕은 고구려 거련왕이 평양으로 천도한 진짜 이유를 알고 계시오? 말로는 고구려가 사로국의 형이라 하여 친교를 내세우지만, 욕심 많은 거련왕은 사로국을 멸하고 이어서 백제를 멸할 계책을 세우고 있소. 지난날 백제와 사로국은 개와 원숭이처럼 서로를 미워하며 지냈소. 모두 나의 불찰이오. 우리 두 나라가 호랑이 아가리에 들어간 이상, 힘을 합치지 않을 까닭이 어디에 있겠소. 사정을 잘 헤아려 지난날 백제의 과오를 부디 용서하여 주시오. 과거에 얽매이지 말고 양국의 친선을 굳건히 하여야 하오. 북에서 부는 바람을 우선 막아야 하지 않겠소? 백제 비유가 머리 숙여 대왕께 양국의 우호를 청하오."

백제 사신은 사로국 눌지왕에게 비유왕의 말을 잘 전달하고자 애썼다. 백제 사신의 지극한 정성이 통했다. 눌지왕은 사신에게 사로국도 백제와의 친선을 바라고 있다고 답했다.

비유왕은 사로국에 스며들어 있는 간자(間者)로부터 사로국 조정에서 백제와의 화친을 두고 찬성과 반대의 두 의견이 팽팽하게 맞선다는 보고를 받았다. 그럴수록 더욱 정성을 보여야 했다. 이듬해 봄 비유왕은 좋은 말 두 필을 사로국에 보냈다. 가을에는 흰 매를 보냈다. 매사냥을 모르는 사로국 사람들에게 매사냥을 가르쳐줄 매받이도 딸려 보냈다. 비유왕 자신이 뛰어난 매받이였다. 그제야 사로국에서도 질 좋은 황금과 밝은 구슬을 답례품으로 보내왔다.

---

23) 433년

답례품을 받고서야 비유왕은 안심했다. 사로국과의 동맹(同盟)이 성사되었다. 하지만 사로국을 완전히 믿을 수는 없었다. 사로국 서라벌에는 여전히 고구려의 당주가 주둔하고 있었다. 사로국의 많은 사람이 이렇게 저렇게 고구려와 인연을 맺고 있었다. 사로국이 고구려의 사주를 받고 백제의 후면을 공격할 수도 있었다. 고구려를 치기 위해서는 사로국과 왜와 송나라와의 연횡(連橫)이 무엇보다 중요했다. 그중에서도 사로국은 더욱 활용가치가 높았다.

고구려가 서쪽으로는 위나라, 남쪽으로는 백제와 사로국, 이 모두를 적으로 한다면, 백제로서도 고구려와 싸워볼 만하다. 고구려와 사로국을 떼놓게 할 수만 있다면, 이간질이라도 해야 한다. 고구려와 전쟁을 원치 않는 해씨 일족, 특히 상좌평 해구도 사로국과 가깝게 지내자는 연횡책(連橫策)을 대놓고는 반대하지 않았다.

비유왕은 사로국만 포섭하려 하지 않았다. 백제와 사로국 남쪽에 있는 가야국도 끌어들여야 할 대상이었다. 백제가 가야와 왜의 연합군을 이끌고 사로국을 쳐들어갔을 때 담덕왕은 5만 대군을 이끌고 내려와 가야국을 초토화시켰다. 그때까지 가야국의 맹주 역할을 하던 남가야는 힘없이 무너졌다. 남가야 사람들은 담덕왕의 칼날을 피해 강을 거슬러 올라 내륙으로 도피하기도 했고 일부는 왜로 도망쳤다.

고룡지역의 목씨는 가야와의 우호를 다지면서 가야를 백제 편으로 이끌어들이는 데 큰 공을 세웠다. 목만치가 사라진 이후에도 목씨는 여전히 백제 조정과 고룡지역에서 일정한 세력을 가지고 있었다. 남은 목씨들은 오히려 백제 조정에 공헌하여 자기 가문의 명예를 회복하고 지난날 영광의 재현을 꿈꾸고 있었다. 비유왕은 목씨들에게 임무를 맡겼다. 대가야를 맹주로 하는 새로운 가야연맹체를 탄생시키라 했다. 대가

야도 환영이었다. 가야국의 맹주로 있던 남가야가 완전히 몰락하면서 가야연맹에는 새로운 구심점이 필요했다. 백제가 지원해주고 후견인 노릇을 한다면 대가야는 천군만마를 얻은 것이나 다름없다. 가야 입장에서 보자면 백제는 고구려에 여러 번 당하고 난 뒤에도 여전히 크고 강력한 나라였다. 비유왕은 지속적으로 대가야를 지원했다. 대가야는 비유왕의 후원에 힘입어 가야국의 맹주로 우뚝 섰다. 사로국과 가야국은 백제의 연합 세력이 되었다. 고구려에 대항하기 위한 비유왕의 필생의 노력은 서서히 결실을 가져왔다. 비유왕의 연횡책은 서서히 효과를 발휘하여 고구려를 고립시켰다.

6

비유왕은 사냥을 좋아했다. 드넓은 들판에서 말을 달리며 사슴이나 멧돼지와 같은 짐승을 잡는 몰이 사냥을 좋아했다. 가을이나 겨울 들판에서 행해지는 매사냥은 더욱 좋아했다. 비유왕은 해수가 모든 정사를 돌봄에 따라, 오히려 살맛 나는 듯이 보였다. 겨울철이 오면 한동안은 매사냥에 푹 빠져 살았다.

매사냥에 사용하는 송골매는 새끼 때부터 길들여야 한다. 고기 맛을 조금씩 보여주며 주인은 어린 매와 교감을 쌓아야 한다. 가을걷이가 끝나면 본격적인 매사냥 철이다. 비유왕은 배 한 척에 대여섯의 털이꾼과 10여 명의 호위무사만 대동하고, 한수 건너 매봉으로 매사냥을 나가곤 했다.

한내가 한수와 만나는 지점 서쪽 강가에 봉우리가 하나 솟아 있다. 한수 가에 우뚝 솟은 이름없는 봉우리였다. 봄이면 노란 개나리가 이 봉우리 아래를 뒤덮었다. 한수를 지나는 어부들은 이 봉우리를 나리봉이라 했다. 아신왕 때부터 매사냥을 많이 하면서 백제 사람들은 이 봉우리를 매봉이라 불렀다. 가파른 바위를 올라 매봉에 올라서면 살곶이벌이 한눈에 들어왔다. 매봉은 목멱산으로 산세가 이어져 있었다. 매봉에 올라서면 북쪽으로는 한산, 남쪽으로는 한수가 띠처럼 펼쳐진 풍경을 볼 수 있었다. 일망무애(一望無碍)의 경치가 장관이었다.

목멱산 아래 한수 건너에도 산줄기가 군마(軍馬)가 이어 달리듯 성큼성큼 뻗어 나갔다. 관모(冠帽) 형상을 한 산줄기까지 눈이 닿았다. 해가 뜨는 동쪽으로 눈을 돌리면 살곶이벌은 아차산 줄기가 한수로 빠지는 지점까지 남북으로 넓게 펼쳐졌다. 아차산 줄기가 한수에 빠졌다가 다시 강 건너에서 솟아나는 곳이 바로 백제의 서울 한성(漢城)이었다.

백제의 시조 온조대왕이 탐냈던 땅. 온조대왕은 그 땅에 목책으로 울타리를 치고 백성들과 함께 백제의 터전을 마련했다. 온조대왕은 그 땅을 한성(漢城)이라 이름했다. 백성들은 그냥 위례라 불렀다. 위례란 울타리이니 틀린 말도 아니다.

한내는 한산(漢山)에서 발원하여 마들을 지나 살곶이에서 한수로 들어간다. 수심이 깊어 어지간히 가물 때가 아니면, 마들까지 작은 배가 올라갈 수 있다. 아차산에서 한내까지 넓은 벌은 여러 풀과 갈대가 뒤섞인 광활한 평지였다. 꿩이나 토끼, 노루나 고라니 같은 날짐승과 들짐승이 많았다. 가끔은 멧돼지까지 출몰하곤 했다. 한내를 따라 넓게 펼쳐진 저지대는 말을 키우기에도 좋았고 사냥터로도 안성맞춤이었다. 장마철에는 물바다로 변해 농사짓기에는 적합하지 않았다. 둑을 쌓아도 홍수가 나면 여지없이 무너지곤 했다. 백성들이 농사를 짓지 않는 땅이니, 백제 사람들은 이 들판을 사냥터로 군사 훈련장으로 사용했다. 농사짓는 백성의 살림살이를 곤궁하게 하지 않으니 더욱 좋았다.

비유왕은 털이꾼이 꿩이나 토끼를 몰아오면 매를 날렸다. 털이꾼의 몰이에 놀라 벌판 한가운데서 꿩이 푸드덕하고 솟아오르면, 비유왕의 팔뚝을 솟구쳐 허공으로 오른 매는 순식간에 꿩을 향해 날아갔다. 매는 한번 시야에 들어온 꿩을 놓치는 법이 없었다. 번개 같은 속도로 하강하여 날카로운 발톱으로 꿩을 움켜쥐는 순간, 꿩은 심장이 얼어붙어 꼼짝달싹하지 못했다. 바로 저거야. 저 속도로 날아가 저 날카로운 발톱으로 적의 심장을 단숨에 움켜쥐어야 하는 거야. 비유왕은 매가 꿩을 덮칠 때마다 심장이 조이는 듯한 쾌감을 느꼈다.

비유왕은 송나라 사신을 매사냥에 데리고 갔다. 송나라 사신은 이름을 백화(白和)라고 했다. 백 가지 꽃이냐고 했더니 백 가지 잡다함을 다 좋아한다고 우스갯소리를 했다. 환영 연회 도중에 백화는 매사냥을 구경하고 싶다고 했다. 백제는 조조의 신하였다가 배신하여 자신의 나라를 세운 사마씨의 진나라와 오래도록 우호를 다져왔다. 그 진나라가 운을 다하고 구이신왕이 즉위하던 해 송나라가 들어섰다. 송나라는 진나라를 그대로 계승했기에 백제와의 관계도 변할 게 없었다. 송나라를 세운 무제(武帝) 유유(劉裕)가 죽고 구이신왕 4년에 무제의 셋째 아들 문제(文帝)가 즉위하면서 송나라도 안정을 찾았다. 백제 역시 고구려 전쟁 패배의 아픔에서 벗어나 서서히 국력을 회복하고 정신을 차려가는 중이었다. 두 나라는 자주 사신을 주고받았다. 백제는 중국 송나라와의 친선이 필요했다. 송나라는 발달한 문물을 전수해주면서도 고구려와 맞서는 데 필요한 백제의 든든한 배후였다.

송나라 사신 백화는 매봉에 오르면서 한산과 한수를 따라 펼쳐지는 풍광에 놀라움을 금치 못했다. 백화는 풍수에 밝은 자여서 높은 곳에 올라가 백제의 지세를 구경하고 싶었다. 매사냥 구경을 왕에게 간청한 이유가 바로 거기에 있었다. 매사냥은 핑계에 불과했다. 매봉에 올라서면서 그는 자신의 풍수 지식과 한수의 지세를 대비시키기 시작했다. 동서남북을 꼼꼼히 살펴보다가 거듭 좋다를 연발하더니 입을 열었다.

"대왕폐하, 역시 한성에는 왕기가 서려 있습니다. 이런 땅은 드넓은 송나라에서도 쉽게 찾아보기 어렵습니다."

"고맙습니다. 듣기 좋으라고 하시는 말씀이지요?"

"그럴 리가요. 한산 아래로도 왕기가 있고, 한수 남쪽으로도 왕기가 있습니다. 지금 한성 위례성이 바로 그 자리에 해당하지요. 한수를 따라 여러 왕조가 수천 년 동안 도읍할 땅입니다."

"여러 왕조라면? 혹여라도 우리 백제가 망하고 다른 왕조가 도읍한다는 말입니까?"

"하하, 폐하께 제가 실언을 했습니다. 또 다른 왕조가 들어선다 해도 천 년이 지나서일 겁니다. 지기(地氣)가 워낙 좋다는 말이니 오해를 푸시옵소서."

"그렇겠지요. 나도 그렇게 생각하오. 하하하."

비유왕은 은근히 불쾌했다. 사신 앞에서 백제 왕의 옹졸한 모습을 보여줄 수는 없었기에 과장되게 웃었다. 그런 과장을 사신이 모를 리가 없었다. 여러 왕조라고 말한 건 사신의 실언(失言)임이 분명했다.

송나라에서 온 사신은 백제가 오래전부터 요청했던 세 가지를 한꺼번에 가지고 와서 비유왕을 흡족하게 했다. 역림(易林)과 식점(式占)과 요뇌(腰弩)가 그 세 가지였다. 역림은 주역을 풀이한 책이었다. 언제 나아가고 언제 물러나야 하는지 역점(易占)을 칠 때 요긴하게 사용된다고 역관(易官)들은 매우 기뻐했다. 군사의 출정이나 성의 축성과 같이 나라의 중요한 일을 시작할 때는 길한 날을 잡는 게 중요했다. 식점은 여러 그림을 그려놓고 육각으로 깎은 나무를 던져서 길흉화복을 점치는 나무판이었다. 역관들은 역림과 식점을 받아들고 매우 좋아했다.

비유왕은 역림이나 식점보다 요뇌가 더욱 반가웠다. 요뇌는 화살 세 발을 한꺼번에 쏠 수 있는 쇠뇌였다. 송나라에서 온 쇠뇌는 작고 가벼워서 병사들이 허리에 차고 다닐 수 있었다. 허리에 찬다고 해서 요뇌라고 이름 지었다고 사신은 말했다. 활보다 화살을 멀리 보내지는 않았지만, 짧은 거리에서 여러 발을 한꺼번에 쏠 수가 있었다. 성 위에서 쏘면 성 아래로 달라붙는 적들에게는 요긴하게 사용될 성싶었다. 비유왕은 요뇌를 공방(貢房)에 내려 똑같이 만들라고 명했다.

백화는 비유왕이 호탕하게 웃다가 무슨 생각에 잠겼는지 어느 사이 조용해졌음을 느꼈다. 실언을 만회하려고 하다 보면 더욱 실언을 거듭하는 경우가 많다. 사신은 입을 다물고 사방으로 펼치지는 한수 주변 백제 땅의 풍광에 빠져들었다. 서남쪽 어느 지점에서 갑자기 사신의 시선이 딱 멈추었다. 이윽고 약간의 탄식을 섞어 숨을 내뱉었다. 조금 전의 실수를 만회하려는 노회한 화술(話術)인지도 몰랐다.

"아하. 그것 참……"
"이보시오, 혼자만 알지 말고 말을 해 보시오."
"폐하, 소신이 배운 풍수에 따르면, 서남쪽에 있는 저 산, 사람이 쓰는 관 모양으로 보이는 저 산이 바로 불꽃의 형상이옵니다."
"그래서?"

"화마(火魔)가 지기(地氣)를 잡아먹어서 길하지 않은 일이 가끔 생길 수 있사온데, 다행인 건 한수가 불길을 막지요. 한수 복쪽보다는 한수 남쪽에 화마가 미칠 수 있사옵니다."

"그렇다면 바로 우리 한성이 문제가 되지 않겠소?"

"한성은 동으로 치우쳐 있어 저 산의 기운을 한참 비켜나 있기에 크게 염려하지 않으셔도 될겠지만…… 중간에 청정한 기운의 산이 버티고 있어…… 그래도 화마는 늘 조심하셔야 하옵니다. 물 가까이에 있어 다행이기는 합니다만."

"그렇잖아도 국초부터 한성에 큰불이 여러 번 났지요. 더욱 조심하라 아래에 이르겠습니다."

"그리고 송구스럽지만 한 가지만……"

"어서어서 말해보시오."

"저기 내가 끝나는 지점, 한수와 만나는 저 곳을 뭐라 합니까?"

"살곶이라 하지요. 살곶이라 함은 화살촉처럼 생긴 곳이라는 말입니다. 백제말에는 툭 튀어나온 곳을 곶이라 합니다. 그대 나라말로 하면…… 전곶(箭串)이 되겠지요."

사신은 낮은 신음을 내뱉으며 말을 이었다.

"그렇군요. 소신이 딱 보았을 때도 저곳은 바로 화살의 촉이었습니다. 보통 지천이 본류가 만나는 곳이 많이 있지만 저렇게 뾰족하게 땅이 튀어나온 곳은 드물지요. 정말 날카로운 화살촉같이 보입니다. 저 화살촉은 어디를 노리고 있느냐, 한수 하류 쪽, 해가 지는 방향이군요."

"그렇네. 늘 보는 거라 무심히 보았지만, 말을 듣고 보니 날카로운 화살의 형상이로군. 하류 쪽을 노리고 있다면 누구를 해치는 거요?"

"저 화살은 서쪽에서 오는 자를 겨냥하고 있다고 보아야 합니다."

"그렇다면 고구려겠지. 고구려 군사들이 배를 타고 하류에서 백제로 쳐들어왔지요. 우리의 강산이니 강산도 고구려를 미워하는 게야. 허허허."

백화에게는 할 말이 더 있었다. 입이 두어 개쯤 더 있었다면 입을 열었을 수도 있다. 입이 하나였기에 백화는 입을 굳게 닫았다. 강산은 오래전부터 있었거늘, 어찌 오늘날의 일만 말할 뿐이겠는가. 저 화살은 서쪽에서 오는 자가 아니고 이미 온 자를 겨냥하고 있는지도 모른다. 비유왕의 조상이 오래전 북쪽 부여에서 이곳까지 배로 이주했다고 들었다. 그렇다면 저 화살은 비유왕이나 비유왕의 자손을 겨냥할지도 모른다.

백화는 더 생각하지 않기로 했다. 기우(杞憂)일지도 모르지. 이렇게 좋은 풍광을 보면서 그런 한심한 생각을 하다니…… 그때 파다닥하는 소리와 함께 매받이 비유왕의 팔을 벗어난 매가 힘차게 허공으로 날아오르는 게 보였다. 그래, 꿩고기 안주에 술이나 하면서……

사신은 지난밤 연회에서 맛본 부드러운 백제 술을 떠올리고 입맛을 다셨다. 좋은 안주에 백제의 미주(美酒)라면 한 동이는 너끈히 마실 수 있을 게야.

그날 밤 궁궐 남쪽에서 불길이 일어났다. 불꽃이 수레바퀴와 같이 타올랐지만, 백성들의 살림터까지는 번지지 않았다.

7

고구려의 거련왕은 탄생 이후 두 번째의 갑오년(甲午年)[24]을 맞이했다. 갑자(甲子)가 한 바퀴 돌아 다시 갑오년에 이르렀다. 하늘의 기운은 갑(甲)에서 시작하여 계(癸)로 끝나며, 땅의 기운은 자(子)에서 시작하여 해(亥)로 마무리된다. 사람은 60갑자 천지운기(天地運氣)의 조화 속에서 하늘과 땅의 기운을 받고 태어나 자신의 운명을 개척한다. 아버지 담덕왕은 마흔을 채우지 못한 서른아홉의 젊은 나이에 승하했다. 거련이 열아홉의 나이에 왕위에 오른 지도 어느덧 마흔두 해가 지났다. 세월은 패수(浿水)의 물결처럼 흘러 거련왕은 어느덧 환갑이 되었다.

여염집에서도 집안 어른의 환갑은 귀한 일이었다. 하물며 왕의 환갑이니만큼 고구려는 나라 전체가 들떠서 거의 한 달 동안이나 성대한 잔치를 벌였다. 평양 패수 물가 버드나무 가지에 물이 오르고 대성산에 백화가 만발할 즈음이니 백성들은 더욱 기뻐했다. 평양 천도 이후 흐트러졌던 민심도 30여 년이 지나자 비 온 뒤 햇볕에 말라 굳어진 땅처럼 안정되었다.

---

24) 454년

왕의 환갑은 나라 전체의 축복이었다. 백성들은 거련왕의 치세 속에서 반백 년 가까이 전장의 피비린내를 맡지 않고 평화롭게 살았다. 굶주림 또한 없었다. 백성들은 태평성대를 노래하고 왕의 만수무강을 빌었다.

안학궁 대전 앞에서 환갑 연회가 벌어졌다. 거련왕의 눈에 지난 수십 년의 날들이 달리는 말에서 산을 보듯 휙휙 지나갔다. 기분 좋게 마신 몇 잔의 술 때문이었을까. 왕은 잔칫상 앞에서 잠깐 졸았다. 봄날의 꿈처럼 비몽사몽 간에 고구려의 지난날이 아스라이 펼쳐졌다.

아버지 담덕왕은 사방으로 말을 달려 고구려 강토를 넓히고 넓혔다. 사방의 여러 족속이 고구려에 머리 숙여 기꺼이 고구려의 백성이 되었다. 동부여나 북부여는 물론이고, 말갈, 거란, 백제, 사로국, 가야국, 왜까지도 그랬다. 위태로움도 없지 않았다. 특히 연나라가 담덕왕의 등에 비수를 꽂았다.

담덕왕의 5만 대군이 사로국을 구원하러 남정을 떠났을 때였다. 연나라 왕 모용성은 아우인 모용희를 선봉장으로 삼아 고구려를 침입했다. 모용희는 요하를 건너 7백 리나 깊숙이 쳐들어 왔다. 그는 맹렬하게 달려들어 고구려의 신성과 남소성을 빼앗았다. 열여섯 살밖에 되지 않은 하룻강아지 모용희는 천방지축으로 날뛰었다. 담덕왕은 남쪽에서 군사를 되돌리기는 어려웠다. 성을 비우라 하고 백성과 군사를 요동성으로 옮겼다. 무인지경의 성을 점령하고 기고만장해진 모용희는 자기들 백성 5천여 호를 신성과 남소성에 옮겨 살게 했다. 담덕왕은 남정을 마무리하고 병사들을 충분히 쉬게 한 다음, 때를 기다렸다.

때는 금방 찾아왔다. 연나라 왕 모용성이 죽고, 왕위를 둘러싸고 큰 정변이 일어났다는 소식이 고구려에 전해졌다. 그것만이 아니었다. 차마 입에 담기 힘든 추악한 일이 연나라 왕실에서 벌어졌다. 모용성이 죽자 태자가 어렸기에 연나라 신하들은 모용성의 바로 아래 동생인 모용원을 추대하려고 했다. 하지만 왕비이자 형수인 정씨와 간통을 하고 있던 모용희가 정씨와 짜고 판을 뒤집어 버렸다. 모용희는 형인 모용원과 어린 조카를 죽이고 스스로 왕이 되었다. 왕이 된 다음 모용희는 정씨를 내팽개치고 새로 부씨 자매 둘을 동시에 왕비로 맞아들였다. 이에 화가 난 정씨가 모반을 모의하다가 발각되어 여러 신하와 함께 주살 당했다. 이 부도(不道)한 이야기를 전해 들은 담덕왕이 딱 한 마디를 했다.

"사람 같지도 않은 자에게 사람의 무서움을 가르쳐주마."

모용희가 열일곱 살, 담덕왕은 스물일곱으로 모용희보다 열 살이 더 많았다. 담덕왕은 먼저 모용희에게 빼앗겼던 신성과 남소성을 공격하여 되찾았다. 이어 숙군성(宿軍城)을 공격하여 어렵지 않게 취했다. 연나라 백성 5천여 호도 덤으로 얻었다. 화가 난 모용희는 수모를 갚기 위해 고구려에 몇 차례 쳐들어왔지만, 고구려 군대의 방어선을 뚫지 못했다. 담덕왕의 고구려는 철벽이었다.

연나라는 모용희의 거듭되는 실정과 고구려와의 전쟁으로 인해 속병이 깊어졌다. 모용희는 몇 년 가지 못했다. 반란을 일으킨 부하의 손에 최후를 맞이했다. 스물세 살의 나이였다. 모용희가 사라지자 연나라는 잠잠해졌다. 담덕왕에게도 화평한 나날이 이어졌다.

연나라는 주인이 바뀌면서 고구려에 평화 사절단을 보냈다. 담덕왕은 마침내 말 달리기를 멈추었다. 이미 고구려는 넓을 만큼 넓었다. 담덕왕은 넓어진 고구려를 살찌우고 싶었다. 백성들을 더 편안하게 살게 하고 싶었다.

모용희의 연나라는 한때 요동 들판의 야생마 같이 날뛰어 담덕왕의 이맛살을 찌푸리게 했다. 반면 남쪽 나라 사로국은 말 잘 듣는 강아지처럼 꼬리를 잘 흔들어서 담덕왕의 비위를 잘 맞추었다. 백제를 정벌할 때, 담덕왕은 사로국의 배신을 염려하여 내물왕에게 볼모를 요구했다. 내물왕은 약삭빠르게 자기 아들 대신 대서지(大西知)의 아들 실성을 보내왔다. 담덕왕은 실성을 볼모로 잡아놓고 백제를 정벌하여 아신왕을 굴복시켰다. 고구려는 또한 서라벌에 고구려 장수와 병사를 주둔시키기로 했다. 그 장수를 당주(幢主)라 했다. 당주는 사로국을 보호하는 동시에 감시하는 역할을 했다.

담덕왕은 귀도장군을 서라벌 당주로 보냈다. 귀도장군은 1백여 명의 고구려 군사와 함께 서라벌에 머물며 사로국을 감시했다. 감시만 한 게 아니다. 아신왕이 보낸 백제 연합군이 서라벌로 물밀듯이 쳐들어왔을 때는 귀도장군이 고구려 5만 대군의 길잡이가 되어 백제 연합군을 괴멸시키는 데 큰 공을 세웠다.

귀도장군은 이듬해 담덕왕에게 사로국의 내물왕이 병이 깊어 아무래도 일어나기 힘들다는 보고를 보냈다. 담덕왕은 볼모로 잡아두었던 실성을 불렀다.

"실성군(實聖君), 고구려 땅에 온 지 얼마나 되었지요? 낯설고 물선 고구려에서 노고가 많았습니다."

"신묘년이니…… 아니 영락 원년 봄에 왔으니 이제 9년이 좀 지났습니다."

실성은 담덕왕에게 간지로 때를 말하다가 얼른 고구려의 연호로 바꾸어 말했다. 담덕왕은 즉위하자마자 연호를 정했기에 담덕왕 앞에서는 특히 연호를 사용해야 했다. 그게 고구려의 관례였다.

"9년이라…… 짧은 세월이 아니로고. 내년 봄이면 10년이라. 귀한 왕족을 데려와 타국 생활 10년을 넘기게 할 순 없지. 더군다나 사로국 왕께서 지금 병환이 깊다고 하십니다. 어서 귀국을 서두르시오. 그대 나라 왕이 돌아가시기 전에 문안이라도 드려야 마땅하지 않겠소?"

얼마나 그렸던 고국인가. 9년 동안 목숨을 부지한 게 다행이다 싶을 정도로 아슬아슬한 순간도 많았다. 하지만 담덕왕이 무슨 의도로 그런 말을 하는지 의아했다. 실성은 귀국하라는 말에 귀가 번쩍 뜨일 정도로 기뻤다. 하지만 기쁜 표정을 바로 내보일 수는 없었다. 혹 자신을 죽이려는 음모가 아닐까 하고 덜컥 겁이 났다.

"대왕의 하해와 같은 은혜로 저는 불편없이 고구려 땅에서 잘 지냈습니다. 여기서 대왕을 모시면서 오래도록 살고 싶지만, 대왕의 명이라면 언제라도 바로 사로국으로 달려가겠습니다."

"하하, 나도 실성군의 충정을 모르는 바 아니지만, 실성군은 사로국 사람이오, 돌아가는 게 마땅할 거요. 내 실성군의 충정을 잘 알고 있으니 이참에 내가 실성군에게 한 가지 부탁을 하고 싶소."

"명만 내리시면 어떤 분부라도 받잡겠습니다."

"사로국으로 돌아가서 지금 왕께서 돌아가시면, 실성군이 사로국 왕이 되시오."

담덕왕은 실성군에게 사로국으로 돌아가서 내물왕의 뒤를 이어 왕이 되라고 했다. 실성은 어안이 벙벙해서 자신의 귀를 의심하지 않을 수 없었다. 사로국으로 돌아가라는 말씀도 고마워 눈물이 앞을 가릴 지경이다. 하물며 돌아가서 왕이 되라니. 내물왕의 아들이 한둘이 아님에도 자신이 사로국의 왕이 되라니. 자신을 떠보려는 농담이 아닐까? 하지만 왕의 말이 농담일 리는 없다. 왕의 한 마디는 태산보다 무겁고 천금보다 귀하다. 작년에 담덕왕은 친히 5만 대군을 이끌고 풍전등화의 위기에 빠진 사로국을 구했다. 사로국에서도 담덕왕의 명은 하늘의 명이나 마찬가지다. 담덕왕의 군대가 아니었다면 이미 사로국은 세상에 없다.

"실성군은……"

담덕왕은 좀 생각을 하다가 말을 이어 나갔다.

"사로국의 대왕이 되셔서 고구려와 형제지간처럼 지내야 합니다."
"여부가 있겠습니까. 노객이라 해도 감지덕지인데, 아우의 예로 살펴 주시니 대왕의 은혜 깊이 마음에 새기겠습니다."
"그렇지, 그렇지. 세세손손(世世孫孫) 고구려와 사로국은 위와 아래가 되어 서로 화목하게 지내야 하오. 하하하. 역시 실성군은 사로국의 대왕이 될 자격이 있소이다."

실성은 9년의 볼모 생활을 청산하고 서라벌로 떠났다. 이듬해 임인년[25] 2월 내물왕이 돌아가셨다. 47년 동안 재위한 내물왕의 뒤를 이어

---

25) 402년

실성이 담덕왕의 뜻대로 사로국의 18대 왕이 되었다.

　담덕왕은 실성이 왕이 되었으니 형제의 맹세가 지켜질 거라 확신했다. 실성은 왕이 되자마자 내물왕의 아들 미사흔(未斯欣)을 왜국에 볼모로 보냈다. 2월에 왕이 되고 3월에 볼모를 보내? 그렇게 급하게? 담덕왕은 그 소식을 듣고 상당히 의아스러웠다. 사로국이 왜국과의 우호를 다져서 왜병을 부르고 백제와 손을 잡고 배신하려는 속셈은 아닌가? 지난날 백제의 아신왕이 노객을 맹세하고 난 다음 해, 전지태자를 일본에 보내 왜국의 군사를 빌렸다. 사로국이 혹 그런 속셈이 아닐까 하고 지켜보았다. 사로국의 움직임에는 의심할 만한 특이점이 없었다.

　오히려 왜국의 서쪽 섬 주변에서 할거(割據)하던 작은 족속들이 지속적으로 사로국을 괴롭혔다. 급기야 괴로움을 견디다 못한 사로국이 대마도(對馬島)를 정벌하려 한다는 소식이 전해졌다. 사로국은 고구려의 보호를 받으면서도 6부 군사 중심으로 정예병을 양성하고 있다는 당주의 보고도 받았다. 지난번 고구려 군대의 강성함을 보았기에 고구려군을 모방하여 철갑기병을 양성한다는 보고였다. 사로국은 왜구의 소굴인 대마도를 정벌하려고는 했다. 정작 여러 신하의 반대로 대마도를 정벌하러 가지는 못했다. 험한 바다를 건널 만큼 사로국이 수군(水軍)을 양성해 놓지 못한 게 주된 이유였다. 그렇다 해도 사로국이 양성한 2, 3만 정예병은 육지 싸움에 강한 군대로 변신해 가는 중이라고 귀도장군은 보고했다. 보고를 받고 담덕왕은 사로국을 그냥 내버려둘 수는 없었다. 실성왕에게 사신을 보냈다.

　"왜국에 전왕의 아들 미사흔을 보냈다는 소식은 이미 들었거늘, 고구려가 왜국만 못하오?"

실성은 담덕왕의 호통에 화들짝 놀라는 척하며 내물왕의 아들 복호(卜好)를 얼른 고구려에 볼모로 보냈다. 복호가 담덕왕을 알현하여 절을 올리자 담덕왕은 복호를 내려다보며 중얼거렸다. 실성, 이 녀석이 꾀를 내는구나, 내물왕의 아들을 냉큼 보냈구나. 허허. 담덕왕은 실성의 노림수를 다 내다보고 있었다. 내물왕 아들들을 다 없애버리겠다는 거지.

담덕왕은 복호를 맞이하여 성대한 환영 잔치를 베풀었다. 이어 평양을 순시하여 자신이 20년 전에 창건을 지시한 아홉 개 절을 하나하나 구경하러 다녔다. 평양에 여러 절이 완성되자 절은 백성들의 삶에 완전히 녹아 들어갔다. 귀족뿐만 아니라 평민들도 절에 가서 자신과 가족의 무병장수와 부귀를 빌었다. 담덕왕도 영명사(永明寺)에서 며칠 머물렀다. 영명사 스님들에게는 자신의 만수무강을 축원하는 불공을 올리라 명했다. 세수 서른여덟이었건만 담덕왕은 자신의 목숨이 불안했다. 가슴이 뜨끔뜨끔하며 숨을 쉬기가 힘든 적이 한두 번이 아니었다. 발작이 일어나면 혼절하여 한나절이 지나야 깨어나곤 했다. 어의(御醫)들은 심장에 열이 많다며 열을 식히는 탕약을 제조해 바쳤다. 담덕왕은 약을 마시고 경내를 둘러 보다가 불이문(不二門)이라는 현판을 보고 주지를 불렀다.

"둘이 아니라니, 그럼 하나란 말이냐?"
"그렇사옵니다."
"뭐가 둘이 아니라 하나인가?"
"폐하와 나라가 둘이 아니라 하나이기도 하옵고, 나라와 도(道)가 둘이 아니라 하나이기도 하옵고……"

"그것 좋구나. 불법(佛法)과 국법(國法)은 하나다. 그런 말이렸다?"

"그렇사옵니다. 또한 저승과 이승도 본래 하나이온데……"

"되었다. 이승과 저승이 하나든 둘이든 그건 어찌 되어도 좋다."

담덕왕 이전에 고구려는 다섯 나부(那部)로 나뉘어 나부의 대가(大加)들과 소가(小加)들이 백성을 다스렸다. 국왕보다는 그들이 진짜 왕 노릇을 했다. 담덕왕은 그것을 용납할 수 없었다. 대가와 소가 대부분이 벼슬을 받아 신하가 되었다. 담덕왕은 국법으로 모든 백성을 다스렸다. 국법이 바로 부처님의 말씀과 같은 불법(佛法)이라 하니 백성들은 얼마나 편안하겠는가. 담덕왕은 넓어진 나라의 강역에 사는 모든 백성이 불법 아래 평화롭게 배불리 잘 먹고 잘살았으면 좋겠다는 생각을 했다. 그게 자신이 원했던 강한 나라였다. 그런 나라가 눈앞에 보이는 듯도 했다. 자신이 그렇게 만든 나라였다. 그 나라를 오래도록 지켜보고 싶었다.

인명은 재천(在天)이라 했다. 왕이라도 목숨을 연장할 수는 없다. 심장 발작은 가끔 나타나 담덕왕을 괴롭혔다. 담덕왕이 젊은 나이임에도 태자를 정하고 태자에게 정사를 시험삼아 맡긴 이유도 죽음을 대비하기 위해서였다.

담덕왕은 자신을 닮아 체격이 장대한 태자 거련이 자신을 대신해 정사를 잘 돌보고 있음에 대단히 만족했다. 성질 급한 자신보다 침착한 태자가 오히려 적임일 수도 있다. 광대한 영토를 지키면서 태평성대를 여는 데는 더 나을지도 모른다. 담덕왕은 스스로 중얼거렸다.

"나는 나라를 넓혔다. 너는 백성들의 평안을 위한 임금이 되어라."

8

담덕왕은 거련을 태자로 정한지 4년 만에 국내성 내전(內殿)에서 눈을 감았다. 담덕왕은 어떤 전쟁에도 패한 적이 없었으나, 염라대왕과의 싸움에서는 한 합 만에 무너지고 말았다. 담덕왕이 임자년[26] 10월에 승하하자 고구려의 문장가는 담덕왕의 일생을 묘비명으로 간략하게 정리했다.

열여덟에 등극하시어 연호를 영락(永樂)이라 했다. 대왕의 은혜는 하늘에 미치고 대왕의 힘은 사해(四海)에 떨쳤다. 순종하지 않는 것을 쓸어버리자 사람들은 대왕의 품에서 편안히 살았다. 백성은 번성하고 오곡백과가 풍성하게 익어 나라가 부유했다. 하늘이 돌보지 않아 서른아홉에 나라를 버리고 떠나시니, 나라 온 백성의 슬픔이 세상에 가득하도다.[27]

담덕왕이 이른 나이에 세상을 떴다는 소식이 여러 나라에 전해지자

---

26) 412년
27) 광개토대왕 비문의 변용

여러 나라 왕들이 기뻐했다. 백제 전지왕이 아버지의 원수를 하늘이 대신 갚아주었다고 가장 기뻐했다. 사로국의 실성왕 역시 젊은 시절을 고구려에서 담덕왕의 공포 속에서 살았기에 속으로는 기뻐하지 아니할 수 없었다. 자신을 왕으로 책봉한 거나 마찬가지지만, 자신이 고구려의 허수아비가 아니라 사로국의 진정한 왕이 되기 위해서는 고구려를 넘어서야만 했다. 담덕왕이 살아있다면 그게 불가능했다.

실성왕은 속으로 중얼거렸다.

"담덕이 죽었다. 담덕이 죽었어!"

담덕왕이 없다면 사로국도 고구려와 한판 겨루어 볼 만하다. 자신이 왕이 되고 양성한 정예병이 점점 강군이 되어감을 보고 실성왕은 자신감이 붙기 시작했다.

담덕왕의 산릉이 거의 2년 동안의 부역 끝에 마무리가 되어 갑인년[28](甲寅年) 9월 담덕왕이 영원한 안식에 들어간다는 기별을 받았다. 실성왕은 수십 명의 조문 사절을 고구려에 보내어 자신의 슬픔과 사로국 사람의 애도를 상주인 거련왕에게 전했다. 그 조문으로 실성왕은 자신을 왕으로 만들어준 담덕왕의 은혜를 모두 갚았다고 믿고 싶었다. 실성도 새로운 세상을 열어야 했다.

이듬해인 을묘년[29] 여름 장마가 끝나고 난 뒤 실성왕은 서라벌 북쪽 드넓은 혈성(穴城)[30] 들판에서 군대를 크게 사열했다. 2만의 6부 정예병

---

28) 414년
29) 415년
30) 현재의 경주 북천 북쪽 인근

은 고구려 담덕왕의 군대와 거의 흡사하게 전열을 갖추었다. 기병과 궁수와 창수와 검수로 이루어진 사로국군은 고구려의 군대와 대적해도 밀릴 것 같지 않았다. 서라벌 남문 밖에서 활쏘기 대회를 열어 많은 병사를 포상하기도 했다. 그때 마침 왜구 수천이 동남쪽 바다 풍도(風島)에 쳐들어왔다. 사로국은 궁수와 기마병 일부만을 보냈음에도 살아 돌아간 왜구는 거의 없었다. 예전의 사로국 군대가 아니었다.

거련왕은 아버지 장례를 치르고 1년이 지난 어느날 사로국 당주의 급보를 받았다. 실성왕이 아무래도 수상하다, 정예병을 양성한 것도 모자라 대규모 사열을 하며 군사 훈련을 했고, 군사들은 쳐들어온 왜구를 몰살시켜 버렸다. 사로국군의 움직임에 대비해야 한다는 보고였다.

거련왕은 사로국의 사정을 잘 알고 있는 귀도를 불렀다. 귀도는 사로국에 파송되어 오래도록 사로국 서라벌에 머물다가 나이가 들면서 후임에게 자리를 물려주고 국내성으로 돌아와 있던 참이었다.

"귀도장군, 요즘 어떻게 지내시오."
"선태왕(先太王)께서 돌아가시고는 슬픔을 가눌 길 없어 하루하루를 삼추(三秋)처럼 보내고 있사옵니다. 소장도 이제 늙었사오니 어서 선태왕을 뵈러 갈 날만 손꼽아 기다리고 있사옵니다."

"귀도장군의 충정이야, 내 잘 알고 있지요. 그건 그렇고 내 사로국 왕 실성에 대해 알고 싶은 게 있소. 실성이 요즘 대병을 조련하고 있다고 하오."

"소장도 그 소식을 들었사옵니다."

"그렇다면 귀도장군이 답을 가지고 오셨겠구만. 내 염려가 무엇인지도 아시지요?"

"소장도 입궁해서 한 말씀 드리려던 차였습니다. 사로국은 아직 나라의 제도가 오랑캐의 습속을 벗어나지 못하여 6부의 우두머리를 모두 왕이라 합니다. 여러 왕이 모여서 나라의 중요한 일을 결정했습니다. 내물왕 때까지는 비록 왕이라도 나랏일을 마음대로 결정하지 못했는데, 우리 고구려를 배워서……"

"실성이 마음대로 한다, 이 말이요?"

"아직 그렇게까지 하지는 못하지만, 사로국도 왕 한 사람이 다스려야 나라의 힘이 세진다는 것을 알았습니다. 실성은 그렇게 하려고 힘을 키우고 있습니다."

"그럼 실성이 힘을 키워서 우리 고구려를 배신할 수도 있는 거요?"

"그렇게 되겠지요. 분명합니다. 실성은 선태왕께서 사로국의 왕으로 만들었습니다. 사로국 사람들은 실성을 고구려의 허수아비로 여깁니다. 실성이 왕이라 해도 오히려 업신여김을 받고 있습니다. 그러니 실성은 고구려와 전쟁을 해서라도 자신이 고구려의 허수아비가 아님을 보여주려 할 것입니다."

"그럼 어떻게 해야 하오? 군사를 내야 하오?"

"아직 그렇게까지 하지는 마시고, 소장에게 한가지 계책이 있사옵니다."

"그래요? 어서 말씀해 보시오."

"오랑캐에겐 자중지란(自中之亂)이 답이지요. 병법에 이르기를 이이제이(以夷制夷)라 했습니다."

"오랑캐를 오랑캐로 물리친다? 스스로 자기들끼리 싸우게 만든다?"

"그렇습니다. 실성은 내물왕이 자신을 우리 고구려로 볼모를 보냈다 하여 내물왕을 미워했습니다. 왕이 되자마자 왜국과의 화평을 위해서 라며 내물왕의 셋째 아들 미사흔을 왜국에 보내버렸습니다. 내물왕의 둘째 아들 복호도 우리 땅에 볼모로 보냈습니다. 내물왕의 장자인 눌지의 속이 얼마나 탔겠습니까? 언제 실성의 칼끝이 자기를 향할지 모르니 불안하겠지요. 눌지는 본디 내물왕의 장자이니 왕이 될 사람이었지요. 우리 고구려가 정하지 않았더라면 눌지가 왕위를 이었을 겁니다. 내물왕이 오래도록 왕위에 있은 지라 눌지를 따르는 사로국 사람이 실성을 따르는 사람보다 훨씬 많습니다."

"그러니 눌지와 실성 둘을 싸움을 붙이자?"

"그렇습니다."

"내가 듣기엔 그들은 장인과 사위다. 그들이 그렇게 싸워줄까?"

"왕위는 아비, 자식이나 형제끼리도 나누지 않거늘, 하물며 사위이겠습니까?"

"과연 그럴까?"

"그렇습니다. 누가 이기든 우리 고구려가 도와주어야 하니 앞으로도 태왕께 충성할 게 분명합니다. 제가 두 사람에게 밀서를 보내겠습니다."

그 자리에서 귀도장군은 사로국의 실성왕과 눌지에게 밀서를 썼다. 실성왕은 실성이 고구려 국내성으로 볼모로 왔을 때 알고 지낸 사이였다. 눌지는 귀도가 당주로 서라벌에 있을 때 친하게 지낸 사이였다. 두 사람에게 밀서를 보낸다면 귀도장군만 한 사람이 없었다. 거련왕이 귀도장군을 불렀을 때 이미 그런 계책을 세워놓고 있었는지도 몰랐다.

사로국의 서라벌에서 실성왕과 눌지는 거의 같은 시각에 귀도장군의 종이 밀지를 받았다. 종이는 상당히 귀한 것이라 왕이나 귀족이나 승려들만 사용했다. 보통은 나무를 깎아 글을 쓰는 목간을 사용했다. 종이는 가볍고 부피가 작아 밀지로 사용하기에 매우 좋았다. 고구려에서 온 스님이 종이 만드는 기술을 알려주어 사로국에서도 종이가 막 사용되기 시작할 때였다. 실성왕이 받은 밀지에는 딱 네 글자가 적혀있었다.

"鳥飛已晚."

조비이만? 새가 날기엔 이미 늦었다? 이게 무슨 말인가? 내가 눌지를 도모하기엔 이미 늦었다. 그러니 조심하라는 경고인가? 아니 그게 아니지. 새가 날면 이미 늦다? 그렇다. 새가 날기 전에 빨리 새를 잡으라는 뜻이다. 실성왕은 그제야 무릎을 쳤다. 귀도장군이 아마 눌지의 반역을 눈치챘기에 눌지가 날기 전에 미리 해치우라는 말이 틀림없다. 실성은 고구려에서 온 전령을 불러, 황금 몇 푼을 하사하면서 말했다.

"글은 남으니 말로 하겠다. 잘 기억해서 귀도장군에게 반드시 전해라. 새를 마중 보낼 테니 새 사냥꾼을 보내라. 꼭 이렇게 전해라."

눌지도 귀도장군의 밀서를 펼쳤다. 딱 네 글자가 적혀 있었다.

"鳥飛已晚."

조비이만? 새가 날면 이미 늦다? 새가 날기엔 이미 늦었다? 눌지는 해석이 어려워서 골치가 아파졌다. 포기하라는 말인가? 행동하라는 말인가? 그러다가 눌지는 만약 귀도가 포기를 종용한다면 자신에게 밀서를 보냈을 리가 없다고 생각하기 시작했다. 자신에게 뭔가를 알려주려고 밀서를 보냈다. 군사를 동원하여 실성을 습격하라는 말인가? 그러기엔 위험 부담이 컸다. 눌지가 귀도가 보낸 문구의 뜻을 정확히 몰라 전전긍긍하고 있을 때 궁의 시종이 눌지를 찾아왔다. 월성으로 입궁하라는 명을 가지고 왔다. 실성이 나를 찾아? 이미 새가 날아서 눌지 자신은 이번 입궁을 마지막으로 황천으로 가는 게 아닐까 하여 몹시 불안했다. 사지라 하더라도 입궁하지 않을 수는 없었다. 실성은 웃는 얼굴로 눌지를 맞이했다. 왕은 고구려에서 거련왕이 보낸 왕의 동생이 사로국의 국빈으로 온다고 했다. 왕족 대표로 왕의 사위이기도 한 눌지가 마중 나가서 접대에 소홀함이 없도록 하라고 분부했다.

눌지는 서라벌 북쪽 혈성 입구 들판에서 고구려의 손님을 맞았다. 마침 해가 졌으므로 눌지는 막사에 술상을 차려놓고 손님을 대접했다. 손님은 거련왕의 동생이 아니라 귀도장군이 보낸 젊은 장수였다. 선발대로 먼저 장수가 도착하고 이어 후발대로 귀빈이 오겠거니 하면서 눌지는 별 의심없이 장수와 대작을 시작했다. 젊은 장수는 눌지와 나이가 비슷했다. 눌지는 장수의 의중을 알 수 없었기에 말을 삼가며 술잔을 주고받았다. 주석이 무르익을 때쯤 고구려 장수는 갑자기 품에서 비수를 꺼내 눌지의 목에 갖다 대었다. 눌지는 깜짝 놀랐다. 바로 이것이었구나. 여기서 눌지의 목숨이 끝나는구나. 체념하면서 눌지는 눈을 감았다.

"어서 죽이시오. 오래 욕보이지 말고."

찰나의 시간이 흘렀다. 생사의 경계에는 아무것도 없다. 태어난 곳도 없으니 가는 곳도 없다.

또 찰나의 시간이 흘렀다.

"그대 나라의 대왕이 새를 잡으라고 했습니다만, 새가 봉황이어서 잡을 수가 없습니다."

고구려 장수는 한마디 했다. 그제야 눌지는 자신의 목이 붙어있는지 손을 들어 목을 쓰다듬어 보았다. 목이 붙어있었다. 눌지는 고구려 장수에게 목례를 한 다음, 말을 이었다.

"목숨을 살려주어 고맙기 한량없습니다. 누구인가요? 나를 살린 사람은. 귀도장군이요?"

"저는 군인입니다. 저의 임무는 모두 태왕께서 주십니다. 고구려 당주에게도 연락을 해두겠습니다. 당주와 고구려 병사들을 앞세우십시오. 그들은 수박(手拍)[31]으로 단련된 무술의 고수들입니다."

그제야 눌지는 鳥飛已晩의 뜻을 알았다. 새는 자신이 아니라 실성이었다. 늦기 전에 실성을 치라는 말이었다. 이튿날 평민복으로 갈아입은 눌지는 몰래 서라벌로 잠입했다. 밤 야음을 틈타 당주의 군사와 날렵한 자신의 사탁부 군사를 모아 월성을 습격했다. 실성왕은 눌지의 목을 기다리다가 졸지에 기습을 당했다. 왕을 지키는 시위병들이 저항하다가 눌지의 존재가 알려지자 곧 저항을 포기했다. 실성왕은 눌지와 고구려

---

31) 고구려 고유의 무술. 오늘날의 태권도와 흡사하다.

병사들에게 사로잡혔다. 눌지는 장인이기도 한 실성의 목을 차마 벨 수 없어 그 자리를 떠났다. 고구려 당주가 수고로운 일을 대신했다. 한 나라 왕의 목숨이 순식간에 사라졌다.

눌지가 바로 왕위에 올랐다. 눌지는 민심을 수습하기 위해 시조에게 제사를 지냈다. 나라 잔치를 벌여 늙고 배고픈 사람에게 손수 음식을 대접했다. 자신의 동생 미사흔과 복호가 왜국과 고구려에 인질로 가있기에 혈육의 안위를 챙기는 것도 중요했다.

사로국은 박혁거세가 나라를 세운 이후 박씨, 석씨, 김씨가 서로 혼인을 하면서 뒤섞여서 6부의 귀족은 서로 혈육이 아닌 사람이 드물었다. 그 혈육끼리의 인정이 무엇보다 중요했다. 눌지는 우선 동생들을 데리고 오고 싶었다. 누구에게 그 임무를 맡기는 게 좋겠는지 신하들과 의논했다. 나라의 원로 촌장들은 학식 있는 자를 보내야 한다며 삽량주(歃良州)[32]에 살고 있는 박제상을 추천했다. 박제상은 시조 박혁거세의 후손으로 신라 최고의 학자였다. 독학으로 사서오경과 같은 경서와 사기(史記)와 같은 역사서에 달통했다고 알려져 있었다. 눌지가 박제상을 만나보았더니 역시 학식이 뛰어났고 풍채가 좋았다. 무엇보다 말을 잘했다. 청산유수(青山流水)가 따로 없었다.

눌지는 박제상을 고구려로 보냈다. 박제상은 거련왕에게 당당하게 말했다.

"일찍이 영락대왕 때부터 신의 나라는 믿음과 정성으로 고구려를 섬겼고, 고구려는 신의 나라를 아우로 여겨 자애롭게 살폈으니, 이는 서로

---

32) 경남 양산으로 추정.

가 본분을 다해 하늘의 뜻을 지켜왔다고 할 수 있습니다. 더군다나 저의 임금이 상(上)에 오르기에는 태왕의 은덕이 태산보다 크다 하시며 그 은혜를 평생에 걸쳐서도 어찌 갚겠느냐고 하셨습니다. 자애로우신 태왕께서 왕제(王弟)를 고구려에 두고 훈교(訓敎)함이 또한 크나큰 은덕이긴 하나, 이미 나라를 떠난 지가 10년을 바라보는지라, 형제간에 얼굴을 잊어버릴까 하여 저의 임금은 물가에서 우는 새만 보아도 눈물을 흘리고, 여염집에서 낑낑거리는 강아지를 보아도 한숨을 내쉬고 있습니다. 부디 살피시어 왕제(王弟)를 돌려보내 주시면, 태왕의 마구간에는 아홉 마리 소에서 터럭 하나 빠진 정도이겠으나, 저의 임금이 태왕께 입은 혜택을 숫자로 말한다면 아홉 마리 소의 터럭을 다 헤아려도 모자랄 정도이옵니다. 부디 살펴주소서."

거련왕은 당당한 박제상의 풍모와 말솜씨에 호감이 갔다.

"아무 대가도 없이 볼모를 돌려보내줄 수는 없다. 대신 너의 목숨을 잡아놓고 싶다. 그럴 수 있겠느냐?"
"태왕께서 저의 목숨이 필요하시다면 얼마든지 드리겠사옵니다."

거련왕은 다른 이유에서도 복호를 돌려보내기로 마음먹고 있었다. 어차피 왕의 동생을 볼모로 잡고 있어봐야 그것으로 사로국을 통제하기는 어렵다. 오히려 고구려 속 사정만 사로국으로 유출될 수 있다. 국가적 거사를 비밀리에 추진하기에 앞서 복호를 돌려보냄이 마땅했다. 거련왕은 박제상을 죽이려는 게 아니라 그의 충성심을 알아보고 싶었다. 박제상이 당당하게 말하자 왕은 그가 마음에 들었다. 그에게 호의를 베풀면 고구려의 신하들도 충성심에 대해 깊이 생각할 게 분명하다.

"좋다. 너의 충성심이 가련하다. 가거라"

박제상은 거련왕의 배려로 복호를 모시고 서라벌로 돌아왔다. 눌지왕은 눈물을 흘리며 감격했다. 형제지간의 재회를 두고 많은 사로국의 귀족들이 기뻐했다. 눌지는 큰 잔치를 베풀면서 박제상에게 말했다.

"나는 두 아우를 내 몸 왼쪽과 오른쪽에 있는 두 팔로 생각했다. 이제 한쪽 팔은 얻었으니 나머지 팔은 어찌하면 좋겠는가?"

실성왕은 왜국에게 혹 병력을 빌릴 수 있을까 하여 미사흔을 왜국에 보냈었다. 하지만 때는 이미 늦어버렸다. 백제의 전지 왕자가 이미 왜국 조정 깊숙이 들어가 왜국과의 우호를 다져놓은 상태였다. 전지는 왜국 조정을 움직여 오히려 미사흔을 붙잡아두게 하였다. 미사흔은 괜한 볼모가 되었다. 전지 왕자가 귀국하여 백제의 왕으로 즉위한 이후에도 미사흔은 왜국에 억류되어 있었다. 눌지는 막내 미사흔으로 인해 늘 마음이 아팠다. 박제상은 눌지왕의 심정을 잘 헤아렸다. 제상은 왕이 따라준 한잔 술을 단숨에 들이켰다. 왕에게 넙죽 절을 하고 그 길로 바로 왜국으로 떠났다.

박제상은 왜국에서 화려한 언변으로 왜국 왕을 속이고 왕의 동생 미사흔을 탈출시켰다. 미사흔을 먼저 도망치게 하고 자신은 시간 차이를 두고 탈출하려 했다. 박제상은 아슬아슬하게 왜왕에게 붙잡혔다. 왜왕은 박제상이 마음에 들었다. 왜국은 나라의 기초를 다지기 위해 제상같이 학식 있는 자가 필요했다. 왜왕은 박제상에게 왜국을 위해 일해달라고 간청했다. 박제상은 사로국에 돌아갔다가 사로국 왕의 승낙을 받고 다시 돌아오겠다고 했다. 생각이 짧은 왜국 왕은 박제상이 약속을 지킬 리가 없다고 확신했다. 또 자기를 속인다고 분노했다. 그는 제상을 바로 불태워 죽여버렸다.

눌지왕은 박제상이 죽었다는 소식을 접하고는 몹시 애통해했다. 사로국 최고의 학자가 원통하게 세상을 떠나버렸다. 사로국으로서도 손실이 컸다. 눌지왕은 박제상을 사로국 최고 관등인 대아찬으로 추증했다. 가족들에게 후한 상을 내렸다. 박제상으로 인해 살아 돌아온 미사흔은 시집가지 아니한 박제상의 둘째 딸을 아내로 맞아들였다. 왕은 충신의 딸을 왕가의 며느리로 삼아 박제상의 충성에 조금이나 보답하고자 했다. 무오년[33]의 일이었다.

---

33) 418년

9

고구려에서는 거련왕이 30세가 되던 갑자년[34] 큰 경사가 있었다. 거련왕의 어머니인 국모(國母) 호태왕비가 51세가 되어 고구려는 큰 잔치를 벌였다. 쉰한 살은 예순을 바라보는 나이, 망륙(望六)이라 하여 왕가나 귀족들에게는 매우 큰 기념이 되는 나이였다. 장수(長壽)의 길로 접어들었다 하여 환갑잔치와 버금가는 큰 잔치를 차렸다.

사로국의 눌지왕은 기이한 보화와 갖은 공물을 지참하여 수백 명의 축하 사절을 고구려로 보냈다. 축하 사절을 이끈 복호는 감회가 남달랐다. 고구려 역시 사로국의 축하 사절을 예우를 다해 대접했다. 백제와 가야국을 제외한 여러 고구려의 이웃 나라들이 축하 사절을 보내 호태왕비의 망륙을 축하했다. 거련왕의 치세 속에서 평화가 지속되는 듯했다.

세상에 가만히 있는 것은 없다. 모든 것은 변한다. 어떤 변화가 어디에서 시작하여 어떤 바람을 타고 어디로 번지느냐가 문제였다. 고구려 서쪽에서 변화가 일어나고 있었다. 바로 위나라였다. 탁발규(拓跋珪)가

---

34) 424년

세운 위(魏)나라는 날로 강성해졌다. 탁발규의 손자 탁발도(拓跋燾)는 거련왕이 어머니의 잔치를 벌이던 바로 그해 송나라와의 전쟁에서 대승을 거두었다. 위나라는 화북 지역의 새로운 강자로 부상했다. 순식간에 고구려보다 영토도 넓고, 인구도 많은 대국이 되었다.

위나라를 도모하느냐 아니면 친선 관계를 유지하느냐를 두고 거련왕은 고민에 빠졌다. 거련왕은 귀도장군을 불렀다. 귀도는 나이가 들어 거동이 불편했다. 귀도는 수레를 타고 왕의 부름에 한달음에 달려왔다.

"귀도장군, 위나라를 어떻게 할까요?"

"위나라는 본디 선비족(鮮卑族)이 저 장성(長城) 너머에서 세운 나라입니다. 사납고 거칠어 다루기가 힘든 사람들이지요. 태자를 낳은 어미를 죽이는 오랑캐들이기도 합니다."

"어미를 죽여?"

"탁발규는 아들 탁발사(拓跋嗣)를 낳은 왕비 유씨를 죽였고, 탁발사도 태자 탁발도(拓跋燾)를 낳은 어미를 죽였습니다."

"그런 고약한 일이 있었어?"

"그렇습니다. 이를 자귀모사(子貴母死)라 하옵습니다."

"아들을 귀하게 하기 위해 어미를 죽인다?"

"그렇습니다."

"허, 그럴듯하구만. 외척이 발호하니 애초에 차단하여 아들의 앞길을 방해하지 못하게 한다는 거지요?"

"그렇습니다, 폐하. 우리 고구려와는 다르지요. 그건 오랑캐나 하는 짓입니다. 그게 우리 고구려에 유리합니다."

"그래? 왜 그런가?"

"위나라는 명분보다 현실을 중시하는 나라라는 뜻입니다. 지금 위나라는 남쪽 송나라와의 전쟁에서 한 번 이겼지만, 완전히 멸하지는 못했습니다. 휴전 상태로 들어갔지요. 위나라는 세력이 강해지는 나라입니다. 주변에 양(涼)나라, 연(燕)나라가 남아있지만 위나라와는 비교가 안되지요. 위나라가 보면 동쪽의 우리 고구려가 강대합니다. 남쪽의 송나라는 비록 한 번 전투에서 이겼다 해도 여전히 무시할 수 없습니다. 이런 상황에서 우리 고구려를 적대시하려고는 하지 않겠지만……"

"않겠지만?"

"양나라와 연나라를 멸하고 나면 우리 고구려와 척을 질 게 분명합니다. 그러니 지금부터 위나라에게 고구려는 적이 아니다, 천하를 송나라, 위나라, 고구려 이 셋으로 나누어 화평하게 살자는 신호를 보내야 합니다."

"그렇지, 천하를 삼분하여, 요하 동쪽은 이미 고구려가 주인이니. 장강 북쪽은 위나라, 남쪽은 송나라 이렇게 말이지."

"그러하옵니다, 폐하. 위나라 탁발씨는 성정이 고약하니 서두르셔야 하옵니다."

거련왕은 귀도장군의 계책대로 위나라에 사신을 보내 탁발도의 왕위계승과 승전을 축하했다. 위나라에서도 고구려 친선 사절에 고마움을 표했다. 위나라와 친선이 항구적으로 지속될지는 알 수 없었다. 위나라의 전투력은 예전 연나라의 모용희와는 감히 비교조차 할 수 없었다. 고구려가 위나라와 전쟁을 한다면 고구려가 승리한다는 보장이 없다. 거련왕은 깊이 고민하다가 드디어 결단을 내렸다. 아버지 담덕왕의 유언을 실천할 때가 드디어 왔다.

정묘년[35]에 거련왕은 평양으로 도읍지를 옮겼다. 거련왕 15년, 사로국 눌지왕 11년. 백제의 전지왕이 갑자기 죽고 비유왕이 즉위한 해였다.

천도(遷都)에 반대하는 자들이 많았다. 명문 귀족의 상당수가 사력을 다해 반대했다. 거련왕이 반대에 분노했다. 거련왕은 처음에는 천도에 반대하는 여러 귀족을 설득했다. 그들은 대부분 국내성에 터를 잡고 수백 년 살아왔던 명문가의 후손이었다. 그들은 연나부, 비류부, 관나부, 환나부의 대가(大加)들이었다. 오래도록 고구려에 충성을 다한 명문 가문이었다. 그들은 조상의 뼈가 묻힌 국내성을 떠나기 싫어했다. 조상의 무덤을 돌보아야 한다는 게 그들이 내세운 주요한 이유였다. 거련왕은 반대의 다른 이유가 있음을 알고 있었다. 그들이 영유한 토지와 재산이 국내성에 가깝게 위치했기 때문이었다. 토지와 재산은 곧 노비와 군사력으로 이어졌다. 그게 그들의 권력 기반이기도 했다.

천도는 아버지 담덕왕의 유언이기도 했다. 거련왕은 아버지 담덕왕의 능 앞에 큰 비석을 세웠다. 비석에 아버지의 업적과 유언을 담았다. 아버지만큼 고구려 땅을 넓히고 많은 신민을 확보한 왕은 일찍이 없었다. 묘호를 국강상광개토경평안호태왕(國岡上廣開土境平安好太王)이라 한 이유도 아버지가 국토를 크게 넓혔기 때문이었다. 비석에 새기지 못할 유언도 있었다. 바로 도읍지 천도였다.

"나는 바람을 일으켰다. 나에게는 누구도 항거하거나 대적하지 못했다. 내가 군사를 내놓으라고 하면 어떤 가문도 말없이 따랐다. 그렇지 않으면 바로 죽음이었다. 영락 10년 사로국을 구원하러 5만 대군은 일으켰을 때도 그랬다. 하지만 큰 바람은 두 번 불지 않는다. 나라가 안정

---

35) 427년

되면 나라 속에서 적이 나온다. 그 적이 누구겠는가? 너의 처족(妻族)이 적이다. 너의 충성된 신하가 적이다. 오래되어 위세가 강한 신하가 너의 더 큰 적이다.

평양으로 도읍을 옮겨라. 내 일찍이 평양에 남순(南巡)할 때 그 땅의 이로움을 보았다. 땅이 비옥하여 도읍지 백성이 굶주리지 않는다. 물길이 발달하여 사통팔달 군사와 물자를 실어 나를 수 있다. 소나무가 많고 바다가 가까워 얼마든지 소금을 구워낼 수 있다. 그 땅에서 오래된 신하의 입을 다물게 하라. 새롭게 충성하는 신하에게 나랏일을 맡겨라. 새로운 고구려의 천 년을 열어라."

거련왕은 아버지 담덕왕의 목소리를 기억했다. 자신이 생각해도 평양은 넓어진 제국의 도읍지로 매우 적합했다. 거련왕은 천도의 가장 중요한 이유로 평양이 수운(水運)에 편리한 점을 들었다. 평양 아래로 흐르는 패수(浿水)는 서해와 바로 이어져서 고구려가 위나라나 송나라와 교역 하기에 좋았다. 전쟁을 치를 때도 마찬가지였다. 함선을 이용하면 한수와 요하(遼河)로 바로 군대를 보낼 수 있었다. 전쟁에서 승패는 신속함이 좌지우지한다. 군량 운송도 마찬가지다. 평지가 펼쳐진 요동 지역에는 소나 말이 끄는 수레를 활용할 수 있다. 압록수 이남은 산지가 많아 수레를 이용하기 힘든 곳이 많았다. 대신 압록수, 패수, 한수 등은 중류나 상류까지 배가 올라갈 수 있었다. 아버지인 담덕왕도 한수까지 함선을 이용해 백제를 정벌했다. 만약 위나라와 전쟁이 벌어진다면 최악의 경우 국내성보다는 평양성이 방어하기에 좋다. 유목족인 위나라는 수군이 약하다. 평양성은 백제와의 국경은 가깝다. 백제는 위나라에 비하면 약한 적이다. 나라의 안녕을 위한다면 국내성보다 평양성을 도읍지로 삼아야 했다.

거련왕은 끝까지 반대하는 대신들은 용서하지 않기로 했다.

"용서하지 마라, 베라."

아버지 담덕왕의 목소리가 들렸다. 아버지의 목소리를 믿고 거련왕은 힘을 냈다. 아버지는 일찍부터 평양에 아홉 대찰을 창건하여 평양 천도를 사실상 예고했다. 자신과 아버지의 뜻을 따르지 않는다면 용서할 수 없다.

왕이 국가의 큰 그림을 그릴 때 왕은 따르지 않고 소리(小利)를 탐하는 자들은 도려내야 마땅했다. 아무리 권문세가라 할지라도 거련왕은 기꺼이 그들을 어육(魚肉)으로 만들었다. 한바탕 피바람이 고구려를 휩쓸고 지나갔다.

거련왕은 새 도읍지에 궁성을 짓고, 산성을 축성했다. 고구려의 국력을 쏟아부었다. 20여 년의 세월이 흐르면서 도읍지 평양이 얼추 완비되었다. 안학궁에는 대전을 비롯한 여러 전각이 들어섰다. 여러 관아와 백성들의 살림집도 평양성에 들어섰다.

거련왕은 백제와 사로국의 동정을 늘 살피고 있었다. 담덕왕의 남정 이후 백제는 잠잠했다. 국경은 고요하다고 해도 좋았다. 그 고요는 비바람이 몰아치기 전의 고요였다. 가만히 앉아있을 백제가 아니다. 백제가 뭔가 수작을 꾸미고 있음이 틀림없다. 아니나 다를까 사로국 당주는 백제가 사로국과 내통하려 한다고 보고해 왔다. 백제가 고구려와 사로국 사이를 이간시키려는 술책임이 분명했다. 거련왕은 여러 간자들이 보내온 정보를 취합해 상황을 재구성해보았다.

백제의 비유왕은 눌지에게 화친하자고 사신을 보냈다. 눌지는 아버지 담덕왕이 5만 군사를 내어 풍전등화의 위기에서 사로국을 구해준 은덕을 저버렸다. 눌지왕은 백제 비유왕의 감언에 속아 백제와 동맹을 맺었다. 아니 오히려 눌지의 본심이 나왔다고 보아야 했다. 눌지가 배반했다. 심지가 강한 녀석인 줄 알았더라면, 눌지를 왕에 앉히는 게 아니었다. 거련왕은 후회했다.

"배은망덕한 녀석."

어머니의 망육 잔치에 잔뜩 사절을 파견하여 굽신거린 지 10년도 되지 않았다. 거련왕은 군사를 내서 사로국을 정벌할까도 생각했지만, 순서가 아니었다. 사로국은 백제와 화친을 맺었다 하나 실질적으로 고구려에게 적대 행위를 하진 않았다. 사로국 서라벌에는 당주와 고구려 병사들이 여전히 주둔하면서 사로국을 감시하고 있었다. 게다가 사로국 영토 북쪽 여러 성에는 고구려 군사가 머물고 있었다. 아버지 담덕왕이 사로국을 구원하러 갔을 때부터 죽령 아래 변방인 급벌산, 이벌지, 고사마를 지나 실직과 우진야에서 야시홀[36]에 이르는 동해안까지 고구려 병사들은 군영을 유지하며 고구려의 남단을 지키고 있었다. 서라벌은 마음만 먹으면 언제든지 정벌할 수 있다. 거련왕은 이빨로 입술을 지그시 누르며 침을 삼켰다.

---

36) 급벌산(及伐山)은 경북 영주시 순흥면으로, 이벌지(伊伐支)는 경북 영주시 풍기읍으로, 고사마(古斯馬)는 경북 봉화군 봉화읍으로 실직(悉直)은 강원도 삼척시로, 우진야(于珍也)는 경북 울진군 울진읍으로, 야시홀(也尸忽)은 경북 영덕군 영덕읍 일대로 추정한다.

10

남쪽의 사로국 문제보다 더 급한 일이 연나라에서 터졌다. 연나라 왕 풍홍이 비밀리에 상서(尙書) 양이(陽伊)를 보내 왔다. 위나라의 공격이 임박하다 했다. 연나라의 군사력으로는 위나라를 막을 수가 없었다. 양이는 거련왕에게 말했다.

"폐하, 저의 임금께서는 만일 사태가 위급하면 잠시 고구려에 의탁하면서, 장래에 어떤 길로 갈지 방법을 찾고 싶다고 하셨습니다. 고구려와 연나라가 함께 사는 길을 찾고자 하십니다."

말이 의탁이지 망명 요청이나 다름없었다. 만약 요청을 받아들이면 위나라와의 관계가 틀어질 게 분명하다. 거련왕이 결정을 미루고 있는 사이에 위나라 사신이 고구려에 들어와 위나라 왕의 말을 전했다.

"나는 포악무도한 풍홍을 하늘을 대신해 벌하러 군사를 일으켰소. 고구려는 그리 알고 길을 막지 마시오."

위나라 왕 탁발도(拓跋燾)는 풍홍이 형의 왕위를 찬탈했다고 하여 포악무도하다고 했다. 물론 핑계다. 사실은 고구려에게 요서 지역을 완전히 장악하겠다는 통보나 마찬가지다. 위나라에게 다 줄 수는 없었다. 위나라가 강해지면 고구려가 불리해진다. 다급한 거련왕은 갈로(葛盧)와 맹광(孟光) 두 장군에게 군사 3만을 주어 양이를 길잡이로 해서 급히 화룡성(和龍城)[37]으로 보냈다. 화룡성은 연나라의 도읍지였다.

위나라와 고구려의 군사가 화룡성 외곽에 거의 동시에 도착했다. 화룡성 안에서는 큰 혼란이 일어났다. 연나라 조정은 위나라에 항복하자는 파와 고구려로 피신 가자는 파로 나뉘어 다투기 시작했다. 위나라에 항복하자는 쪽에서 먼저 서쪽 성문을 활짝 열었다. 위나라 장수 고필(古弼)과 아청(娥淸)은 성문이 별안간 활짝 열리며 성문 위에 백기가 나부끼자, 일순간 당황했다. 고필과 아청은 고구려 정예 3만도 화룡성 동쪽에 도착해 있음을 알고 있었다. 그렇기에 함정이 아닐까 의심하여 섣불리 입성하지 못했다. 고필은 그래도 입성하자고 했다. 아청은 필시 함정이 분명하다고 주장하며 입성을 거부했다. 급기야 서로 다투다가 결론을 내지 못했다. 그들은 급보를 띄워 왕 탁발도의 지시를 받기로 했다.

화룡성 서문을 열었다는 소식을 전해 들은 갈로와 맹광은 양이를 시켜 동문을 열게 했다. 고구려군은 신속하게 화룡성으로 들어갔다. 고구려 군대는 잠깐의 전투 끝에 위나라에 항복하자는 파를 색출하여 모두 처단한 다음 서문을 닫아버렸다. 고필과 아청은 문이 닫히고서야 뭔가 사태가 잘못 돌아가고 있음을 알았다. 허둥거려도 이미 늦었다. 그렇다고 성을 공격할 수도 없었다. 고구려군이 이미 화룡성을 완전히 장악하고 있었기 때문이었다.

---

37) 현재의 중국 랴오닝성[遼寧省] 차오양[朝陽]

고구려 군대는 화룡성에서 무기와 갑옷과 금은보화와 같은 쓸 만한 물건들을 모조리 챙기고 궁궐에 불을 질렀다. 갈로와 맹광은 고구려 군대의 엄격한 통제하에 풍홍과 왕족, 귀족들과 백성들을 모두 동문 밖으로 나가게 했다.

화룡성은 열흘 동안이나 탔다. 천지사방에서 화룡성 타는 불길을 볼 수 있었다. 위나라의 고필과 아청 역시 불타는 화룡성을 바라보았다. 그때 위나라 왕의 급보가 도착했다. 공격하여 화룡성을 취하되 고구려군과는 싸우지 말라는 지시였다.

위나라 군대는 화급하게 불이 꺼져가는 화룡성에 입성했다. 성은 이미 잿더미로 변했다. 성 밖으로 질서정연하게 후퇴하는 고구려 군대의 긴 행렬이 보였다. 행렬의 길이는 무려 80리에 이르렀다. 고필과 아청은 고구려 군대가 몇 만인지 도무지 감을 잡을 수 없었다. 얼추 10만은 넘게 보였다. 고필과 아청은 고구려 군대를 추격하기 시작했다.

갈로와 맹광은 위나라 군대의 추격을 예상했다. 연나라 백성과 부녀자에게 연나라 군사의 갑옷을 입혀 대열 앞과 중앙에 위치시켰다. 고구려군 보병이 대열을 에워싸고 중무장한 고구려 철갑기병이 대열 후미에서 천천히 행군했다. 고필과 아청은 고구려 군대의 엄청난 숫자에 놀라 감히 공격하지 못했다. 고필과 아청은 상처 입은 사냥개마냥 침을 흘리며 요하까지 쫓아왔지만, 고구려 영내에 이르자 군사를 돌렸다.

위나라 군대가 닭 쫓던 개가 되어버렸다는 보고를 받은 위나라 왕 탁발도는 화가 머리끝까지 났다. 고필과 아청, 두 장군을 당장 병졸로 강등시켰다. 탁발도는 식식거리면서 고구려 거련왕에게 다시 사신을 보냈다. 사신은 거련왕에게 탁발도의 말을 그대로 전했다.

"대역무도한 연나라 왕 풍홍과 그 자식들을 먼저 위나라로 보내라. 내가 직접 죄를 묻겠다."

거련왕은 싱긋 웃고는 탁발도에게 공손한 편지를 보냈다.

"고구려 왕 거련은 풍홍과 함께 위나라 대왕의 가르침을 따르겠습니다."

거련왕은 동시에 풍홍에게도 편지를 보냈다.

"용성왕 풍군(馮君)이 고구려 땅에 와서 노숙한다고 하니 병사와 말이 얼마나 피곤하겠소? 고구려는 안전하니 푹 쉬도록 하시오."

위나라 왕 탁발도는 거련왕의 편지를 보자 더 화가 났다. 가르침을 따르겠다고 해놓고 실제 거련왕이 가르침을 따른 것은 없었다. 말은 공손하되 자신을 조롱하는 거나 마찬가지였다. 왕과 왕족, 백성과 재물은 거련왕이 다 차지했다. 자신은 불타버린 화룡성을 얻었다. 탁발도는 기병을 편성하여 고구려로 쳐들어가려고 했다.

신하들은 탁발도의 의도를 알고 있었다. 왕이 쳐들어가자고 해서 다 진심은 아니다. 때를 기다리자고 왕에게 간언했다. 어쩐 일인지 탁발도는 금방 고집을 꺾고 잠잠해졌다. 그도 고구려는 정벌하기 어려운 상대임을 누구보다 잘 알고 있었다. 홧김에, 쳐들어가자고 해본 소리였다. 탁발도 아래에서 나라의 녹을 먹자면 그 정도 눈치는 있어야 했다.

탁발도보다 더 기가 막혔던 건 풍홍이었다. 거련왕은 편지에서 자신을 용성왕 풍군이라 했다. 풍홍은 자신의 눈을 의심했다. 풍군(馮君)이라니. 어떻게 이럴 수가 있나. 군(君)이란 왕자나 지방 호족에게 붙이는 말이었다. 임금에게 군이라니. 풍홍은 자신의 신세를 한탄하며 부끄러워하다가 마침내는 분노했다. 어찌 거련이 이럴 수가 있는가. 어찌 이렇게 무도한 놈이 있는가. 의리라고는 눈곱만큼도 없는 잔인한 놈이라고 거련을 수없이 욕했다. 거련을 만만하게 본 자신의 잘못이었다. 차라리 위나라 탁발도에게 의탁해야 했다. 풍홍은 땅을 치며 후회했다.

거련왕은 북풍(北豊)[38]이라는 작고 외진 마을로 풍홍을 보냈다. 시종 대부분을 빼앗아 풍홍을 더욱 비참하게 만들었다. 풍홍의 태자 왕인(王仁)은 보호한다는 구실을 붙여 평양으로 불렀다. 왕인은 혹시 모를 풍홍의 반란에 대비한 볼모였다. 거련왕은 풍홍이 고구려로 온다고 할 때부터 알고 있었다. 그는 망명 온 척하다가 기회를 봐서 고구려를 빼앗으려 할 게 틀림없었다. 얕은 수에 당할 거련왕이 아니었다.

고구려에서의 상황이 절망스럽게 되자 풍홍은 마지막 탈출구를 찾기 시작했다. 풍홍은 바다 건너 송(宋)나라에 몰래 사람을 보내 편지를 올렸다.

"신(臣) 연나라 왕 풍홍은 송나라 천자께 엎드려 간청하옵니다. 신이 어리석어 이리 같은 위나라를 피하다가 승냥이 같은 거련왕에 사로잡혀 피눈물을 흘린 지 사계절이 지났습니다. 천자께서 하해(河海)와 같은 은혜로 저를 품어 주신다면, 그 은혜를 잊지 않고 위나라 탁발도의 뒷다리라도 물겠습니다. 저에게는 아직 저를 따르는 군사 7천이 있사옵니다. 부디 저와 저의 군사를 구출하여 주시기를 비옵나이다."

---

38) 요동반도 일대의 해안가 마을로 추정.

송나라 문왕은 위나라와 싸워서 한 번 패했다. 마침 패배를 만회하기 위해 절치부심(切齒腐心)하고 있을 때였다. 문왕은 풍홍의 제안이 마음에 들었다. 탁발도의 뒷다리라도 물겠다지 않는가. 풍홍이야 없다손 치더라도 그의 7천 군사는 송나라에 도움이 된다. 문왕은 왕백구(王白駒) 장군에게 수십 기를 주어 고구려로 가서 풍홍을 구출해 오라 명했다. 왕백구는 고구려 요동 해안에 상륙했다. 수상한 군사들이 갑작스럽게 고구려 해안에 나타나자 해안을 경비하는 고구려 관리가 깜짝 놀랐다. 누구냐고 묻는 관리에게 왕백구는 송나라 문왕의 국서를 내밀었다.

"송나라는 연나라 왕 풍홍에게 은혜를 베풀기로 하였으니, 고구려 태왕은 풍홍과 그 자식들 노자를 마련하여 송나라로 보내주시오."

고구려 관리는 급히 거련왕에게 보고했다. 거련왕은 보고를 받고 대단히 놀랐다. 풍홍이 구출해달라고 송나라에 구원을 청했음이 분명했다. 그렇게 해줄 수는 없었다. 예고도 없이 갑자기 사신을 파견하여 풍홍을 데려가겠다는 송나라의 무례를 따질 계제가 아니었다. 풍홍이 송나라에 가면 고구려가 위나라에 할 말이 없어진다. 위나라에게 고구려 침공의 명분을 줄 수도 있다.

거련왕은 박작성에 있는 손수(孫漱)와 고구(高仇)장군에게 명을 내렸다. 쉬지 말고 달려 북풍으로 가라. 가서 바로 풍홍의 목을 쳐라, 그의 자식들도 모두 목을 쳐라. 한 놈도 살려두지 마라. 만약 송나라 군사와 마주친다면 싸우지 말고 시간을 벌어라. 이어 맹광장군에게도 명을 내렸다. 정예 기병 2만을 인솔하여 손수와 고구를 뒤따르라 했다.

풍홍의 목을 구하기 위해 송나라 왕백구가 먼지를 일으키고 말을 달렸다. 풍홍의 목을 치기 위해 손수와 고구의 기마대 역시 먼지를 일으키고 북풍으로 말을 달렸다.

고구려의 기마대가 한발 빨리 북풍에 도착했다. 하지만 왕백구의 연락을 미리 받은 풍홍은 군사와 가솔을 데리고 이미 해안을 향해 떠나고 없었다. 손수와 고구장군의 기마대가 다시 추격을 시작했다. 얼마 달리지 않아 넓은 벌판에 풍홍과 그 일행이 시야에 들어왔다. 풍홍의 군사 7천은 앞서 나갔고, 풍홍은 가솔과 함께 수레로 움직이느라 뒤처져 군사들을 따라가고 있었다. 고구려 기마대는 목표를 향해 전속력으로 돌진했다. 이윽고 풍홍이 따라잡혔다. 손수와 고구장군은 다짜고짜 달려가 풍홍의 목부터 베었다. 풍홍의 목이 땅에 떨어졌다. 그의 몸에서 솟구친 피가 땅에 닿기도 전에, 풍홍의 자식 10여 명의 목도 차례로 땅에 흩어졌다.

왕백구는 풍홍의 목이 떨어진 직후에 처참한 살육의 현장에 도착했다. 피비린내가 아직 채 가시지도 않았다. 바로 눈앞에서 풍홍과 그 일족의 죽음을 본 왕백구는 어처구니가 없었다. 갑작스럽게 주인을 잃어버린 풍홍의 7천 병사들도 분노했다. 왕백구는 풍홍의 병사를 지휘하여 손수와 고구장군을 공격했다. 고구장군은 송나라 장군과의 일전을 피하라는 지시를 받았기에 왕백구에게 다가가 싸우지 말자는 뜻을 전하려 했다. 이를 자신을 공격하는 줄로 오해한 왕백구의 칼이 고구장군의 목으로 향했다. 고구장군의 목이 달아났다. 손수장군은 바로 상황을 파악했다. 무기를 버리고 손을 들어 항복했다. 하지만 한 식경도 지나지 않아 맹광장군이 이끄는 2만 고구려 기병이 나타나 풍홍의 7천 군사를 에워쌌다. 사태가 이 지경에 이르고 보니 왕백구장군도 난감했다. 자신에게 주어진 임무는 풍홍 구출이었다. 자신은 임무를 완수하기는커녕 고구려에서 고구려 장수의 목을 쳐버렸다. 난감했다. 고구려군을 뚫고 달아날 수도 없었다. 양쪽 군대가 북풍 남쪽 벌판에서 대치하고 있었다.

맹광장군은 자신이 아끼던 부장 고구가 죽은 것을 알고 왕백구를 당장 죽이려다가 생각을 고쳤다. 저 왕백구처럼 바보짓은 하지 말자.

왕백구도 바보는 아니었다. 고구려 영토 안에서 연나라 패잔병을 이끌고 싸우다간 전멸은 불을 보듯 뻔했다. 맹광은 왕백구에게 무조건 항복을 요구했다. 그렇지 않으면 고구의 원수를 갚겠다고 으름장을 놓았다. 왕백구는 항복했다. 고구려군은 7천 군사의 무장을 해제하고 왕백구를 결박했다. 고구려 영토에 들어와 고구려 장수를 베었으니, 왕백구의 목을 베는 게 고구려 국법이었다. 왕백구의 목이 떨어져도 송나라로서는 할 말이 없었다. 맹광장군은 상황을 종료하고 냉정하게 거련왕에게 상황을 보고했다.

거련왕은 고심했다. 도대체 사태를 어떻게 수습해야 하는가? 풍홍이야 죽었으니 잘 되었지만, 고구를 죽인 왕백구를 어떻게 처결하여야 하는가?

거련왕은 귀도장군을 불렀다. 한때 전장을 누볐으나 늙어 거동이 불편한 백전노장 귀도장군은 백발을 휘날리며 수레를 타고 입궁했다. 귀도는 거련왕의 물음에 거침없이 대답했다.

"폐하, 참으로 잘 되었습니다. 우리 고구려의 천복(天福)이옵니다."

"하늘이 준 복이라고? 무슨 말씀이오. 죄도 없는 고구장군이 죽었단 말이오."

"용맹한 고구장군이 죽은 건 아쉽고 슬프기 이를 데 없습니다. 하지만 고구장군의 목이 많은 일을 해냈지요."

"목이 많은 일을 하다니, 그게 무슨 말이요?"

"풍홍을 송나라에 내주면 위나라가 우리를 책하겠지요. 내주지 않으면 송나라가 책하겠지요. 풍홍의 목숨이 골칫거리였습니다. 풍홍이 죽었으니 골칫거리가 아예 사라졌습니다. 우리가 죽였으니 송나라는 우리에게 책임을 물으려 하겠지요. 그런 차에 왕백구가 고구장군을 베어 버렸습니다. 그러니 우리가 오히려 송나라를 추궁하게 되었습니다. 명백한 송나라의 잘못입니다."

"그렇지. 맞아. 고구의 목이 큰일을 했군. 다음은 어떻게 하나?"

"폐하, 왕백구 목을 베어 송나라로 보내는 게 고구려의 국법입니다. 하나 그렇게 하면 송나라가 크게 화를 내겠지요. 지금까지 다져온 친선이 깨집니다. 그럼 위나라만 어부지리를 얻는 셈이 되지요. 위나라가 지금 삼국 중 군세가 가장 세다 해도, 고구려와 송나라를 아래 위로 두고 있어 어느 쪽으로도 대군을 내기 힘듭니다. 하지만 송나라와 고구려 사이가 틀어지면 상황이 달라질 수 있지요."

"그렇지요. 그래서 내가 두 나라 다 공을 들이지요. 하기 싫은 말 지어내 가면서."

"잘하시는 겁니다. 폐하. 이렇게 하시지요. 왕백구를 송나라로 결박하여 돌려보내는 겁니다. 왕백구가 고구려 장군을 베는 잘못을 했으나 그 처벌은 송나라 왕이 해라. 그게 고구려의 아량이다, 이렇게요."

거련왕은 무릎을 쳤다.

"맞아. 바로 그거야. 그러면 송나라와 친선을 해치지 않겠다는 우리

의사가 전달되지."

"그렇습니다, 폐하."

"그러면 송나라가 풍홍의 목이 날아간 걸 항의할 수 없지. 바로 그거요. 절묘하다. 위나라도 어부지리를 못 얻지."

"현재의 상황이 유지되지요. 연나라의 재물을 얻고 백성을 데려왔으니 우리 고구려만 이익이지요. 또 7천 군사도 얻었습니다. 다만……"

"고구장군의 목숨이 아깝기는 하지."

"그렇습니다, 폐하. 고구장군의 목이 많은 일을 했으니, 후하게 장사지내고 후손에게 상을 내리심이……"

"그렇게 합시다."

풍홍의 남은 7천 병사는 고구려 군대로 새롭게 편성되었다. 귀도장군의 계책대로 맹광장군은 왕백구를 호송하여 송나라로 갔다. 송나라 문왕은 자신이 보낸 장수가 결박되어 왔다는 소식을 듣고 깜짝 놀랐다. 맹광장군은 송 문왕에게 자초지종을 말했다. 고구려에서 왕백구의 목을 베야 마땅하나 고구려 태왕이 덕을 베풀어 송나라로 보낸다고 했다. 그 처결은 문왕이 알아서 하라고 했다. 아울러 고구려는 송나라와 예전처럼 친선을 유지하길 원한다는 거련왕의 뜻도 전달했다.

문왕은 왕백구를 하옥하고 맹광장군을 비롯한 고구려 사신단을 후하게 대접했다. 문왕도 거련왕의 뜻을 이해했다. 고구려가 얄밉기도 했다. 어차피 풍홍은 죽었다. 죽은 자를 살릴 수도 없다. 그보다는 고구려와의 친선이 더 중요했다. 왕백구만 바보가 된 셈이었다. 송 문왕은 용맹하고 충성스러우면 그럴 수도 있지 하고, 감옥에서 슬그머니 그를 풀어주었다.

그 이듬해 위나라 왕 탁발도는 화북지역을 통일했다. 거련왕 27년[39]의 일이었다. 고구려는 사신을 보내 위나라의 공적을 축하했다. 위나라와 고구려는 서로 맨 살갗으로 마주 보아야 하는 형국이 되었다. 연나라와 같이 완충 작용을 하던 푹신한 옷도 사라지고 없었다. 전쟁이 당장 일어나지 않더라도 고구려로서는 긴장하고 있지 않을 수 없었다.

거련왕은 위나라와 마주 보게 되면서부터는 백제와 사로국이 친선을 맺으려고 하는 게 더 마음에 걸렸다. 거련왕은 남쪽을 안정시키겠다는 계획을 실행에 옮길 때가 왔음을 직감했다. 거련왕은 식어버린 산삼 차를 단숨에 마시고는 결정했다.

백제는 항상 반발한다. 딴마음을 먹지 못하도록 사로국부터 먼저 다그쳐야 한다.

---

39) 서기 439년

ll

거련왕의 우려에 따라 조다(助多)태자와 귀도장군은 군사를 이끌고 궤영(跪營)[40]에 이르렀다. 궤영은 백제와의 접경과도 가까운 한수 상류로 고구려의 군사 요충지였다. 궤영은 사로국의 죽령으로도 바로 통하는 길목에 있었다. 조다태자는 궤영에 목책을 쌓아 주둔지를 더욱 확장했다. 궤영에서 한수(漢水)의 수운을 이용하면 한수 상·하류로 군사와 물자를 보낼 수 있다. 궤영에서 죽령을 넘으면 사로국의 북쪽에 바로 닿을 수 있다. 백제를 동쪽에서부터 수륙으로 압박할 수 있다는 점에서, 또 사로국의 머리 위에서 사로국을 누를 수 있는 궤영은 매우 중요한 전략적 거점이었다.

거련왕은 궤영에서 태자에게 사로국과 형제지맹(兄弟之盟)의 예를 준비하라 지시했다. 태자는 귀도를 사로국에 보내 눌지왕을 압박했다.

"궤영에 입성하여 형제지맹의 예를 갖추어라."

---

40) 충북 충주 일대로 추정.

말은 형제지맹이지만 사실은 신하나 다름없는 노객(奴客)의 강요였다. 사로국과 백제의 내통을 염려한 거련왕은 눌지왕의 배반을 막기 위해서라도 사로국을 더 묶어두고자 했다. 거련왕의 요구를 눌지왕은 거절할 수가 없었다.

궤영에 도착한 눌지왕은 태자의 환영을 받았다. 태자는 궤영에 영을 세우면서 함께 설치한 큰 대장간으로 눌지왕을 안내했다. 궤영 주변에는 철광석이 많았다. 태자는 고구려 대장장이 수십 명을 데리고 왔다. 대장간에서는 여러 무기와 갑옷에 사용될 편철을 만들고 있었다. 태자는 궤영의 대장간을 일부러 눌지왕에게 보여주었다. 눌지왕은 고구려 대장간의 규모와 시설을 보고 입을 다물기 힘들었다. 고구려의 철을 다루는 기술은 사로국에 비할 바가 아니었다.

눌지왕도 애송이가 아니었다. 고구려가 자신을 궤영으로 불러들이자 사로국 내에서는 반발이 적지 않았다. 사로국 왕을 사로잡으려는 고구려의 계략이니 절대로 가서는 안 된다는 의견도 있었다. 눌지왕은 고구려가 그럴 리는 없다고 그들을 설득했다. 만약 자신을 해친다면 그건 완전히 원수가 되자는 말이다. 개가 물어도 뒤꿈치는 아프다. 하물며 사로국을 개에 비하겠는가? 고구려가 그렇게 할 리는 없다고 반발을 무마시켰다. 고구려는 위나라의 위협과 백제의 도발에 직면해 있음이 틀림없다. 고구려는 사로국을 동맹국으로 붙들어둘 필요가 있어 자신과 회맹을 가지려 한다고 그들을 설득했다.

무엇보다 사로국은 고구려와 아직은 맞설 만한 국력은 아니었다. 고구려를 통해 선진문물을 배울 때다. 사소한 굴욕은 참아내야 했다.

대장간에서는 쇠가 쇠를 단련시킨다. 먼저 쇠를 맞은 쇠가 망치가 되어 벌겋게 달아오른 쇠를 두드린다. 망치가 되기 위해서는 먼저 망치에 맞아야 한다. 눌지왕은 고구려의 대장간을 보며 마음의 평정을 찾았다. 고구려의 왕에게 머리를 조아린다 해도 화를 내어서는 안 된다. 맞는 쇠가 언젠가는 날카로운 비수가 된다.

거련왕은 눌지를 궤영에서 오래 기다리게 하지는 않았다. 이튿날 수천의 호위 병사를 대동하고 거련왕이 궤영에 모습을 드러냈다. 거련왕은 눈부신 황금 갑옷을 차려입고 역시 황금 갑옷으로 치장한 백마를 타고 있었다. 황금 투구 위로 햇빛이 빛났다. 눌지는 거련왕의 눈부신 광휘에 눈조차 뜨기 어려웠다. 거련왕을 호위하는 철갑기병의 위용 또한 대단했다.

눌지는 거련왕과 고구려 군대의 위용을 보면서 오히려 다른 생각을 하고 있었다. 고구려 거련왕이 직접 남쪽 국경 궤영까지 왔다면, 그만큼 사로국이 중요해졌다는 뜻이었다. 사로국의 존재와 사로국의 국력을 무시할 수 없다는 반증이었다.

거련왕은 눌지를 보자마자 말에서 내렸다. 거련왕은 반가운 아우를 만나듯이 팔을 벌려 반가움을 표시했다. 거련왕의 행동은 부드러웠지만, 그 행동에는 육중한 위엄이 있었다. 눌지는 자신도 모르게 고개를 숙여 거련왕에게 예를 표했다. 그때 장엄한 나발 소리가 궤영 전체에 울려 퍼졌다. 양국의 왕이 직접 만나는 큰 행사이니 태자가 미리 준비시켜 놓은 풍악이었다.

궤영에서 사로국의 눌지왕은 고구려에 충성을 맹세했다. 양국은 형제의 조약을 맺었다. 눌지왕은 거련왕 앞에 공손하게 무릎을 꿇고 왕의 의복과 신하들의 옷을 전해 받는 성대한 의식을 치렀다. 거련왕과 눌지왕은 세세손손(世世孫孫) 형과 아우같이 지내기를 원하며, 고구려와 사로국은 서로 화합하여 하늘의 도리를 지키겠다고 맹세했다.[41]

　의복 하사식을 통해 사로국은 고구려의 속국임을 다시 확인했다. 눌지왕은 고구려와 충돌하기보다는 안전한 쪽을 택했다. 힘을 기를 동안에 무릎이야 얼마든지 꿇어도 좋다, 백성이 안전하고 왕실이 안녕하다면야 무릎을 땅에 비벼도 좋다. 아래위가 서로 화합해? 말은 그럴 듯해도 사실은 대대손손 영원히 사로국은 아래가 되어, 위인 고구려에 충성하며 노객이 되겠다는 맹세였다. 눌지왕은 땅을 노려보며 쓴 마음을 달랬다.

　국가의 큰일은 언제나 엉뚱한 곳에서 이상한 일이 터지면서 시작된다. 처음에는 그 일이 아무 일도 아닌 것처럼 보인다. 뒤에 보면 이상한 일에는 반드시 원인이 있다. 처음부터 이상함을 간파하고 대책을 세우지 못했음을 후회한다.

　거련왕은 사로국의 눌지를 가볍게 생각했다. 가벼웠기에 실성을 제거하고 눌지를 왕위에 올렸다. 왕이 되어서도 눌지는 징징거렸다. 임금이 되어서 그깟 혈육이 뭐 대수란 말인가? 박제상 같은 훌륭한 신하를 위험에 빠지게 했다. 혈육의 목숨을 구걸하게 하는 일 따위는 제왕이 해서는 안 되는 일이었다. 나라를 위해서라면 과감히 혈육도 버릴 줄 알아야 한다. 똑똑한 신하가 혈육보다 더 중요하다.

　고구려야 도읍지를 옮기려 했기에 비밀이 샐까 우려하여 복호를 순순히 내주었다. 복호가 오히려 고구려 사정을 염탐할 수 있었다. 왜국은 박제상을 잡아 죽였다. 그것도 불태워 죽였다고 들었다. 동생을 구하려

---

41) 上下相和守天. 충주 고구려비에서 인용.

다 충신 목숨이 달아났다. 궤영에 와서 형제지맹의 의복 하사식을 하라 해도 눌지왕은 순순히 말을 들었다. 거련왕은 눌지가 믿을 만하다 생각 했다. 눌지를 믿으면 안 된다는 신하도 있었다.

맹광장군이 그랬다. 맹광의 말대로 한 해가 지나자 과연 사건이 터졌 다. 돌발적으로 일어난 사건일까? 눌지가 계획한 일일까? 거련왕은 정 확히 감을 잡기 힘들었다.

사건은 실직(悉直)⁴²⁾의 들판에서 일어났다. 실직은 고구려의 남쪽 변 경이면서 동해와 이어지는 요충지였다. 사로국과 고구려가 서로 뺏고 뺏기기를 거듭했던 곳이었다. 담덕왕 때 사로국을 구원하러 갈 때 이 지 역 일대를 고구려군이 완전히 장악했다. 실직을 가지면 북에서 동해로 난 길을 따라 쉽게 사로국의 영토로 들어갈 수 있다. 그런 이유로 고구 려군은 담덕왕의 정벌이 끝난 이후에도 실직과 우진야와 야시홀에 군 대를 남겨 두었다. 사로국으로서는 실직에 주둔한 고구려 군사는 눈엣 가시였다.

실직의 동해 쪽 들판은 짐승이 많았다. 사냥터로 매우 좋았다. 바닷 가 경치도 빼어났다. 실직의 고구려 장수가 부하 몇몇과 함께 실직 들판 에서 사냥했다. 사냥꾼들은 노루를 잡아 구워 배불리 먹었다. 육고기 안 주에 술이 빠질 수 없었다. 그들은 술이 얼큰히 취하자 근처 인가를 습 격하여 부녀자 몇을 납치했다.

마을 백성들이 급히 실직 북쪽에 있는 하슬라(何瑟羅)⁴³⁾ 성주에게 이 를 알렸다. 자신의 아내와 과년한 딸을 빼앗긴 촌로의 호소는 사람의 마 음에 분개를 일으켰다. 하슬라 성주 삼직(三直)은 급히 병사를 동원하여

---

42) 현재의 강원도 삼척시
43) 현재의 강원도 강릉시

실직으로 쳐들어갔다. 실직의 고구려 장수는 얼떨결에 사로국 병사들과 맞서 싸우다가 몇 합 만에 죽고 말았다. 고구려 병사는 모두 삼직의 포로가 되었다. 삼직은 내친김에 동해안의 고구려 영루(營壘) 모두를 점령해 고구려 병사를 포로로 잡았다.

거련왕은 보고를 받고 깜짝 놀랐다. 설사 사로국 백성을 상하게 했다 하더라도 사로국 군사가 고구려 장수를 죽여서는 안 되는 일이었다. 눌지왕이 충성 맹세를 한 게 작년의 일이었다. 고구려 장수가 술이 취해 일어난 일이 발단이라고는 하지만, 사로국의 대응은 즉흥적이 아닐 수도 있다. 실직에서부터 동해의 해안을 따라 진군하면 사로국의 서라벌로 바로 치고 들어갈 수 있다. 서라벌의 목에 비수를 댄 형국이라 아니할 수 없다. 눌지는 실직의 고구려 군사가 눈엣가시 같았기에, 하슬라의 군사를 동원, 우연을 가장하여 실직과 여러 고구려 영루를 점령했을 가능성이 더 크다.

그렇다면 죽령 아래 급벌산이나 이벌지의 고구려군도 안심할 수 없다. 대책을 세워야 했다. 사로국 녀석들의 콧대를 확실히 꺾어 놓을 필요가 있었다. 본때를 보여야만 했다. 거련왕은 맹광장군을 급히 궤영으로 내려보냈다. 맹광은 궤영의 병력과 고맥(古貊)[44] 지역의 군사를 편성했다. 급한대로 1만의 병력으로 새재를 넘어 진격할 준비를 마쳤다.

고구려의 군대가 편성을 끝내고 남진한다는 소식은 사로국에 금방 전해졌다.

사로국 왕 눌지는 화들짝 놀라 고구려군 포로를 급히 궤영으로 돌려보냈다. 이어 당주 손수장군을 직접 찾아갔다. 대개는 당주를 월성으로

---

44) 현재 강원도 춘천시로 추정.

불러 용건을 말하건만, 눌지의 발등에 불이 떨어졌다. 눌지는 체면을 차릴 여유가 없었다.

"어떡하면 좋겠소? 맹광장군이 1만 군사와 함께 죽령을 넘는다는 급보가 왔소."
"대왕의 뜻이 중요하지 저야 할 말이 없습니다."
"하슬라 성주의 실수요. 어떻게 하면 좋을까, 방법을 알려주세요. 장군."
"사죄하십시오. 공손하게요. 다시는 그런 패악을 저지르지 않겠다고 하고, 용서를 빌어야지요. 대왕의 아들을 볼모로 보내겠다는 약속을 하셔야 할지도 모릅니다."
"아니, 그건 너무한 처사지요. 우리 사로국이 얼마나 고구려를 잘 받드는지 장군이 누구보다 잘 아시잖소."

눌지왕은 공손한 국서를 써서 사신을 맹광장군에게 보냈다. 이때 당주 손수장군도 서라벌을 떠나 맹광장군의 진영, 궤영에 이르렀다. 맹광장군은 손수장군과 사로국의 사신을 보자 일단 진군 준비를 멈추었다. 손수장군과 사로국 사신은 궤영에서 급히 평양으로 떠났다. 손수가 평양에 먼저 도착하여 거련왕을 배알했다. 사로국이 돌발적으로 저지른 일이라 해도 그냥 넘어갈 수는 없다. 눌지왕의 아들 자비(慈悲)를 볼모로 보내라는 요구를 하자는 게 손수장군의 생각이었다. 눌지왕은 유독 혈육에 대한 정이 강하니 그것을 이용하자, 그렇게 하여 사로국과 백제와의 친선도 막자고 거련왕에게 건의했다.

거련왕은 손수장군의 의견을 받아들이기로 하고, 헐레벌떡 도착한 사로국 사신 벌지(伐智)를 불렀다. 벌지는 납작 엎드려 국서를 올렸다.

"하늘의 태양처럼 자비로우신 태왕이시여. 저희 사로국 백성은 태왕의 은혜를 선대부터 받아서 겨우 거적 덮고 살며 거친 곡식으로 생명을 부지하는 형편이옵니다. 무지한 장수가 상국 고구려의 귀한 장수를 해치는, 있을 수 없고 있어서도 안 되는 일이 발생하였습니다. 엎드려 사죄를 올립니다. 고구려 군사의 위용에 저희 사로국 백성들은 벼락과 천둥 속에 벌거벗고 벌판에서 떠는 어린아이가 되었사오니, 제발 군사를 물려 우리 백성에게 태왕의 은혜를 노래하게 해주소서……"

국서 내용이야 공손하다 쳐도 말만 번지르르하고 실질적인 대책은 없었다. 심지어 고구려 장수를 죽인 삼직을 처벌하겠다는 말은 단 한마디도 들어가 있지 않았다.

"이런 괘씸한 국서가 있나."

거련왕은 가치없이 사로국의 국서를 찢어 던지며 벌지에게 말했다.

"내 하나만 말하겠다. 삼직의 목과 왕의 맏아들 자비를 하루 빨리 평양성으로 보내라."

거련왕의 말에 사로국 사신 벌지는 갑자기 온몸에 오한이 듦을 느꼈다. 여러 무예로 단련한 벌지였으나 왕의 아들을 볼모로 보내라는 거련왕의 말에는 몸이 사시나무 떨듯 떨렸다. 벌지는 겨우 마음을 진정시키고 거련왕의 말에 침착하게 대답을 이어나갔다. 거련왕의 두 가지 명을 바로 눌지왕에게 전하겠다, 그러니 군사는 잠시 물리고 자신이 다시 평양으로 올 때까지 말미를 달라고 했다. 거련왕은 한 달의 시간을 줄 테니 그 전에 답을 가져오라 했다.

벌지는 급히 말을 달렸다. 평양에서 사로국 서라벌까지는 말을 여러 번 갈아 타고서도 육로로 열흘 이상이 걸리는 길이었다. 말을 달리면서 벌지는 평양 이남 지역의 지형을 유심히 관찰했다. 특히 한수의 상류에서 궤영에 이르는 길과 궤영의 고구려 군사와 군사 시설, 죽령 부근의 고구려군 막사들을 눈여겨 살펴보았다.

벌지는 서라벌에 도착하자 쉴 겨를도 없이 바로 월성으로 입궁했다. 눌지왕 역시 눈이 빠지도록 벌지를 기다리고 있었다.

"그래, 거련왕이 무엇이라 하더냐."

"폐하, 역시 우리의 예상대로 입니다. 아뢰옵기 황송하오나……"

"삼직의 목을 치고 내 맏이 자비를 볼모로 보내라……"

"송구합니다. 제가 명민하지 못하여 더 이상은……"

"아니다. 벌지장군의 잘못이 아니다. 거련왕이 그렇게 나올 줄 알고 여러 중신과 의논을 이미 했다. 좀 쉬었다가 고구려로 가라. 한 번 더 수고해야겠다. 내가 말한 대로 고구려의 진영은 잘 보아두었겠지?"

"그렇사옵니다. 하오면?"

"가서 이렇게 말하라. 삼직의 목을 베어서 바치겠다, 또 나의 못난 자식은 지금 병 중이니, 차도가 있는 대로 바로 고구려로 보내겠다, 그러니 고구려 병사를 물려달라고 해라."

벌지는 고구려로 다시 들어가 거련왕에게 눌지왕의 말을 전했다. 거련왕도 눌지가 두 조건을 다 들어주리라고는 예상하지 못했다. 왕의 아들이 아프다는 건 어째 좀 이상하다는 생각도 들었지만 지켜보기로 했다. 거련왕은 맹광장군에게 침공을 멈추고 대기하라는 명을 내렸다.

사로국은 약속을 지키지 않았다. 고구려가 사신을 보내면 늦어지니 조금만 기다려달라고 했다. 해가 바뀌고도 삼직의 목도, 볼모도 보내지 않았다. 거련왕은 사로국에 사신을 보내 약속을 지키라고 독촉했다. 사로국에서는 삼직이 도망을 쳐서, 온 나라 병사들이 삼직을 찾느라 이를 잡듯이 나라를 뒤지고 있다고 했다. 잡히는 대로 목을 바치겠다는 대답이 왔다. 왕의 아들은 여전히 병중이라는 대답과 함께였다.

눌지왕은 궤영에서 거련왕에게 무릎을 꿇고 머리를 조아릴 때부터, 이미 여기까지를 계획하고 있었다. 언제까지 고구려에 머리를 조아리고 살 수는 없었다. 거련왕이 눌지를 만만하게 본 게 패착이라면 패착이었다. 눌지는 사로국이 전쟁에 돌입하는 한이 있더라도 궤영에서의 수모를 갚고 싶었다. 그건 눌지왕만의 생각이 아니었다. 사로국 사람 대부분의 뜻이기도 했다. 사로국은 고구려의 보호 아래에서 국력을 키웠다 해도 더 이상 고구려의 속국으로 지낼 수 없음을 깨닫고 있었다. 거련왕의 천도가 사로국을 각성하게 했다. 거련왕이 시키는 대로 하다가는 사로국은 사라지고 말 게 분명했다. 백제와 힘을 합쳐 고구려를 막아야 했다. 그게 사로국이 살길이었다. 하룻강아지가 범을 무서워하지 않아야 살아날 때도 있다.

거련왕은 차일피일하는 사로국의 태도를 보고 자신이 사로국 눌지왕에게 속았음을 깨달았다. 이 녀석이 나를 가지고 놀려? 거련왕은 애송이로 알았던 눌지에게 속은 게 더 분했다. 이번에는 아주 완전히 철저히 짓밟아야 했다. 거련왕은 당장 군사를 일으키라고 명했다. 군신들이 왕의 명령에도 조용했다. 태자 조다가 침묵 끝에 말했다.

"아바마마, 군사를 일으키는 건 언제나 할 수 있사오나, 작년부터 가뭄이 심해 백성들의 살림살이가 너무 어렵사옵니다. 올해는 황충(蝗蟲)이 곡식을 갉아 먹었습니다. 흉년이 지나갔으니 곧 풍년도 오겠지요. 나라의 창고에 곡식이 가득 찬 다음에 사로국을 도모해도 그리 늦지 않사옵니다. 사로국이 폐하의 용심(龍心)을 어지럽혀 반드시 응징해야 하겠지만 그 시기를 늦추어 주소서."

"차일피일하다가는 사로국이 우리를 만만하게 볼 거다. 우리 고구려의 창고가 그렇게 텅텅 비었단 말이냐? 그럼 말갈 쪽은 어떠하냐?"

"창고가 비지는 않았더라도 혹 내년까지 흉년이 계속되면 백성들은 굶주림을 면키 어렵사옵니다. 나라의 창고는 3년을 대비해야 한다고 폐하께서 말씀하셨사옵니다. 말갈도 어렵기는 마찬가지옵니다."

여러 신하의 뜻도 태자와 같았다. 사로국이야 언제든 도모할 수 있으니 좀 더 풍족할 때 군사를 움직이자 했다. 마침내 거련왕이 고집을 거두었다. 거련왕은 늘 백성들의 먹고사는 일에 노심초사였으니, 태자와 신하의 반대는 당연했다. 거련왕은 반대가 오히려 흐뭇했다. 기분이 좋아진 거련왕은 시간이 좀 걸리더라도 백제 쪽 국경에 대한 방비를 튼튼히 하고, 군사를 더 보충해서 사로국으로 쳐들어가야겠다고 작정했다.

12

거련왕 42년, 갑오년[45]이었다. 거련왕의 환갑이기도 하여 온 나라가 왕의 잔치 준비로 분주했다. 거련왕은 주도면밀하게 사로국 침공 준비를 했다. 지난해는 대풍이어서 군량도 넉넉했다. 잔치가 끝나는 대로 바로 군사를 출정시킬 예정이었다. 이번에는 눌지왕을 처단하고 사로국을 아예 없애겠다는 결심을 굳혔다. 대군이 사로국으로 남하하면서 서라벌의 당주와 군사들이 왕궁을 기습하여 사로국 왕을 제거하려는 계획을 짰다. 마침 당주는 백전노장 손수장군이었다. 손수장군이 왕을 제거하면 사로국군은 저항하지 못하고 바로 항복할 게 틀림없었다. 그렇게만 된다면 고구려군은 별 피해 없이 사로국을 점령할 수 있다. 추위가 사라지는 봄철에 출정하여 장마가 시작하기 전에 끝내는 게 가장 좋았다.

거련왕이 맹광장군에게 궤영에 2만을 집결시키라 명했다. 거련왕은 군사를 출정시키기에 앞서 손수장군에게 신호를 보내기로 했다. 봄이 시작되는 2월 그믐날이 고구려의 삼족오가 계림의 닭을 잡는 날이다.

---

45) 454년

먼저 왕의 명을 전하는 사령이 손수에게 2월 그믐에 닭을 잡으라고 하면, 양쪽 군사가 동시에 움직일 터였다.

일은 엉뚱한 곳에서 터졌다.

마침 부모상을 당하여 고구려로 돌아가는 한 고구려 당주 병사의 입이 발단이었다. 고구려 병사는 자신의 짐을 국경까지 실어다 준 사로국 마부(馬夫)와 주막에서 한잔 마시다가, 말해서는 안 될 비밀을 누설해 버렸다.

"너의 나라가 고구려의 땅이 될 날이 머지않았다."

이 말을 들은 사로국의 마부는 맞장구를 치면서 고구려 병사에게 이것저것 기밀을 캐냈다. 마부는 마부가 아니라 사실은 사로국의 첩자였다. 그는 고구려 병사가 술이 취해 잠들기를 기다렸다가 그 길로 냅다 달렸다. 마부는 임금에게 자신이 들은 이야기를 전하기 위해 죽을힘을 다해 말을 달렸다. 마침내 마부는 서라벌 북쪽 혈성 벌판에 이르렀다. 몇 번이나 말을 갈아탔다. 마지막 말이 지쳐 쓰러져 숨을 헐떡거렸다.

혈성에는 사로국 왕 눌지가 군사들의 훈련을 지켜보느라 장막을 치고 머물고 있었다. 마부는 눌지왕에게 고구려 병사에게 들은 대로 위험을 알렸다. 눌지왕 역시 늘 고구려 당주를 감시하고 있었다. 눌지왕도 무엇인가 이상한 조짐을 간파하고 있었다. 북쪽 변방에 고구려 대군의 이동이 있다는 보고도 받았다. 눌지왕은 고구려의 계획을 완전히 알아차렸다. 사로국이 살기 위해서는 선수를 쳐야 했다. 눌지왕은 사령을 불러 시급히 서라벌로 들어가 월성 시위대장 덕지장군에게 자신의 말을 전하라고 했다.

"해가 뜨기 전에 집 안에서 기르는 수탉을 모조리 죽여라."

시위대장 덕지장군은 사령의 말을 바로 알아들었다. 고구려 남자의 예복 모자에는 수탉 볏 모양의 장식이 달려있었다. 그 장식으로 인해 수탉은 고구려 병사를 가리키는 암시였다. 해가 뜨기 전에 야습으로 수탉을 해치우라는 왕의 밀명이다. 덕지는 그렇게 해석하고 시위대 정예 기병 수백을 급히 몰아 월성 앞에 있는 당주 막사를 포위했다.

"한 놈도 빠져나가서는 아니 된다. 모조리 죽여라."

덕지장군의 명을 따라 사로국 군사는 막사를 포위하고 쇠뇌를 장전했다. 당주 손수가 막 잠들려다가 말발굽 소리와 병장기 소리를 들었다. 평생 야전을 누벼온 손수는 적이 기습했음을 직감적으로 알아차렸다.

손수는 태왕의 명령이 한발 늦었음을 알았다. 어디선가 기밀이 새어 나간 게 틀림없었다. 죽어도 칼을 잡고 싸우다가 죽는 게 고구려의 무인이었다. 손수장군은 갑옷도 입지 못한 채 칼을 잡고 소리를 지르며 마당으로 튀어 나갔다. 이미 사로국 병사들은 고구려 경계병을 제압하고 막사 안으로 접근하고 있었다. 손수가 고함을 지르며 그들에게 돌진하려는 찰라, 사로국 군사의 쇠뇌에서 발사된 화살 한 발이 손수장군의 심장에 명중했다. 손수장군의 동작이 순간 정지되었다. 고목이 쓰러지듯이 장군의 몸뚱이가 땅바닥으로 털썩 쓰러졌다.

얼마 지나지 않아 모든 고구려 병사는 덕지장군의 포위를 벗어나지 못하고 모조리 살육되었다. 고구려 1백여 명 병사는 손수장군과 함께 한날한시에 처참한 죽음을 맞이했다.

덕지장군은 임무를 완수하고 곧바로 혈성 벌판으로 달려갔다. 고구려군의 침략이 임박했으니 자신이 서라벌에 남아있을 이유가 없었다. 눌지왕은 수탉을 다 해치웠다는 덕지장군의 보고를 받았다. 눌지왕은 덕지장군을 우군 사령으로, 벌지장군을 본대 사령으로 임명했다.

날이 새자 사로국 대군이 혈성 들판에 집결했다. 6부군을 중심으로 편성한 군대는 2만에 이르렀다. 사로국이 이만 한 대군을 육성하여 한 자리에 모으기는 시조 박혁거세가 나라를 세운 뒤 처음 있는 일이었다. 덕지장군이 고구려 당주 손수장군과 병사들을 몰살시켰다는 소식은 사로국 군사들에게 금방 알려졌다. 군의 사기는 한층 높아졌다.

서라벌에 주둔했던 고구려 당주는 사로국인의 자존심에 큰 상처를 내고 있었다. 눌지왕은 군사들에게 출정을 명했다. 북으로 행군하는 2만 대군을 보며 눌지왕은 마음을 진정시키기 어려웠다. 고구려의 힘이 두렵기는 했다. 한편으로는 수십 년간 묶여있었던 노예의 쇠사슬을 한 칼에 쳐냈다는 자신감으로 가슴이 벅차올랐다. 당주의 척결은 시작에 불과했다. 얼마나 많은 시련이 사로국의 앞날에 버티고 있을까?

눌지왕은 덕지장군에게 군사 5천을 주면서 죽령으로 진군하라 했다. 먼저 급발산과 이벌지와 고사마에 있는 고구려 영루를 점령하라 했다. 산맥 남쪽 아래에 있는 고구려군부터 처리해야 했다. 죽령까지는 온전한 사로국의 영토여야 했다. 죽령으로 고구려의 군사가 밀고 들어올지 모르니 죽령 방비도 중요했다. 죽령에서 실직과 하슬라에 이르는 지역까지 사로국의 영역으로 확보해야만 사로국의 동쪽 방어망도 튼튼해진다.

벌지장군이 이끄는 본대 1만 5천의 군사는 새재 쪽으로 나아가게 했다. 새재와 죽령을 동시에 넘어 양쪽에서 궤영의 고구려 군사를 압박하자는 작전이었다. 궤영의 고구려 군대를 압박해서 서북 변경은 죽령과 새재로 확정하고 동북 변경을 해안을 따라 더 밀어붙이자는 게 눌지왕의 내심이었다. 고구려와 왜국에 대한 방비를 위해서도 사로국은 동해안을 튼튼히 해야 했다. 사로국의 서라벌이 동해안에서 가깝기에 동해의 방비가 미비하면 늘 서라벌이 위태로웠다. 하슬라 북쪽까지 변경을 밀고 올라가야 동해의 방어를 안심할 수 있었다.

눌지왕은 떠나는 병사들의 행렬을 바라보며 백제 비유왕에게 바로 사신을 보냈다.

"집 안에서 기르던 닭을 다 잡았소이다. 닭 주인이 두고 보지만은 않겠지요. 사로국은 2만 군사를 북으로 보내 고구려의 침략에 대비할까 합니다. 백제의 대왕께서도 사로국과의 약조를 기억하소서."

눌지왕의 급보를 받은 비유왕은 마침내 사로국과의 동맹이 완전하게 이루어졌음을 실감했다. 사로국은 돌이킬 수 없는 길로 들어섰다. 수십 년간 이어졌던 고구려와 사로국의 동맹은 깨졌다. 백제와 사로국이 힘을 합쳤다. 드디어 백제와 사로국의 동맹이 성사되었다!

비유왕은 감개가 무량했다. 비유왕은 급히 1만 군사를 편성하여 살곶이벌에 군사를 포진하게 했다. 고구려의 병력이 마음 놓고 사로국으로 진군하지 못하게 해야 했다.

13

고구려 태자 조다는 걱정스러운 듯이 아버지 거련왕을 쳐다보았다. 환갑이라고는 해도 강건한 아버지였다. 흔한 고뿔 한 번 앓은 적이 없을 정도로 건강했다. 젊었을 때부터 중화(中火)를 드신 후에 잠시 낮잠을 즐기셨다. 예순이 다 되어가면서부터는 낮잠이 길어지기는 했다. 오늘 은 반주로 산삼주까지 몇 잔 드셨다.

왕의 낮잠이 한 시각을 넘어섰다. 그 사이 남쪽에서 온 사령이 도착 했다. 사령에게 먼저 보고를 듣고 조다태자는 깜짝 놀랐다. 이건 보통 일이 아니다. 아버지가 대로하실 게 분명했다. 환갑잔치고 뭐고 당장 엎 어 치우라고 하실지도 몰랐다.

그렇다고 기분 좋게 몇 잔 드시고 곤하게 잠이 든 왕을 깨울 수는 없 었다. 조다는 아버지 옆에 시립(侍立)하여 잠자코 기다리고 있었다.

거련왕은 잠에서 깼다. 눈이 떠지기 전에 귀가 먼저 깨어 주변의 소 음을 받아들였다. 기분 좋게 몇 잔 마셨더니 바로 잠이 들었구나. 봄날 의 춘곤증에 술기운이 합쳐졌구나. 거련왕도 나이가 들었다. 잔치의 떠

들썩함과 무희의 춤사위보다 잠깐의 오수(午睡)가 더 보약이었다. 낮잠을 자는 잠시 동안 여러 일이 휙휙 지나갔다. 잠깐의 춘몽(春夢)에 수십 년의 세월이 겹쳐졌다.

거련왕은 눈을 뜨지 않고 무슨 꿈을 꾸었는지 잠시 생각했다. 주위의 소란에 현실로 돌아왔다. 환갑잔치가 여러 날 동안 안학궁과 평양 패수 강변 여러 곳에서 벌어지고 있었다. 왕은 잔치 도중에도 서라벌에 보낸 사령의 소식이 오기를 기다렸다. 사령이 기습 명령을 전달하면 즉시 손수장군이 눌지왕을 기습해야 했다. 다음에는 맹광장군이 군사를 움직여야 한다. 소식이 올 때가 지났다. 사령 이 녀석이 도착하기만 하면 다리 몽둥이를 부러뜨려 놓을 테다.

왕은 천천히 눈을 떴다. 태자가 근심어린 눈길로 자신을 바라보고 있었다.

"무슨 일이냐?"

"아바마마, 사령이 도착했습니다. 잔치가 끝나고 들어오라 하심이……"

"아니다. 지금 만나보겠다. 뒷방으로 들라 하라."

거련왕은 정사를 보다가 대전 뒷방에 잠시 들러 차를 마시곤 했다. 거련왕이 뒷방으로 들어서자 시종들은 차를 냈다. 찻잔에서는 알싸한 향이 풍겨 나왔다. 백두산에서 채취한 산삼을 달인 산삼차였다. 거련왕이 차를 한 모금 머금었을 때, 남으로 보냈던 사령이 들어왔다. 사령은 완전 죽을상으로 납작 엎드려 절을 했다. 말을 제대로 잇지도 못하고 부들부들 떨었다.

"떨지 말고 천천히 말을 하라."

사령은 더듬거리면서 겨우 말을 이어 나갔다. 태왕의 명을 전하러 위해 새재를 넘다가 삼엄해진 사로국의 경계를 뚫지 못하고 그냥 돌아왔다고 했다. 사령이 왕명을 수행하지 못하면 바로 참수다. 그럼에도 왕명을 수행하지 못한 데는 이유가 있었다. 사령은 손수장군과 고구려 병사가 모조리 참살되었다고 말했다.

거련왕은 잠자코 듣고 있다가 참살이라는 말에서 윽 하는 신음을 뱉었다. 왕이 들고 있던 찻잔을 놓쳤다. 뜨거운 찻물이 거련왕의 용포 위로 쏟아졌다. 시종들이 화들짝 놀라 거련왕의 용포를 화급히 수습했다.

거련왕은 보고를 의심하지 않을 수 없었다. 손수장군에게 분명 왕의 지시를 기다리라 했다. 행동에 나설 때가 아닌데, 손수가 먼저 경거망동했단 말인가? 노장 손수는 지난번 송나라의 왕백구가 고구를 죽였을 때도 요령껏 살아남았다. 손수가 먼저 자기 무덤을 팠을 이유는 없다. 그렇다면? 분명 사로국이 선수를 쳤다. 도대체 무슨 일이 일어난 게야?

거련왕은 다음 날까지 여러 경로로 거듭 확인했다. 여러 정보를 종합하면 손수와 군사가 죽은 게 확실했다. 그뿐만이 아니었다. 사로국의 북쪽 국경 여러 성은 전쟁이 일어난 듯이 병력을 보강하여 방어 태세로 돌입했다고 한다. 서라벌의 6부 정예병들도 소집되어 혈성 들판에서 군사훈련 중이라는 보고가 들어왔다. 고구려의 침공 계획을 미리 알고 사로국이 선수를 친 게 틀림없었다.

며칠이 지나서야 사로국 서라벌에 파견되었던 손수의 부관이 살아서 돌아왔다. 거련왕은 그를 안학궁으로 불렀다.

"도대체 어떤 일이 일어난 거냐?"

부관은 두려움에 떨며 제대로 말을 하지 못했다.

"내 너를 벌하지 않겠다. 자초지종을 천천히 말하라."

부관은 그날 밤 서라벌의 민가로 외출하였다. 2월 그믐밤이었다. 밤이 깊어서 월성 앞 고구려군 막사로 돌아가다가 막사로 이동하는 수백의 병사를 보았다. 부관은 뭔가 이상한 낌새를 느끼고 조심조심 막사로 다가갔다. 이미 처참한 살육이 전개되고 있었다. 부관은 큰 소나무 뒤에 숨어서 숨도 제대로 못 쉬고 부들부들 떨면서 지켜보았다. 마음은 뛰쳐나가 싸우고 싶었지만, 나가 싸우면 개죽음이나 다름없었다. 살아서 본국의 왕께 자신이 목격한 사실을 알리는 게 우선이었다. 그 이후 어떻게 고구려로 돌아왔는지 기억에도 없다. 온몸이 상처투성이였다.

"손수장군은…… 폐하, 장군을 지키지 못한 저를 죽여 주시옵소서."

거련왕은 상황을 완전히 파악했다. 눌지가 선수를 쳤다. 부관은 손수장군과 고구려 병사들이 몰살당하는 장면을 목격하고, 오로지 거련왕에게 사실을 보고하기 위해 죽을힘을 다해 사로국에서 탈출했다. 살아와 주어서 고맙구나.

"이 쥐새끼 같은 눌지를……"

환갑잔치의 끝에 들어온 사로국의 잔인한 선물에 거련왕은 분노했다. 거련왕은 눌지에게 속은 게 더 분했다. 왕은 조정의 대신들과 장수들을 모두 대전에 소집했다.

"지금 맹광이 2만 군사를 이끌고 궤영에 있다. 당장 병력을 더 늘려 사로국을 도모함이 어떤가? 내가 직접 출정하고자 한다."

신료와 장수들은 거련왕의 절제된 말에서 엄청난 분노를 느꼈다. 잘못 대답하다간 목이 달아날 판이다. 넓은 대전에서는 숨소리조차 나지 않았다. 태자가 침묵을 깨며 말했다.

"지금 궁에서 열리는 폐하의 환갑잔치는 끝났습니다만, 여염에서는 아직 한 달은 더 잔치가 이어집니다. 잔치도 끝나지 않았는데 폐하께서 직접 출정하심은 불가하옵니다. 사로국의 도발이 괘씸하긴 하나 폐하께서 직접 나서실 일은 아니옵니다. 옥체를 보존하심이 더 중요하옵니다."
"다른 신료들의 생각은 어떠한가?"

태자 말이 사리에 맞으니 다른 신료들의 생각을 알고 싶어 왕이 물었다. 그들은 일제히 태자의 의견에 찬동했다. 자신이 늙었으니 태자의 말을 따르겠다고? 거련왕은 화가 날 법도 했지만, 오히려 태자를 따르는 신료들을 보자 흐뭇해졌다. 나도 늙었나? 역시 환갑은 환갑인 게야. 왕은 친정하겠다는 고집을 꺾었다. 대신 태자를 궤영으로 보내기로 했다.

"태자가 사로국을 길들이고 오라."

14

"이랴, 이랴. 여기로 몰아라……"

비유왕의 셋째 아들 곤지의 목소리가 드넓은 살곶이벌에 쩌렁쩌렁 울려 퍼졌다. 덩치가 말만 한 멧돼지 한 마리가 몰이하는 병사들 사이를 헤집고 질주했다. 멧돼지는 내달릴수록 병사들의 포위망을 뚫지 못하고 곤지 쪽으로 몰렸다. 항아리로 치자면 곤지는 항아리 주둥이 부분에 버티고 있었다. 병사들은 둥글게 서서 멧돼지를 항아리의 주둥이 쪽으로 몰아갔다. 옹진(甕陣)이었다. 옹진은 전쟁 때는 역발산기개세(力拔山氣蓋世)의 힘을 발하는 일기당천(一騎當千)의 용사를 사로잡을 때 드물게 사용하는 진법(陣法)이다. 많은 군사와 함께 사냥할 때는 자주 활용하는 진법이었다. 호랑이나 멧돼지 같은 맹수를 사냥할 때 효과적인 몰이 방법이기도 했다.

멧돼지가 숨을 씩씩거리며 드디어 곤지 앞에 모습을 드러냈다. 곤지는 화살 몇 발을 멧돼지에 쏘았다. 사냥할 때면 혹 모르는 아군끼리의 실수를 방지하기 위해 주장(主將)만 활을 쏘는 게 원칙이었다. 자신의 피를 본 멧돼지는 더욱 흥분하여 날뛰더니 곤지 쪽으로 쏜살같이 돌격했다. 멧돼지가 달려드는 모습을 저돌(猪突)이라 한다더니, 말 그대로 멧돼지는 저돌적으로 날뛰었다. 곤지와 시위대 무사 몇이 다급하게 멧돼지에게 창을 던졌다. 멧돼지는 숨을 거칠게 몰아쉬며 곤지 앞으로 돌진했다. 곤지의 말이 놀라 앞발을 쳐들었다. 그 순간 곤지가 잽싸게 말에서 뛰어 내려 멧돼지의 정수리에 칼을 내리쳤다. 곤지의 일격에 날뛰던 멧돼지가 큰 충격을 받고 털퍼덕 쓰러졌다. 몰이하는 병사들의 환호성이 들판에 퍼져 나갔다.

이날 사냥에는 병사들도 많이 동원했기에 제법 많은 사냥물이 잡혔다. 멧돼지 두 마리에 노루가 20여 마리, 꿩이 수십 마리였다.

벌판에서 말을 달리면서 화살로, 창으로 들짐승을 잡는 건 박진감 넘치는 놀이이자, 군사 훈련이었다. 비유왕은 시위병과 군사 1만을 동원하여 살곶이벌에서 실전에 가까운 사냥을 했다. 비유왕 스스로 말을 달리며 활을 쏘기도 했다. 나이가 들면서는 왕자들의 무예를 지켜볼 때가 더 많았다. 군사를 잘 지휘하여 짐승을 많이 잡은 곤지왕자와 병사들에게 술과 고기를 내렸다.

비유왕의 장막에는 첫째 아들 근개루, 둘째 아들 문주, 셋째 아들 곤지를 비롯하여 여러 장군이 모여 있었다. 태자 근개루가 막 서른 살이 되었다. 동생들은 다 두 살 터울이었다.

근개루는 동생 곤지에게 환하게 웃으면서 말했다.

"곤지의 무예는 이젠 백제에서 당할 자가 없을 거야."
"고구려까지 다 해도 당할 자가 없을 겁니다, 형님."

둘째 문주가 받아서 말했다. 곤지는 두 형의 칭찬에 한 무릎을 꿇고 예를 표하면서 큰 소리로 말했다.

"앞으로 모든 싸움은 저에게 맡겨만 주십시오."

근개루 3형제는 형제간의 우의가 매우 좋았다. 세 아들을 바라보면서 비유왕은 미소를 지었다. 자신이 왕이 될 때만 해도 어렸고 외로웠다. 외가인 해씨들이 충성으로 자신을 보필했다 하더라도 그들은 임금의 속마음을 몰랐다. 아니, 알았지만 모르는 체했다. 해씨들은 고구려와 맞서지 말자고 왕에게 늘 주문했다. 그게 문제였다. 어찌 조상의 피맺힌 절규를 모르는 체 외면할 수 있는가. 비유왕은 선왕인 전지왕과 할아버지 아신왕의 응어리진 마음을 잘 알고 있었다. 그냥 죽어서는 구천(九泉)에서 선대 왕을 뵐 면목이 없었다. 고구려에 맞서야 한다. 고구려에 복수해야 한다. 고구려와 같은 하늘을 맞댈 수는 없다. 그게 백제 왕의 숙명이었다.

자신이 왕이 된 지도 어느덧 28년이 흘렀다. 할아버지 아신왕이 돌아가신 이후 백제는 50년 동안 힘을 길렀다. 흩어진 백성들을 모으고 다시 땅을 일구었다. 전쟁이 끝나고 살육이 사라지자 백성들은 부지런히 씨를 뿌리고 짐승을 길렀다. 새로 태어난 아이들은 백제의 방방곡곡(坊坊曲曲)을 즐거운 소란으로 가득 채웠다. 근개루 3형제도 그런 아이들이었다. 아직 전쟁을 모르는 아이들이었다.

왕이 곤지에게 말했다.

"곤지야, 싸움은 병사가 하는 거다."

"알고 있습니다. 장수는 병법을 익혀 군사를 통솔해야지요. 여러 병서를 열심히 읽고 있습니다. 폐하께서 맡겨만 주시면 분골쇄신, 적을 물리치겠습니다."

"지금 고구려 태자가 이끄는 2만 고구려군이 사로국에 쳐들어갔다가, 새재에서 막혀 있다. 궤영에 있던 2만 병사가 죽령으로 바로 가지 않고 새재로 우회했다더군. 사로국이 낌새를 알아차리고 새재를 막았던 거야. 고구려군은 새재를 내버려두고 다시 1만이 지름재[46]로 우회해서 마고산성[47]을 쳤다고 하네. 하지만 고모산성[48]의 사로국군에게 협공당해 다시 지름재로 후퇴했다고 하는군. 너희들도 알고 있지?"

태자 근개루도 그 소식을 들었다. 아버지 비유왕이 가을 추수가 끝나기도 전에 군사 1만을 소집해 살곶이 벌판에서 사냥한다고 했을 때, 고구려군이 움직였다고 직감했다.

올봄에 거련왕은 환갑잔치를 했다. 그 틈을 타서 사로국군은 주둔하고 있던 고구려 당주 군사를 몰살시켰다. 당장 고구려가 전쟁을 일으킬 기세여서 그때도 백제군은 군대 사열을 했다. 어쩐지 고구려군은 그때는 움직이지 않았다. 여름 장마가 지나고 추수가 끝날 즈음에야 고구려는 군사를 움직였다. 사로국군이 궁지에 몰리면 백제에 원병을 청할 게 분명했다. 그렇게 된다면 자신이 곤지를 데리고 출정하고 싶었다. 고구려의 조다태자와 맞붙는다면 충분히 이길 자신이 있었다.

---

46) 충북 충주시 수안보면 사문리에서 미륵리로 넘어가는 소백산맥을 넘는 고개. 하늘재로 연결이 되어 경북 문경에 이른다. 수안보면 사문리에서 지름재와 하늘재를 넘으면 문경읍 관음리에 이른다. 현재는 이어진 길이 없다.
47) 경북 문경읍 마원리에 있다.
48) 경북 문경시 마성면 신현리에 있다.

그날 늦은 오후 비유왕의 명을 받고 태자가 움직였다. 그는 곤지왕자를 데리고 5백여 명의 병사와 함께 작은 배 30여 척을 타고 노들섬으로 향했다. 송파나루에서 떠난 배들은 얼마 지나지 않아 노들섬에 도착했다. 노들섬은 한수 하류에서 강폭이 가장 좁은 곳 가운데 있는 작은 섬이었다. 양쪽의 강폭이 좁아 물살이 빨랐다. 물살이 빠르면 배가 거슬러 오르기가 어렵다. 상류로 올라오는 배는 노들섬 양쪽을 통과할 때 느려졌다. 노들섬에 도착한 배들 중 20여 척은 짚단을 가득 싣고 있었다. 노들섬 아래는 갈대로 뒤덮인 너벌섬[49]이다. 태자는 너벌섬에도 1백여 명의 병사를 보내 매복하라 했다. 그들에게 한수 하류에서 올라오는 적선을 감시하는 임무가 주어졌다.

근개루는 고구려군의 군량 보급선이 서해를 돌아 한수를 거슬러 올라 궤영으로 간다고 예상했다. 사로국과의 싸움이 길어지면서 고구려군은 필히 군량이 부족할 터였다. 근개루는 늘 강의 흐름과 조류의 흐름을 파악하고 있었다. 아울러 눈 밝은 병사들에게 건너편 통진나루에서 관미성 주변과 관미나루에서 움직이는 고구려 군선을 감시하게 했다. 예상대로 관미나루에 고구려 군량선 30여 척이 도착했다는 보고를 받은 게 어제 아침이었다. 어제 저녁 움직이나 했지만, 어제는 관미나루에서 고구려 군량선은 움직이지 않았다.

오늘은 달이 완전히 없는 날, 고구려 보급선이 백제 수군의 눈을 피해 한수 상류로 거슬러 올라가기에 딱 좋은 날이었다. 마침 오늘 조류는 해가 지고 바로 들물이라 밤이 되자마자 한수의 물이 역류한다. 그믐 사리이기도 해서 오늘 초저녁 초들물 역류의 흐름은 매우 빠르다. 송파나루까지 노를 젓지 않아도 배는 조류를 타고 저절로 상류로 올라간다. 노

---

49) 현재의 여의도

까지 저으면 말이 천천히 달리는 정도의 속도로 배가 움직인다. 고구려 군량선은 이때를 노리고 있음이 틀림없다.

근개루와 곤지는 노들섬에서 고구려 군량선이 오기를 기다리고 있었다. 배가 너벌섬을 통과하면 너벌섬에 있는 병사가 노들섬 쪽 허공으로 불화살을 쏘기로 되어 있었다.

밤이 깊어져 강바람이 선들선들 불어와 한기가 느껴졌다. 태자는 고구려 군량선이 나타난다고 확신했지만, 밤이 깊어져도 소식이 없자 자신이 잘못 짚었나 했다. 그때 슉 하는 소리를 내며 밤하늘로 높게 불화살이 올랐다.

드디어 올 게 왔다. 곤지가 명을 내렸다.

"쏴라."

수십 발의 불붙은 화살이 일제히 공중에 떠올랐다. 불화살로 인해 검은 어둠에서 물체가 보이기 시작했다. 너벌섬을 지나 노들섬으로 올라오는 고구려 군량선의 모습이 시커멓게 윤곽을 드러냈다. 곤지가 소리쳤다.

"불을 붙이고 돌격하라."

명에 따라 짚단을 가득 실은 20여 척의 작은 배들이 일제히 노들섬을 떠나 하류로 노를 저었다. 거의 동시에 백제의 작은 병선에는 불이 붙었다. 불붙은 배가 떠내려가니 불이 움직이는 것처럼 보였다. 노를 젓는 병사들은 뜨거움에도 불구하고 필사적으로 고구려 군선에 불붙은 배를 붙였다. 20여 척의 배가 일제히 타오르자 노들섬 주위의 한수는 대낮같이 밝아졌다. 고구려 군량선의 모습도 환하게 드러났다. 불붙은 배가 고구려 군량선에 돌진하자 고구려 배들은 불덩이 배들을 피하려 안간힘을 썼다. 노들섬에 남은 백제 병사들은 일제히 군량선을 향해 화살을 쏘았다. 얼마 지나지 않아 고구려 병선 한 척이 불에 타기 시작하더니 이윽고 남은 30여 척의 배에도 불이 붙었다. 한번 불이 붙으니 고구려 군량선의 불길은 맹렬히 타올랐다. 그것으로 상황은 종료되었다.

작은 배에 탄 백제 병사들은 물로 뛰어들어 너벌섬까지 헤엄쳐 갔다. 이 병사들은 어릴 때부터 한수에서 헤엄치고 자맥질하면서 자랐다. 물질에는 익숙한 병사들이었다.

노들섬에서 태자가 곤지에게 말했다.

"불구경만큼 재미있는 건 세상에 없다. 잘 탄다."

"그렇습니다, 형님. 활활 아주 잘 타네요. 아 저기, 고구려 병사도 강물에 뛰어듭니다."

"저자들을 다 구출하라고 일러라. 심문도 해야 하고…… 저자들이 무슨 죄가 있겠느냐."

"알았습니다. 노들나루와 너벌섬에도 우리 병사들이 있으니 빠져나가긴 힘들 겁니다. 물에 빠져 허우적거리는 고구려 병사는 구출하라 일러두었습니다."

그날 밤 한수 상류로 향하던 30여 척의 고구려 군량선은 한수에서 모두 불에 탔다. 병사들 2백여 명 중에서 화살을 맞거나 물에 빠져 죽은 몇 명을 빼고는 대부분 백제군에 사로잡혔다. 고구려 병사들을 심문

해보니 군량선에는 예상대로 벼와 조가 가득 실려있었다. 궤영 인근까지 올라가는 군량선이었다. 궤영에 비축해둔 식량이 바닥이 날 때가 머지않은 게 확실했다. 그렇다면 이참에 확 뒤를 덮쳐 사로국과 협공을 한다? 아버지 비유왕께 군사 1만을 달라고 해서 궤영을 공격할까? 근개루가 곤지에게 말했다.

"곤지야, 이 참에 궤영을 깰까?"
"형님, 저야 그러고도 싶습니다만, 거련왕이 그냥 있을까요? 고구려는 3만 정도는 금방 보낼 겁니다."
"그럴 거야. 그래, 경거망동(輕擧妄動)을 말자. 좀 더 힘을 길러야지. 우리도 5만은 되어야지."
"그렇습니다. 사로국군도 있고."
"왜군도 있지."

거련왕은 군량선 30여 척이 백제군의 매복 공격으로 모조리 불탔다는 소식을 들었다. 기가 막혔다. 2만 군사가 새재도 넘지 못하고 성 하나도 제대로 뺏지 못하고 세월만 보내고 있었다. 군량도 다 떨어져간다기에 평양의 군량미를 급하게 보냈다. 그걸 다 태워 먹어?

사로국이 배반하더니 백제까지 드러내놓고 고구려군을 공격했다. 지난 50년 동안 없었던 일이다. 고구려가 전쟁을 잊은 지 50년이다. 백성들은 뜨신 구들을 지고 배를 두드리며 태평성대를 노래하고 있다. 군인 가서 죽거나 팔다리를 잃은 병사가 없으니 고통에 울부짖는 부모가 없어진 지 50년이다. 지아비를 전쟁터로 떠나보내고 독수공방 생이별에 밤마다 눈물짓는 지어미가 없어진 지 50년이다.

가랑비에 옷 젖는 줄 모른다더니, 그 말이 딱 맞았다. 사로국과 백제이 녀석들이 야금야금 고구려의 권위에 도전했다. 봄비에 봐주고 가을비에 웃어주었더니, 이제 하룻강아지 범 무서운 줄 모르고 덤빈다. 비유, 눌지. 이 녀석들. 이 태왕의 무서움을 보여주마.

거련왕은 며칠 고민하다가 명을 내렸다.

"모두 철수하라."

거련왕의 명은 태자 조다에게 전달되었다. 철수하라는 명에 태자는 명이 잘못 전달되었는지 의심했다. 거련왕의 분명한 뜻인지 사령에게 거듭 확인했다. 분명한 아버지의 뜻이라고 했다. 태자는 속으로는 안도의 한숨을 쉬었다. 그렇지 않아도 이번 원정은 공격이 잘 풀리지 않았다. 태자의 첫 전쟁이었기에 단칼에 승리를 거머쥐고 싶었다.

좁은 길목에 튼튼하게 방책을 쌓아놓고 지세를 이용해 새재를 방어하는 사로국군을 넘어서기는 쉽지 않았다. 새재는 병력이 많다고 해서 반드시 유리하지는 않았다. 몇 차례의 돌격으로 아군 사상자가 급증하자 태자는 공격을 중지했다. 적을 이기는 다른 방법을 찾아야 했다.

다른 길이 있었다. 지름재로 우회하는 방법이었다. 고구려군은 새제에 사로국군을 묶어두고 지름재로 우회해서 마고산성으로 치고 들어갔다. 뭔가가 이상했다. 그 길은 사로국군도 이미 알고 있는 길이었다. 사로국군이 지름재를 비워둔 건 유인책이었다. 마고산성을 먹잇감으로 던져주고 고구려군을 유인해서 섬멸하겠다는 사로국의 계책이었다. 고구려군 선봉이 마고산성에 도달했을 때 사로국 기병이 남쪽 고모산성에서 갑작스럽게 나타났다. 조다태자는 고구려 병력을 황급히 철수시켰다. 지름재로 후퇴해 새재 아래에서 사로국군과 다시 대처했다.

그때 아버지 거련왕의 철수 명령이 떨어졌다. 차라리 잘된 일인지도 몰랐다.

양쪽의 군사가 으르렁거리면서 큰 싸움은 벌어지지 않았다, 그러는 사이 산맥 남쪽 급벌산이나 이벌지에 주둔해 있던 고구려군은 모두 사로국의 포로가 되었다. 눌지의 군사 동원으로 고구려와 사로국은 내륙으로는 산맥의 새재, 지름재, 죽령으로 경계를 확정지었다. 동해 쪽은 실직과 하슬라까지가 사로국의 영역이 되었다. 사로국은 무엇보다 서라벌의 당주와 실직과 급벌산과 이벌지의 고구려 영루(營壘)를 완전히 없애버렸다. 실속은 사로국이 다 차렸다고 해도 좋았다.

15

을미년⁵⁰⁾의 해가 떴다. 고구려 거련왕 43년, 사로국 눌지왕 39년, 백제 비유왕 29년이었다. 지난해 고구려는 어설픈 사로국 공격으로 체면만 구겼다. 사로국은 고구려의 상대가 되지 않았기에 늘 굽신거리다가 고구려에 처음으로 반기를 들었다. 눌지왕은 아주 독한 마음을 먹고 달려들었다. 사로국의 존망이 걸린 일이기도 했다. 준비를 철저히 했기에 고구려의 첫 공격은 막아낼 수 있었다. 거련왕은 정작 이빨을 드러내지도 않았다. 겨우 발톱 몇 개만 드러내어 한 번 으르릉거렸을 뿐이다. 눌지왕도 그 점을 잘 알고 있었다. 사로국이 그렇게 나가지 않았다면, 거련왕은 그들이 원하는 자를 다음 사로국 왕으로 세웠을 게 틀림없다. 자신이 실성을 죽이고 왕이 되었듯이, 고구려는 그런 과정을 다시 밟으려고 했음이 틀림없다. 고구려가 자신의 맏아들 자비(慈悲)를 다음 왕으로 세울 리가 없었다. 사로국을 완전히 없애려 할지도 몰랐다. 이번에는 압제의 고리를 끊어야 했다. 고구려의 통치를 더 이상 받아들일 수는 없었다. 한 번 막아냈다고 고구려가 사로국을 그대로 내버려둘 리는 없었다.

---

50) 455년

사로국은 당주와 실직의 고구려 군사를 몰아내는 과정에서 자신감을 가지기 시작했다. 사로국 백성과 병사들의 사기가 높아졌다. 고구려에 맞서겠다는 의지를 모두가 확인했다. 그게 무엇보다 큰 소득이었다.

더 큰 변화는 백제에서 일어났다. 담덕왕에게 입은 상처는 백제의 새로운 세대가 태어나 자라나면서 아물어갔다. 새 세대에게는 새로운 일이 맡겨져야 했다. 자연의 법칙대로 나이 든 세대는 늙어가면서 하나둘 유명을 달리했다.

을미년이 시작되자마자 겨울의 맹추위가 몰아쳤다. 날씨가 갑자기 추워지면서 노인들이 고뿔이 심해져서 동네마다 초상이 났다. 백제의 상좌평 해수(解須)가 별세했다. 지난해 말 병관좌평이던 해수의 동생 해구(解丘)가 별세했다. 동생의 죽음이 충격이었는지 해수도 병석에 누웠다가 일어나지 못했다. 해수는 전지왕을 옹위한 해충의 맏아들이었다. 내법좌평에 이어 상좌평에 오르면서 백제의 재상 노릇을 오래도록 수행했다. 해수는 비유왕의 외삼촌이면서 성격이 온화해서 비유왕과 큰 충돌없이 국정 전반을 잘 보살폈다.

해수와 해구의 장례식이 끝나자 비유왕은 동생인 여기(餘紀)를 불렀다.

"이번 추위에 해수, 해구 두 노인네가 다 저세상으로 가셨다. 상좌평과 병관좌평과 내법좌평은 오래 비워둘 수 없는 자리다. 누구를 임명하면 좋을까?"

"그것이야말로 폐하의 뜻대로 하셔야 하옵습니다. 이제 누구 눈치를 보겠습니까? 폐하께서는 보위에 오르실 때……"

"그렇지. 나야 해씨들이 옹립을 했으니, 당연히 우리 외삼촌들이 공신이었지. 하지만."

"이제는 사정이 달라졌다는 말씀이시죠."

"그렇다. 그리고 그 녀석들 하는 짓이 영 마음에 들지 않아."

"누구 말씀인지요?"

"몰라서 묻는 거냐. 해만, 해성, 해진, 해도 그리고 또 그렇지, 해명, 해구지."

"다 우리 외사촌들이 아니옵니까? 해만, 해성, 해진, 해도는 상좌평 해수 삼촌의 아들들이고, 해명과 해구(解仇)는 병관좌평 해구(解丘) 삼촌의 아들이지요."

"그렇지, 그런데 이 녀석들이 아비의 권세를 믿고 백성들을 함부로 대한다는 건 알고 있지?"

"물론 저도 알고 있습니다. 흉년일 때 곡식을 빌려주었다가 갚지 못하면 땅을 빼앗는 일은 비일비재하고 얼굴이 반반한 아녀자들은 겁탈해서……"

"그런 일도 있었어? 내 이 녀석들을…… 정말 그랬다고?"

"뭐 한두 건이 아닙니다. 동부와 북부 백성들의 원성이 자자합니다."

"바로 그거다. 지금 한성 동부와 북부에 해씨들이 가지고 있는 땅이 10만 마지기가 넘는다. 해씨들은 오래전부터 땅이 많았다. 전지 할아버지 때 진씨들 땅을 빼앗아 하사한 것도 있고, 이렇게 저렇게 한성 주변 옥답을 끌어모았어. 그러다보니 국고로 들어오는 곡식은 점점 줄어들어. 나라가 부자라야 나라가 튼튼한 법인데, 지금은 나라는 가난하고 해씨들이 부자야."

"그렇습니다."

"너를 상좌평에 임명할 생각이다. 내법좌평에는 내 장인인 우서(于

西)를, 병관좌평에는 곤지를······"

"정말 좋은 생각이십니다. 모두 폐하 뜻대로 하옵소서. 그 다음엔?"

"그렇게 해서 상좌평, 네가 나서서 해씨들의 땅을 나라 땅으로 환수할 방법을 찾아."

"해씨들이 그냥 있지 않을 텐데요."

"그거야 상좌평이 알아서 해야지. 내가 다 말해야 하겠나?"

달포 정도가 지난 다음 바로 비유왕은 대소신료를 모아놓고 상좌평에 여기, 내법좌평에 우서, 병관좌평에 곤지를 임명했다. 대소신료들 사이에서 술렁거림이 일어났다. 특히 해씨들의 불평이 비유왕에게도 들릴 만큼 크게 새어나왔다. 어전회의가 끝이 났다.

해씨를 대표해서 해만은 비유왕에게 알현을 요청했다. 상좌평 여기가 대신해서 해씨들을 만났다.

"상좌평에 보임된 것을 축하드리옵니다."

해만은 여기에게 먼저 축하 인사부터 건넸다. 비아냥대는 태도가 겉으로 드러났다.

"고맙소. 마침 해씨를 대표한 여러분들이 다 모였소. 안 그래도 내가 여러분들에게 긴히 할 이야기가 있었소이다."

여기는 해충 할아버지 때부터 해씨 일족들이 얼마나 백제 왕실을 위해 충성을 다했는지 장광설을 풀며 이야기했다.

"오늘날 백제 왕실이 건재한 건 바로 여러분의 충성 덕이라 해도 과언은 아니오. 폐하께서는 해씨 일족의 충성에 정말 감사한다고 하셨소이다. 나라를 더 부강하게 하기 위해서는 군대를 더 강하게 키워서 고구려와 맞설 수 있어야 한다고도 하셨소이다."

"상좌평 어른, 누가 폐하의 그런 마음을 모르겠습니까? 하지만 우리 해씨들의 충정을 알아주신다고 하면서, 우리 해씨들을 중요한 벼슬에서는 모조리 빼셨습니다. 저희들은 폐하께서 왜 그리하셨는지 알고 싶습니다."

"폐하께서는 백성들의 소리를 늘 듣고 계십니다. 동부나 북부 백성들의 소리도 듣고 계시지요. 억울해하는 백성이나 부녀자들 이야기를 자세히 하지 않겠습니다. 국법은 누구에게나 지엄한 법이지요."

"……"

해씨들은 억울해하는 부녀자 이야기가 나오자 아무 말도 하지 못했다. 여기는 큰기침을 한 번 하고 계속 말했다.

"폐하께서 말씀하셨습니다. 왕실 소유의 땅부터 시작해서 모든 귀족 가문이 가진 땅의 절반을 내놓아 군답(軍畓)과 군전(軍田)으로 돌리자고 하셨지요. 그렇게 되면 몇 년 안 가서 5만 대병은 양성할 수 있습니다. 사소하게는 여기 해씨 여러분은 저나 폐하의 외사촌 형제들이 아닙니까? 나라가 부자여야지, 명문세가(名門世家)가 부자면 되겠습니까?"

해씨들은 여기에게 변변히 말 한마디 못 하고 궁을 나왔다. 궁을 벗어나자 해만이 한마디를 던졌다.

"여기 이 녀석, 우리들 땅을 다 빼앗아 우리를 말려 죽이겠지. 그리고 너희들 때문에 내가 대꾸 한마디 못 하고, 이게 무슨 꼴이야? 이게 무슨 망신이냐고?"

해만은 해성과 해진이 부녀자를 겁탈한 일을 떠올리며 말했다.

"아니, 형님도 우리가 뭘 했다고요?"

"이 녀석들아. 남의 유부녀를 협박해서 너희 별채로 끌고 간 게 잘한 거냐? 그것도 백성들이 다 보는 벌건 대낮에. 너희들이 미치지 않았으면 그렇게 해?"

"……"

"입이 열 개라도 할 말이 없지?"

"그건 그렇고 형님, 앉아서 당하자는 거유? 땅 다 빼앗기고요?"

"당하기는. 대책을 세워야지. 여기가 하는 말은 귀족들 땅 반을 몰수해서 군사를 기르겠다는 거야. 고구려와 전쟁을 하자는 거지. 그게 말이 되는 거냐? 5만 군대를 키워 고구려와 한판 붙는다? 지면? 아신왕 때처럼 노객 맹세를 또 하고? 백성들은 죽고 고구려로 끌려가고? 그건 아니야. 지난 50년을 평화롭게 살았어. 전쟁만 없으면 태평성대야. 전쟁을 막아야 해. 그게 백성을 위하는 길이야."

"형님 말씀이 지당합니다."

해만은 동생 해진에게 말했다.

"너에게는 감시가 붙어있을 테니, 비밀리에 고구려에 사람을 보내.

지금 상황을 그대로 전달해. 그럼 고구려에서 뭔가 대책을 세울 거야. 그리고 왜국에 구이신왕의 아들이 살아있다고 해."

춘삼월이 되었다. 얼었던 땅이 녹고 진달화, 개나리가 한꺼번에 꽃망울을 터뜨릴 무렵이었다. 비유왕은 군사 1만을 한산으로 소집했다. 새로 임명된 병관좌평 곤지의 지휘 아래 병사들은 한산 아래부터 시작하여 살곶이 벌판까지 이동하면서 사냥을 했다.

비유왕은 태자 근개로와 함께 곤지가 한산에서부터 오는 동안 아예 매봉 봉우리에 장막을 치고 매사냥을 즐겼다. 마침 개나리가 매봉 아래를 온통 노랗게 물들였다. 매가 높이 날아올라 목표물을 발견하고는 한내 너머까지 쏜살같이 날아갔다. 비유왕은 태자에게 지나가는 말로 물어보았다.

"해씨들은 잠잠하더냐?"

"그런가 봅니다. 일일이 감시를 붙였사온데, 뚜렷한 움직임은 없사옵니다."

"집 안에서 뭔가 모의를 하면 알 수가 없지 않나?"

"그렇습니다."

"저들이 만약 군사를 동원하면 얼마나 될 것 같아?"

"한 5천은 된다고 봐야겠지요. 동부와 북부에는 워낙 뿌리가 깊어 다 저들의 사람들입니다. 해만 형제들하고 해명 형제들하고는 그렇게 사이가 좋은 것 같지는 않습니다."

"그래? 해만 형제들이 상좌평 해수의 아들들이니 재산과 땅을 많이 차지했을 테지. 병관좌평 해구(解丘) 아들이 해명하고 해구(解仇)라고?"

"그렇습니다."

"해구(解仇)? 아버지 해구(解丘)와 이름이 같네."

"그렇습니다. 구(仇)라는 한자를 쓰는데, 쌍둥이였다가 하나가 죽었죠. 그래서 점쟁이가 짝 구(仇) 자를 써야 무병장수한다고 그랬답니다."

"복잡하네. 하여간 해만 형제와 해명 형제들끼리는 사이가 안 좋단 말이지?"

"그렇습니다."

"그렇지, 그럼 잘 되었다. 곳간에서 인심이 난다고 했으니, 한쪽이 욕심이 많으면 다른 쪽 사람은 떠나게 되어 있어."

"그럴 겁니다."

"어쨌거나 사로국도 이제 만만찮은 강군이 되었으니, 우리가 빨리 5만 군대를 양성해야 한다."

목표를 향해 돌진한 송골매는 단숨에 까투리 한 마리를 덮쳐 발톱으로 움켜잡았다. 한번 푸드덕하더니 곧 까투리의 저항은 멈추었다.

"저 송골매처럼 강하고 빠르게."

"저 꿩이 고구려라면 좋겠습니다."

비유왕 부자가 그런 대화를 나누는 중에 북쪽 마들에서부터 뽀얀 먼지가 일었다. 백제의 기마병들이 진법을 익히면서 몰이를 하는 모양이었다. 비유왕과 근개루태자는 흐뭇하게 그 광경을 쳐다보고 있었다.

그 시각 고구려 평양성 안학궁에서 거련왕은 대전에서 첩자를 만나고 있었다. 백제의 전 상좌평 해수의 아들 해진이 보낸 첩자는 대왕 직속의 군부인 왕당(王幢) 순지장군에게 백제의 상황을 상세하게 알려주었다. 순지장군에게 보고를 받은 거련왕은 첩자를 직접 만나보겠다며 대전으로 불렀다. 첩자는 승려로 위장하고 있었다.

해진은 자신에게는 비유왕의 감시가 있음을 알고 있었다. 해진은 아내를 불공드리러 절로 보냈다. 절에는 고구려의 첩자가 염불승으로 위장하고 있었다. 해진의 아내는 승려 첩자에게 몇 가지 사항을 전달했다. 첩자는 고구려로 넘어가 그 전달 사항을 거련왕에게 하나하나 다시 말했다.

"그래, 비유가 5만 대병을 양성한다고 했다고?"

"그렇게 전해 들었습니다."

"귀족들의 땅을 빼앗아 군전으로 충당한다고?"

"그렇습니다."

"백제 사람들은 어떤 생각들인가? 전쟁을 하고 싶어 하나?"

"자세히는 알 수 없으나 고구려와 전쟁을 해서 지난날의 원수를 갚아야 한다는 사람들도 있긴 합니다. 하지만 전쟁은 무슨 전쟁, 배불리 먹고 편하게 살자는 백성들이 훨씬 많습니다."

"구이신의 아들이 살아있다고?"

"그렇습니다. 지금 왜국에 머물고 있사옵니다."

"그래? 알았다. 너는 당분간 평양에 머물러라. 그건 그렇고. 너는 중은 중이냐?"

"아닙니다. 그냥 중 흉내를 내옵니다."

"그렇구나. 너에게 술과 고기를 내려주게 하겠다. 푹 쉬면서 여독을 풀어라."

첩자가 물러간 뒤 거련왕은 혼자 앉아있었다. 해가 지고 대전으로 어둠이 몰려들 때까지 앉아 깊은 생각에 잠겼다. 작년에는 사로국이 고구려 당주군을 전멸시켰다. 보복하기 위해 가을에 태자가 사로국에 쳐들어갔다. 태자는 이렇다 할 승리를 거두지 못했다. 여기에 백제까지 5만 대병을 양성해? 사로국과 백제가 야금야금 고구려의 발뒤꿈치를 먹어오고 있다. 그냥 두어서는 안 될 일이었다. 아픈 곳은 썩기 전에 도려내야 한다. 잡초 새싹은 돋아나기 전에 잘라야 한다. 한참을 생각하다가 거련왕은 혼잣말을 했다. 그 말은 대전의 넓고 빈 허공으로 낮게 울려 퍼졌다.

"비유왕 이놈, 내가 왕 노릇을 43년간 했다. 내가 왕 노릇을 어떻게 하는지 똑똑하게 보여주마."

거련왕은 왕당 대장 순지장군을 불러 몇 가지 사항을 지시했다.

16

늦은 가을밤 한수에는 물안개가 자욱하게 피어올랐다. 한 치 앞을 보기 힘들었다. 가을 물안개는 대기의 온도가 내려가고 강물이 따뜻할 때 일어나는 현상이었다. 안개 자욱한 검은 강에는 가끔 푸덕거리는 소리가 났다. 살찐 잉어들이 물 밖으로 뛰어오를 때 내는 소리였다. 잉어가 수면 아래로 내려갔다. 사위가 적막했다.

비유왕은 추수가 끝나기가 무섭게 서부와 남부 병사 1만을 살곶이벌에 소집했다. 지난봄에 북부와 동부 병사들을 먼저 소집했기에 이번에는 동원 순서를 바꾸었다.

명목은 사냥이었지만 실제로는 군사 훈련이었다. 익숙하게 익히게 하려면 반복되는 훈련이 필요했다. 대장기의 신호에 따라 일사불란하게 기병과 창수, 검수와 궁수가 하나로 움직여야 군사의 힘이 극대화된다. 어제는 병관좌평 곤지의 지휘 아래 군사들은 야간 훈련을 했다. 불빛이 없는 밤에는 깃발 대신에 나발 소리의 군호(軍號)에 맞춰 기동하여 공격하고 방어하는 훈련을 했다. 밤에 조용히 적진을 공격하는 암습 훈련을 할 때는 또 다르다. 군호 나발 소리도 없이 병사간의 수신호로 눈치껏 기어서 적진에 다가가야 했다. 이때는 병장기 소리도 내서는 안 된다. 한밤중인 자시(子時)가 지나서야 훈련이 마무리되었다. 곤지와 병사들은 야숙에 들어갔다. 고된 훈련을 받았기에 소수의 불침번을 제외하고는 모두 막사에서 곯아떨어졌다.

비유왕의 막사는 매봉 정상에 자리잡았다. 시위대가 왕을 지키고 있었다. 비유왕은 며칠째 이 막사에 머물면서 군사들의 훈련을 관망했다. 궁에 있을 때보다 불편하기는 해도 야외 막사에서 숙식하는 묘미가 있었다. 한성 궁성에는 태자 근개루를 남겨두어 일상적인 정사는 태자가 처리했다. 매봉은 그다지 높지 않은 열 마장 높이의 산이었다. 한수와 한천을 내려다보며 우뚝 솟은 돌산이어서 군사 훈련 관측에는 안성맞춤인 장소였다. 겨울이 되면 매사냥으로도 최고의 장소였기에 아예 봉우리 이름도 매봉이었다.

그때였다. 소리도 없이 조용하게 물살을 거슬러 매봉 아래로 다섯 척의 배가 다가왔다. 배는 모두 검은색으로 칠해져 있어 어둠 속에서는 잘 보이지 않았다. 배에는 척당 1백여 명의 검은 옷을 입은 병사가 실려있었다. 이들은 배가 매봉 주위에 접근하자 바로 하선하여 매봉으로 기어오르기 시작했다. 훈련이 잘되었는지 조금의 망설임도 없었다. 이들은 단검 하나를 등에 맨 상태에서 빠른 속도로 절벽을 기어 올라갔다.

"헉, 누구냐? 웬 놈들이냐?"

시위대 경계병이 어렴풋이 시커먼 물체가 절벽을 기어 올라오는 모습을 보고 놀라서 소리쳤다. 검은 옷이 날린 단검이 경계병의 어깨죽지에 맞았다. 그제야 경계병은 왕을 노리는 자객의 습격임을 직감했다.

"적이다. 적이 쳐들어왔다."

작은 봉우리여서 왕의 막사 주변에는 1백여 명의 시위대 병력이 왕을 지키고 있었다. 대부분 잠을 자다가 경계병의 화급한 고함을 들었다. 시위대장 고이만년(古爾萬年)은 병사의 소리에 놀라 뛰쳐나왔다. 무예가 남달리 뛰어나 서른을 갓 지난 나이에 시위대장에 임명된 게 작년의 일이었다. 고이만년은 비유왕을 그림자처럼 붙어서 수행하고 있었다. 뿌연 어둠 속에서 경계병의 어깨죽지에 꽂힌 단검을 보자 고이만년은 사태를 알아차렸다. 이건 폐하를 노리는 야습이다. 누구의 야습이냐는 중요하지 않다. 폐하를 지켜야 한다. 고이만년은 황급히 일어나서 막사에서 밖으로 나오는 시위대 병사들에게 지시했다. 올라오는 적들을 막아라. 나는 폐하를 모신다.

고이만년은 몇몇 기마병만 대동하고 비유왕을 말에 태워 매봉 북서 사면으로 빠져나갈 참이었다. 빠져나가서 한내만 건너면 살곶이벌에는 곤지왕자의 1만 병력이 있다. 거기까지만 가면 안심이다.

한두 명 검은 옷들이 매봉으로 올라서더니 그 숫자가 점점 불어났다. 검은 옷들은 매봉에서 한내로 가는 길목에도 포진했다. 시위대 병사와 검은 옷들은 매봉 정상에서 혼전을 벌이는 동안 검은 옷이 비유왕의 막사에 불을 붙였다. 막사는 금방 불이 붙어 환하게 타올랐다. 아직 어둠이 채 가시지 않은 신새벽이어서 막사를 태우는 불기둥은 수십 리 밖에서도 환하게 보였다.

매봉 위에서도 한바탕 칼싸움이 벌어졌다. 수백 명으로 불어난 검은 옷들은 비유왕의 시위대를 순식간에 몰살시켰다. 고이만년은 비유왕을 모시고 매봉 북서쪽 사면으로 내려와 한내로 가려 했다. 한내 쪽에는 이미 검은 옷이 쫙 깔려있었다. 고이만년은 북쪽 평지로 내달렸다. 한참을 우회해서 한내를 건널 참이었다. 뒤돌아보니 매봉 막사가 불타고 있었다.

"곤지왕자님, 어서 나와 보십시오."

부관의 외침 소리를 듣고 곤지는 비몽사몽간에 막사 밖으로 나와 매봉을 바라보았다. 순간 정신이 번쩍 들었다.

"저긴 폐하가 계신 곳이 아니냐?"
"그러하옵니다."

부관인 재증걸루가 대답했다. 재증걸루는 무술대회에서 고이만년과 함께 최고의 실력을 보였다. 곤지의 부관으로 삼은 게 작년 가을이었다.

"저 위에 무슨 일이 생긴 게 틀림없다. 가자, 말을 가져와라."

곤지는 재증걸루와 몇몇 기마병을 데리고 급히 매봉 아래로 갔다. 날이 밝아 오고 있었다. 곤지는 매봉 아래 한내에 도착하여 건너편 검은 옷들을 보는 순간 깜짝 놀랐다.

"저게 뭐지? 저 검은 옷은 도대체 뭐란 말이야?"

"고구려 자객들인지도 모릅니다."

"저들이 누구든 폐하를 모셔야 한다. 가자."

하지만 곤지는 한내를 건널 수 없었다. 매봉 바로 아래는 수심이 깊어 배가 없이는 건널 수가 없었다. 늘 있었던 백제군의 배도 어디론가 사라지고 없었다. 한참을 북으로 올라가 여울이 나타날 때까지 우회해야 했다. 그 사이 아버님이 어떻게 될까, 곤지는 속이 타들어갔다. 그 와중에 재증걸루에게 명했다.

"기병들이 우선 출정한다. 궁수와 검수, 창수는 본진을 지킨다. 기병들이 먼저 매봉을 포위하라."

곤지는 정신이 하나도 없었다. 도대체 무슨 일이란 말이냐. 자신의 눈앞에서 어찌 이런 일이 벌어진단 말이냐. 그것도 백제 영토 한가운데서 이런 일이 벌어진다는 게 눈을 뜨고도 믿을 수 없었다. 하지만 사실이었다. 그것만이 아니었다. 더 큰 일이 곤지의 눈앞에서 일어나고 있었다.

"지금 고구려 군선 수백 척에서 내린 군사가 목멱산 아래에 밤새 하륙했다 합니다. 지금 서쪽으로 진군 중이라 하옵니다. 그쪽 어부들의 급한 전갈이옵니다."

곤지는 충격을 받은 듯이 말 위에서 잠시 멍하게 서 있었다. 사태가 어떻게 전개되는지 파악이 되었다. 고구려군의 전면적인 기습이었다. 밤을 틈타 그들은 한수 목멱산 아래에 하륙했다. 이어 서진하여 왕을 노리고 있음이 분명하다. 그전에 먼저 폐하를 노리는 자객을 보냈다. 그림이 그려졌다. 이중의 그물망이다. 백제군의 훈련 상황을 파악한 첩보가 있다면 충분히 짤 수 있는 기습 전략이다. 적의 기습이야 1만 군대가 있으니 막으면 된다. 문제는 폐하였다. 매봉 주위에 더 많은 병력을 배치해야 했었다. 그게 후회되었다. 고구려가 그 허점을 노린 게 틀림없었다. 누군가가 백제군의 동향을 고구려군에게 자세하게 알려주지 않았을까? 그게 누굴까? 해씨들이 아닐까?

지금 중요한 건 폐하의 안위였다. 곤지와 수백의 기병대는 한내를 우회해 여울로 건넌 다음 매봉으로 달려갔다. 날이 밝아왔다. 시위대는 거의 전멸했고 이미 검은 옷은 자취도 보이지 않았다. 폐하와 고이만년이 없으니 어디론가 피신했음이 틀림없다. 어디로 갔을까? 고이만년은 틀림없이 말을 타고 움직였다. 그렇다면 완만한 경사를 이루고 있는 매봉 북서쪽으로 가서 살곶이벌의 본대와 합류하려 했음이 틀림없다.

곤지와 재증걸루는 매봉 북서쪽으로 나아갔다. 아무 데서도 왕도 시위대장 고이만년도 찾을 수 없었다. 곤지는 장한벌 쪽으로 말을 몰았다. 얼마나 달렸을까. 검은 옷 몇몇과 일전을 벌이고 있는 고이만년을 발견했다. 고이만년은 단기로 적을 상대하느라 피투성이가 되어 혈전을 벌이고 있었다. 곤지 일행은 단숨에 검은 옷을 제압했다. 곤지는 숨을 헐떡이며 기진맥진해 있는 고이만년에게 다가갔다. 다행히 큰 부상은 없는 것 같았다. 곤지는 급하게 물었다.

"폐하는?"
"한내 쪽으로 가시라고 하고 저는 적을 막고 있었습니다."
"시위병은?"

"다 죽고 폐하 혼자서 갔습니다. 폐하를 지키지 못한 저를……"
"무어, 폐하 혼자서 가셨다고?"

곤지에게 아무말도 들리지 않았다. 곤지는 기수를 동쪽으로 돌려 비유왕의 행적을 찾았다. 고이만년과 재증걸루가 곤지를 따라왔다. 멀리서 몇몇 고구려 검은 옷의 움직임이 보였다. 곤지 일행은 급히 그쪽으로 말을 몰았다. 검은 옷 병사 10여 명이 황급하게 달아나고 있었다.

"저 녀석들이 틀림없다."

곤지 일행은 달리면서 그들이 활의 사정거리에 들어오자 활을 쏘기 시작했다. 재증걸루와 곤지의 화살이 4명의 검은 옷에 적중했다. 잠시 후 곤지 일행은 그들을 따라잡았다. 그들은 바로 목 없는 귀신이 되었다. 하지만 비유왕의 흔적은 없었다. 비유왕은 어디로 사라져버렸을까? 곤지는 하늘을 향해 소리쳤다.

"아바마마, 어디에 계시나이까? 길을 알려 주소서, 아바마마."

그때 척살한 검은 옷의 품에서 피범벅이 된 둥근 물체가 떨어져나왔다. 곤지는 불길한 예감이 들었다. 차마 그 물체를 볼 수 없었다.

"걸루야, 저게 무엇이냐?"

재증걸루는 그 물체를 가까이 가서 자세히 보았다. 사람의 머리였다.

보통 사람의 머리가 아니었다. 바로 비유왕의 머리였다. 걸루는 몸이 얼어붙어 움직일 수 없었다. 고이만년도 마찬가지였다. 이윽고 사태를 파악한 곤지가 아버지 비유왕의 머리를 얼싸안고 땅바닥에 고꾸라졌다.

"아바마마, 아바마마, 이게 어찌 된 일이옵니까?"

고이만년은 정신을 차려 생각했다. 자신이 검은 옷 몇몇을 상대하는 동안 이 녀석들이 추격하여 폐하를 시해했다. 이 대역무도한 놈들이 도망가기 위해 폐하의 몸은 버리고 머리를 잘랐다. 머리를 품에 안고 도망가다가 곤지 일행의 추격에 걸렸다. 몸통을 찾아야 했다. 고이만년과 재증걸루는 뒤따라온 기병에게 폐하의 시신을 찾으라고 명령했다.

그때였다. 서쪽 개천(開川) 쪽에서 대병의 움직임이 관측되었다. 목멱산 아래로 상륙한 고구려 군대 선발대가 개천을 따라 서진하여 장한벌 입구에 이르렀다. 그대로 있다가는 곤지의 기병은 곧 고구려 본대와 마주칠 게 분명했다. 서둘러 살곶이벌로 철수하여 백제 본대와 합류해야 살아날 수 있다. 아니면 곤지 일행도 개죽음을 당할 게 분명했다. 곤지왕자가 비유왕의 시신을 찾지 못하고 갈 수는 없다고 버텼다.

"아버님을 두고 갈 수는 없다. 어서 찾아라. 찾아야 한다."

곤지는 미친 듯이 여기저기 다니며 비유왕의 시신을 찾았다. 고이만년과 재증걸루는 초조하기 이루 말할 수가 없었다. 왕의 목이 있으니, 왕은 죽었다. 왕의 몸을 찾다가는 왕자까지 죽을지 모른다. 어서 곤지왕자를 모시고 도망쳐야 했다.

"지금은 어서 본대와 합류해야 할 때입니다. 이렇게 있다가는 왕자님마저 당하고 맙니다."

"폐하는 어떡하고. 폐하의 몸뚱이는 버려두고 가자는 말이냐?"

"지금은 찾을 수가 없습니다. 폐하를 지키지 못하고 폐하의 시신을 두고 가는 저희들의 불충은 죽음으로 사죄하겠습니다."

"찾아서 가자."

"아니 되옵니다. 지금 가지 않으면 왕자님이 위험하옵니다."

"그래도 못 간다."

"그럼, 저 1만 군대는 누가 지휘하옵니까? 강 건너 한성은 누가 지킵니까?"

곤지는 그 말을 듣고서야 정신차렸다. 고구려 군사를 막아야 한다는 생각에 정신이 번쩍 들었다. 곤지는 비유왕의 머리를 품에 안고 말을 달리기 시작했다. 곤지를 따라 한내를 건넜던 대부분의 백제 기마병이 다시 한내를 건너 살곶이벌 본대에 합류했다. 장한벌에 집결한 고구려군과 살곶이벌의 백제군이 한내를 사이에 두고 대치했다. 서로의 병력이 엇비슷했다. 함부로 움직이지 않고 서로를 관망했다.

고구려군의 총사령 순지장군은 비유왕의 기습에 성공해 비유왕의 목을 잘랐다는 보고를 검은 옷으로부터 받았다. 그 목은 아들 곤지가 가져갔다는 보고도 받았다.

고구려군이 암습으로 백제 왕의 목을 베었다면, 고구려군답지 못하다. 내부의 반란으로 역적이 백제 왕의 목을 쳤다. 그것이 고구려의 공식 입장이어야 했다. 순지장군은 병사들에게 목 없는 시신을 찾으라고 명령했다. 곧 피로 물든 비단옷을 걸친 목 없는 시신이 발견되었다.

순지장군은 측근 몇몇만 대동하여 자신만이 아는 위치에 목 없는 시신을 묻었다. 고구려까지 시신을 가지고 가면 복잡한 일이 벌어질 게 분명했다. 비유왕의 죽음과 고구려군의 기습은 아무 상관이 없어야 했다. 오직 순지장군만이 비유왕이 묻힌 위치를 알고 있어야 했다.

본대로 돌아온 곤지는 급하게 사령을 형님 근개루태자에게 보내려 했다. 아버님이 돌아가셨음을 누구보다 형님이 먼저 알아야 했다. 그때 강 건너 궁성에서 헐레벌떡 사령이 왔다. 사령의 서두르는 태도를 보아 강 건너에도 무슨 큰일이 벌어졌음을 곤지는 직감했다.

"곤지왕자님, 큰일 났습니다. 동부와 북부 병사들이 반란을 일으켰습니다. 해씨 일족들이 새벽에 매봉 불길을 신호로 병사들을 몰고 왔습니다. 대성을 점령하고 왕성을 에워쌌습니다."

"뭐라? 해씨들이? 그래 태자는 무사하신가?"

"태자마마와 문주왕자님은 무사하십니다."

"상황은 어떤가?"

"버티고는 계시지만 위태합니다. 태자마마께서 빨리 구하러 오라 하셨습니다."

곤지는 다 파악이 되었다. 모든 게 고구려와 해씨의 치밀한 음모였다. 아버님을 기습하여 시해하고, 한성에서는 반란을 일으켜 근개루태자를 없앤다. 고구려 군대는 곤지의 군대를 쓸어버린다…… 해씨들이 추대한 자가 왕이 되거나…… 해씨가 왕이 될지도 모른다……

곤지의 머리카락이 곤두섰다. 한내 건너편의 고구려 군대를 무시하고 서둘러 병력을 빼서 형님을 구하러 가야 한다. 그냥 두면 형님이 위험해진다. 아버님이 돌아가신 마당에 형님마저 해씨에게 당하면 백제는 바람 앞의 등불이다. 사직이 위태롭다. 곤지의 입술이 타들어갔다.

곤지는 재증걸루와 고이만년을 불렀다.

"지금 한성에서도 반란이 일어났다. 태자마마도 위험하다. 내가 가야겠다."

"여기 고구려군은요?"

"아무리 한내가 작은 강이라 하나 쉽게 한내를 건너진 못한다. 내가 2천 병력만 빼서 한수를 건널 터이니 여기서 너희들은 방어만 해라. 궁수를 전진 배치시켜 쉽게 강을 건너지 못하게 해라. 궁수 뒤의 다른 병력은 꼭꼭 숨어라. 그럼 고구려군은 필시 함정이 있는 줄 알고 쉽게 한내를 건너지 못한다. 건너온다 해도 우리 8천 병력이면 저들과 충분히 맞서서 싸울 수 있다."

"명을 받겠습니다."

곤지는 대장기는 그대로 막사에 세워두라 하고 병사 옷으로 갈아입었다. 곤지는 이천 병사들과 함께 한수를 건넜다. 송파나루에 배를 정박시키고 바로 왕성으로 달려갔다. 해씨의 병사들이 왕성 앞을 에워싸고 있었다. 곤지가 앞장서니 병사들이 용감하게 달려들어 해씨 병사들은 잠깐 사이에 도륙이 났다. 곤지는 포위를 풀고 왕성으로 들어가 근개루 태자와 문주 형님을 배알했다.

"형님, 무사하시지요."

"그래, 무사하구나. 곤지."

태자는 병사 차림으로 온 곤지를 보다가 문득 이상한 생각이 들었다.

"그것보다 아버님은?"

곤지는 슬픔을 참고 의연하려고 애썼다. 형님 근개루태자가 아버님의 안부를 묻자 눈물부터 쏟아졌다. 눈물이 한번 터지자 대성통곡으로 이어졌다. 근개루와 문주는 동생 곤지가 이렇게 우는 모습을 처음 본지라 도대체 무슨 일이 벌어졌는지 더 궁금해졌다.

"아버님이…… 아버님이 그만……"

"아버님이 그만?"

"돌아가셨습니다."

근개루와 문주와 배석해 있던 신료들은 마른하늘에 날벼락 같은 소식을 들었다. 어찌 이런 일이 일어날 수 있단 말인가? 이럴 수도 있다는 말인가? 모두 황망해서 어쩔 줄 몰랐다. 곤지의 통곡은 오래도록 이어졌다. 모두 입을 다물고 잠자코 있었다. 얼마나 울었을까. 곤지는 통곡을 그치고 딸꾹질을 거듭하면서 떠듬떠듬 지난 새벽부터 낮까지의 상황을 말했다. 모든 게 명확해졌다. 단편적인 사항을 종합하니 고구려가 지원한 해씨들의 계획된 반란이 틀림없었다.

근개루와 문주와 곤지는 다른 신료들을 중전에 대기시켜 놓은 채로 왕성(王城) 연못 가운데 있는 도화루로 갔다. 신료 중에는 해씨의 간자가 있을 가능성이 컸다. 이럴 때일수록 기밀이 중요했다. 그들은 도화루에서도 조용조용 낮은 목소리로 귀에 속삭이듯 말했다. 한성 이남의 확실히 믿을 수 있는 병력을 한성으로 불러야 한다, 그들이 도착하는 대로 해씨 반란 세력을 제압한다, 사로국에 구원병을 요청한다, 장한벌의 고구려 병력은 구원병이 올 때까지 곤지가 막아낸다. 이런 요지의 작전을 짰다. 근개루태자가 입을 열었다.

"그나마 웅진의 병사들이 믿을 만한데, 시간이 얼마나 걸릴까?"
"빨라야 열흘은 걸릴 겁니다."

곤지가 대답했다. 근개루는 문주에게 물었다.

"사로국 병사가 오기는 올까?"
"제가 직접 가겠습니다. 아무래도 왕자인 제가 가면 사로국이 구원병을 안 보낼 수 없겠지요."

그렇게 형제들은 의논을 끝냈다. 아버님이 승하하셨다는 슬픔은 우선 가슴에 묻어두기로 했다. 해씨의 반란과 고구려를 제압하는 게 급선무였다. 태자는 선왕에게 충성했던 목금(衿沐)과 미귀(麋貴)를 지방으로 보내 군사를 모아오게 했다. 문주도 바로 사로국으로 떠났다. 해씨 역시 지방의 군사를 모으러 떠났을 게 분명했다. 누가 빨리 움직여서 자기 세력의 군사를 많이 모을 수 있느냐가 승부의 관건이었다.

17

을미년[51] 10월이 거의 지나서였다. 호화로운 장식을 한 배 한 척이 한수를 거슬러 오르고 있었다. 송나라 사신 백화(白和)가 탄 배였다. 백화는 8년 만에 다시 백제를 방문하는 참이었다. 백화는 너벌섬과 노들섬을 지나면서 한수의 풍경을 다시 접하자 감회가 새로웠다. 한수의 아름다움은 송나라의 소상강과 동정호에 비견할 만했다. 한수는 풍수지리적으로 볼 때 편안함과 날카로움을 모두 가진 강이었다. 한수 일대는 한산의 지세와 어울려 있어 나라의 도읍지로 천년을 융성할 땅이었다. 한수 남쪽의 산세가 불을 머금고 있기는 했다. 한수의 지류인 한내가 한수를 만나는 살곶의 날카로움 또한 불길하기도 했다. 백화는 비유왕과 8년 전 매봉에 올랐을 때 보았던 살곶의 기억을 잊어버리지 않고 있었다.

배가 한수를 거슬러 올라 송파나루에 도달하자 백화의 마음은 급해졌다. 백제 국왕에게 시급하게 전할 게 있었다. 자신이 아무리 송나라의 국익을 우선시하는 사신이라 하더라도, 8년 전 백제 사람들의 환대와 백제의 문물은 백화에게 인상 깊게 남아있었다. 백화는 자신이 너무 늦

---

51) 455년

지 않았기를 간절히 바랐다. 자신이 백제에 온 이유는 고구려 거련왕이 송나라 효무왕에게 보낸 한 장의 서신 때문이었다.

"송나라 폐하께 문안드립니다. 고구려는 바다 멀리 있어도 송나라 폐하의 덕을 흠모하고 있사옵니다. 폐하의 덕은 사해를 넘어 백제까지 이르고 있습니다. 고구려는 동방의 여러 나라를 잘 교화하여 서로 화평하게 살고 있으나, 승냥이 같은 백제가 어리석은 사로국을 부추겼습니다. 장차 여러 나라의 어지러움이 어디로 향할지 모르겠습니다. 고구려도 폐하와 같이 사해의 덕을 숭상하는지라 백제의 나쁜 버릇을 고쳐놓고자 합니다……"

거련왕의 서신은 부드러웠지만, 고구려의 백제 침공을 예고한 국서였다. 국서를 받자 문왕이 죽고 새로 임금이 된 효무왕은 백화를 불렀다.

"이 국서를 어떻게 처리함이 좋겠소?"
"폐하, 이 국서는 백제 침략을 예고하고 있습니다. 우리나라는 예로부터 백제와 밀접하게 지냈고, 고구려 또한 우리와 친교로 맺어져 있사옵니다."
"그러니 가만히 있기도 그렇고, 뭔가 행동하기도 찝찝하오."
"그렇습니다. 고구려가 우리에게 백제 편을 들지 말라 경고한 국서입니다. 지난번 왕백구를 파견한 것처럼 하지 말라는 의미입니다."
"만약 우리가 백제를 돕는다면?"
"그렇다면 우리 송나라와 고구려의 사이가 아주 나빠지겠지요. 선왕인 문왕 때 고구려는 말 8백 필을 보내기도 했습니다. 그 말이 우리에게 많은 도움이 되었습니다."

"그럼 가만히 보고만 있는다?"

"그것도 불가하다고 생각하옵니다. 동방에서는 백제가 고구려 다음으로 강한 나라입니다. 백제가 고구려에 완전히 굴복하여 고구려 힘이 지난날 담덕왕 때처럼 강대해지면, 우리에게 이득이 될 게 없습니다."

"그렇다면?"

"현상을 유지하는 게 우리에게는 가장 이익입니다. 제가 백제에 가서 고구려의 침공을 조심하고 대비하라고 이르겠사옵니다. 유비무환이라 했으니, 백제가 준비하면 능히 고구려의 침공을 막아내겠지요."

"좋은 생각이요. 단 우리 송나라가 공식적으로 사신을 파견하지는 않겠소. 백화 그대가 유람 삼아 다녀오시오."

백화의 배가 송파나루에 닿자마자 백화는 이미 자신이 너무 늦었음을 직감했다. 8년 전과 송파나루의 분위기가 달랐다. 음산한 바람이 부는 듯 썰렁한 느낌이었다. 흥청거림이 사라져버렸다. 그렇다. 거련왕이 그렇게 허술할 리가 없다. 송나라에서 알려주기 전에 거련왕의 손길이 이미 백제에 미쳤음이 틀림없다. 자신은 결국 뒷북을 친단 말인가.

백화는 송파나루에서부터 전쟁의 상처를 보기 시작했다. 불에 탄 창고와 민가가 즐비했고, 백제 사람들의 표정에는 살기가 돌았다. 그렇다면 혹시? 비유왕이? 그 땅의 화살 끝이 향한 곳이 바로 비유왕이란 말인가? 백화는 자신도 모르게 몸이 부르르 떨렸다.

백화는 백제 관리의 안내를 받아 왕성 객사에 도착했다. 8년 전에 자신을 안내했던 그 관리가 백화를 반갑게 맞이했다. 관리는 지난 9월과

10월 두 달 동안에 백제에서 일어난 엄청난 일을 백화에게 두서없이 이야기했다.

　이튿날 백화는 근개루태자를 알현했다. 선왕 비유의 뒤를 이를 왕이건만 대관 의식은 엄두도 못 내고 있을 터였다. 근개루태자는 겨우 일어나 앉아 백화를 맞이했다.

　"천붕(天崩)의 슬픔이옵니다. 무슨 위로를 드려야 할지 모르겠사옵니다."
　"송나라 사신의 내방에 고맙다는 말도 못 하겠소이다. 억장이 무너집니다."

　부모의 죽음을 하늘이 무너진다고 했다. 임금의 죽음도 하늘이 무너진다고 했다. 근개루에게는 아버지이자 임금인 비유왕이 가셨으니, 하늘이 두 번 무너졌다. 천붕(天崩)이 겹쳤다. 그뿐 아니라 목이 떨어져 비명에 가셨으니 그 슬픔과 한은 하늘이 무너지는 슬픔에 비할 바가 아니었다. 오장육부가 찢어지고 눈에서는 피눈물이 흘렀다. 슬픔이 곡진하다 못해 눈물이 흘러넘쳐 눈에서 붉은 피눈물이 나왔다. 그러다가 혼절하기가 몇 차례였다. 문주와 곤지가 입시하여 근개루의 위중함을 지킨 날이 몇몇 날이었다.

　"제가 늦었사옵니다. 고구려의 동태가 이상해서 조심하라는 말을 전하러 왔습니다만, 이미 늦었습니다."

백화는 고구려가 사신을 보내 국서를 전달했다고 이야기할 수는 없었다. 불난 집에 부채질을 말아야 한다. 표주박 물이라도 퍼부어서 도움을 주어야 한다. 해줄 게 있다면 말이다. 백화는 딱히 해줄 게 없었다.

백화는 지난날 자신이 살곶이벌의 날카로움이 누구를 해할 수 있다 생각했다. 그 누군가가 바로 비유왕이었다. 자신이 그것을 너무 늦게 깨달았다. 살곶의 화살의 표적이 바로 매봉 위의 왕이었음을 진작에 깨닫고 비유왕에게 알려주었어야 했다. 비록 외교의 결례라 하더라도 조심하라 했어야 했다.

두 달 동안 백제는 엄청난 일을 겪었다. 비유왕을 암습한 검은 옷은 대부분 고구려 왕당 소속의 병사들이었다. 그 병사들을 지휘한 자는 놀랍게도 백제 상좌평 해수의 아들 해진이었다. 해진은 비유왕을 추적하다가 고이만년과 대적할 때 고이만년의 칼에 죽었다. 고이만년은 피투성이가 되어 혈투를 벌이면서도 백제 검법을 사용하는 자가 있어, 그 자를 집중해서 공격했다. 몇 합을 겨루다가 서로 눈이 마주쳤을 때 고이만년은 그가 해진인지 알아차렸다. 둘은 한성 병부(兵部)에서 여러 차례 만났다. 고이만년이 검술대회에서 장원하고 연회가 벌어졌을 때 해진은 술까지 직접 따라주었기에 몰라볼 수가 없었다. 해진은 고이만년의 눈빛과 부딪히자 순간적으로 눈동자의 초점이 흔들렸다. 고수는 순간을 놓치지 않는 법. 고이만년의 칼끝은 바로 그 순간 해진의 목젖을 파고들었다. 그 한 수가 끝이었다.

그날 새벽 상좌평 해수의 아들 해만은 북부와 동부 군사를 동원하여 대성을 점령했다. 해만은 여세를 몰아 왕성까지 점령하려 했으나 비등한 군세로 해씨와 태자는 일 주야를 대치했다. 한수 건너편도 마찬가지였다. 8천의 백제군은 한내 건너편의 1만 고구려군을 맞아 백중지세로 대치하고 있었다. 고구려의 순지장군은 적극적으로 백제군을 공격하지 않았다. 순지장군은 한수 이남의 정세를 관망하고 있었다.

웅진으로 군사를 청하러 갔던 목금(衿沐)과 미귀(麋貴)가 1만에 이르는 지방 군사를 이끌고 오면서 전세는 역전되었다. 역시 한성 이남으로 군사를 모으러 떠났던 해수의 둘째 아들 해성은 빈손으로 한성으로 돌아왔다. 구이신왕의 아들을 데리러 왜국으로 떠난 해수의 넷째 아들 해도도 역시 감감무소식이었다.

사태가 이렇게 돌아가자 대성에 모여있던 해씨와 해씨를 지지하던 일부 귀족들, 그리고 누구보다도 동원된 북부와 동부의 병사들 사이에서 동요가 일어나기 시작했다.

결정적인 일이 일어났다. 둘째 왕자 문주가 직접 요청했던 사로국 지원 부대가 백제 한성에 입성했다. 사로국군이 한성에 첫발을 디디는 순간이었다. 사로국의 벌지와 덕지장군은 군사를 잘 통제했다. 검게 그을린 사로국 병사들은 송파나루 백사장에 막사를 치고 주둔했다.

근개루와 문주와 곤지는 사로국 진영에 모여 사로국 장수 벌지와 덕지와 함께 작전을 짰다. 사로국군이 한수를 건너 백제군을 대체한다, 백제군은 한수 이남으로 철수하여 대성 반란군을 제압한다, 반란군을 제압하면 백제군은 고구려군이 상륙한 목멱산 남쪽 용머리 쪽으로 우회하여 고구려군을 압박하고, 사로국군은 한내를 건너 고구려군을 공격한다, 양쪽에서 압박하여 고구려군을 격멸한다. 이 모든 작전에서 곤지의 백제군이 앞장서는 형세였다. 벌지와 덕지는 이러한 작전을 반대할 이유가 없었다.

곤지의 백제군이 지방 군사와 합쳐 대성을 에워싸자 대성 안에서는 큰 혼란이 일어났다. 대성 안에서도 사태가 어떻게 돌아가는 줄 알기에 혼란은 점점 심해졌다. 곤지는 반란군 수괴 해씨를 사로잡거나 목을 베는 자에게 큰 상을 내리고, 단순하게 반란에 가담한 자는 죄를 묻지 않겠다고 공표했다. 그날 밤에 대성 여기저기서 불길이 치솟고 마침내 성문이 열렸다.

해씨의 난은 해씨에 의해 평정되었다. 전 병관좌평 해구의 아들 해명과 해구가 자신의 가솔과 병사를 이끌고 사촌 형제들을 도륙했다. 해만의 가솔들 일부도 주인을 배반하고 해명의 가솔들과 힘을 합쳤다. 세가 불어난 해명 두 형제는 사촌형인 해만을 죽이고, 해성을 포박해서 곤지 앞에 끌고 나왔다. 해성의 얼굴을 보자 곤지는 먼저 삼지창에 손이 갔다. 당장 목을 치고 싶었으나 가까스로 참았다. 해만이 죽은 마당에 해성의 처분은 근개루 형님이 결정할 일이다.

그날 밤 고구려군은 신속하게 철수해 버렸다. 고구려군은 밤안개와 함께 나타나더니 철수할 때도 밤안개와 함께 흔적도 없이 사라져버렸다. 고구려의 순지장군은 사로국의 대병이 나타나자 해씨의 반란은 수포로 돌아갔다고 판단했다. 비유왕을 죽였으니 그것만으로도 이번 출정은 충분히 성공했다. 고구려군의 피해는 왕당 병사 1백여 명뿐이었다.

비유왕의 목숨을 빼앗았기에 거련왕의 지엄함을 충분히 보여주었다. 거련왕에 도전하면 어찌 된다는 걸 알게 했다. 또 거련왕에게 도전한다면 그땐 더 큰 시련을 겪게 되리라. 고구려의 위협은 충분히 통했다.

고구려군이 사라지고 도성의 반란은 진압되었다. 근개루 형제들은 기쁘지 않았다. 아니 오히려 크나큰 슬픔에 빠졌다. 국상이 났어도 이런 슬프고 기가 막힌 국상은 일찍이 없었다. 신체도 없이 목만 남은 이 기막힌 사정을 백성들에게 알릴 수도 없었다. 도대체 신체 없는 아버지의 장례는 어떻게 지내야 하는가? 근개루는 삼촌 여기(餘紀)와 동생들을 불러놓고 대책을 논의했다. 상좌평 여기도 답답하긴 마찬가지였다. 형님의 장례를 어떻게 치러야 하나? 여기는 근개루에게 송나라 사신 백화가 관혼상제의 절차에 밝으니 그에게 물어보자고 했다. 근개루 역시 8년전 백화와 바둑을 몇 차례 두어보았기에 그가 이런저런 잡학에 조예가 있음을 알고 있었다. 근개루는 백화를 중전으로 불러 사정을 설명하고 바로 물었다.

"이를 어쩌면 좋겠소? 이런 전례가 있소?"

"사람의 신체는 부모와 하늘이 내려주어 귀하디 귀합니다. 더군다나 제왕의 신체야 무엇보다 귀합니다. 모든 백성의 어버이이기에 그러하옵니다."

"누가 그걸 모르겠소? 목만 있고 몸이 없단 말이오. 이 경우는 어떻게 해야 하오."

"우선 있는 부분을 염습을 잘한 다음 가매장하고, 신체를 찾으셔야 하옵니다."

"찾지 못하면?"

"지성이면 감천이라 하였습니다. 찾지도 않으시고 어찌 못 찾는다고 하옵니까? 찾다가 찾다가 못 찾으면 그 정성을 또한 하늘이 아옵니다. 그건 그때 가서 또 절차를 밟아 장례를 치르면 되옵니다. 그래도……"

"이런 말씀을 여쭙기 대단히 송구하오나 그래도 목이라도 있으니 다행이옵고……"

"뭐라? 그걸 말이라고 하오. 그만하시오. 그대의 조언은 충분하오. 나는 아무리 생각해도 다행이라는 생각은 들지 않소."

"태자마마 노여움을 푸십시오. 태자께서 어찌 그런 마음을 갖지 않겠사옵니까? 저의 마음도 분하기 이를 데 없습니다. 하늘도 울고 땅도 울 것입니다."

"그만 물러가시오. 두고 보시오. 해씨 놈들 쓸개를 씹어도 나의 분은 풀리지 않을 것이요. 마찬가지로 고구려 거련왕도 그렇소. 이 모든 배후에 그 늙은이가 있소이다. 앞으로 내가 어찌하는지 잘 보시오."

백화는 대전을 물러나왔다. 자신이 말을 실수했다. 목이라도 있음은 다행이긴 하지만, 그렇게 말해서는 안 될 일이었다. 만약 송나라에서 그랬다면 자신의 목이 달아났을 판이었다. 어서 백제를 떠나고 싶었다.

궁을 나오며 백화는 송파나루 쪽 백제 주막으로 가서 백제 술이나 염탐하고 싶어졌다. 술 생각이 간절했다. 이 난리통에 누가 술을 담가 놓았을까. 반신반의하면서도 발길은 저절로 그쪽으로 움직였다. 자신을 따르는 백제 관리가 눈치를 채고 한 주막으로 그를 안내했다. 아무리 난리라도 술은 익고 있었다.

백화는 몇 잔 백제 술을 마시다가, 자신이 백제에 오래 머물러서는 오히려 화근이 될 수 있음을 깨달았다. 고구려의 침입을 경고하러 왔다가 때를 놓쳤다. 미리 알고 염탐하러 왔느냐고 다그치면 벗어날 길이 없었다. 빨리 떠나야 했다. 백화는 취하기 전에 객사에 들어, 태자의 슬픔을 위로하며 자신은 떠난다는 서신을 썼다.

이튿날 아침 일찍 백화는 백제 술을 한 동이 싣고 한수 상류로 잠시 나가보기로 했다. 하루만 뱃놀이를 즐기다가 다음 날 송나라로 출발할 참이었다. 아침 안개가 잦아지니 한성 상류 쪽 한수 풍광은 더욱 아름다웠다. 가을이 되니 소상강보다 오히려 더 훌륭한 풍경이었다. 국상만 없었더라면 근개루태자와 바둑도 두면서 한 두어 달 백제에 머물다 가고 싶었건만 그럴 처지가 아니었다.

백화의 배가 한수를 거슬러 오르다가 위례성을 지나 한수가 남으로 꺾어지는 미음나루[52]에 이르렀다. 백화는 이곳에도 한수 북쪽으로 넓은 갈대 지대가 있음을 눈여겨보았다. 앞으로는 단풍이 들기 시작해서 알록달록한 산들이 첩첩했다. 그러다가 어느 지점에 백화의 시선이 머물렀다. 갈대밭 한가운데에 북에서 흘러 한수에 합쳐지는 개천이 있었다. 백화는 그 땅 주위의 형상을 살폈다. 그러다가 급히 소리쳤다.

"배를 돌려라. 어서 떠나자."

백화는 소름이 돋는 것을 느꼈다. 거기에 또 하나의 살곶이 있었다. 이 살곶의 화살은 바로 아차산 끝을 향하고 있었다. 아차산은 백제 한성 바로 건너편이었다. 그렇다면? 백화는 어서 백제를 벗어나고 싶었다.

"서둘러라. 빨리 떠나자."

---

52) 경기도 남양주시 수석동에 있었던 나루터. 남양주시와 하남시를 연결한다.

18

　개로왕은 한성 왕성 중전(中殿) 앞에 큰 단을 차려 성대한 환송연을 벌이라 했다. 개로왕은 동생 곤지를 왜국으로 떠나보내는 게 섭섭했다. 미안하기도 하고 괘씸하기도 했다. 곤지는 성대한 환송연을 한사코 마다했다. 곤지는 형제끼리 조촐한 이별연을 고집했다. 당사자가 그렇게 주장하니 개로왕이 하는 수 없이 양보했다. 때는 늦봄이라 도화루에 술상을 마련했다.

　근개루는 대왕의 자리를 비울 수 없어 6년 전 해씨의 반란을 제압하자 바로 보위에 올랐다. 그가 바로 백제 21대 임금 개로왕이었다. 개로왕은 왕이 되자마자 삼촌인 상좌평 여기만 남기고, 새로운 인물들로 조정을 갱신했다. 동생 문주를 내법좌평, 셋째인 곤지를 병관좌평으로 삼았다. 해씨 반란을 진압하는 데 공이 있었던 우서, 미귀, 목금, 해명, 해구 등을 조정의 요직에 앉혔다. 해명과 해구는 해씨였지만 대성에서 그들의 사촌 형제들을 제압했다. 해명과 해구는 백제 군사들끼리의 충돌을 막는 데 큰 공을 세웠다.

반란이 국가에 큰 상처를 주는 이유는 무엇보다 아군끼리의 살상이다. 해명과 해구는 동부와 북부 병사들을 무사하게 보존할 수 있게 했다. 개로왕은 해명, 해구 형제에게 과거 상좌평 해수가 가졌던 땅 일부를 하사했다. 아울러 북부와 동부를 통솔하게 했다.

고이만년은 시위대장으로 임금을 지키지 못한 죄를 물어 목을 쳐야 마땅했다. 곤지가 적극 고이만년을 변호했다. 개로왕은 그의 용맹함을 참작했다. 그를 병졸로 강등하여 왕성 성문의 문지기로 삼았다.

그로부터 6년이 지나 신축년[53]이 되었다. 개로왕은 집권 초의 혼란에서 벗어났다. 개로왕은 아버지의 원수를 갚고, 백제를 반석 위에 올리기 위해서는 외교적으로 해야 할 일이 많았다. 사로국과의 동맹은 물론이고 왜국의 군사 지원도 절실했다.

개로왕은 곤지를 왜국으로 떠나보내기 전 새롭게 조정 인사를 단행했다. 병관좌평 곤지의 자리가 비게 되므로 그 자리를 메우면서 여러 쇄신안을 마련했다. 연로한 상좌평 여기를 쉬게 했다. 동생 문주를 상좌평에, 우서를 내법좌평에, 해명을 병관좌평에 임명했다.

개로왕은 곤지에게 술을 한 잔 내리면서 말했다.

"우리 형제는 어디에 있든 한 몸이다. 나는 네가 왜국에 가서도 잘해 나가리라 믿는다. 왜왕이 성격이 괴팍해서 전번에 보낸 우리 누이를 불태워 죽였다고 한다. 부디 자중자애하여 왜왕을 우리 편으로 만들라."

"저도 그 이야기는 들어서 알고 있습니다. 누이의 잘못이 아니라 왜

---

53) 461년

왕의 잘못입니다.”

“왜왕이 찾지 않는다고 다른 남자와 간통을 한 게 옳은 일은 아니다.”

“처음부터 그렇게 내버려두면 안 되지요. 마음에 들지 않으면 백제로 돌려보내거나, 하다못해 신하에게 내렸어야지요.”

“허허. 너는 그 성질 버려야 한다고 내가 말했지. 그렇게 달려들다간 왜왕이 널 그냥 내버려두겠느냐? 너는 청병사(請兵使)다. 그 점을 잊어선 안 된다.”

“병사를 청하러 간다는 말씀이지요. 저는 다른 계획도 있습니다.”

“다른 계획?”

“그렇습니다. 왜국에는 아직 기름진 땅이 많이 있다고 들었습니다. 백제에서 간 백성들도 많이 살고 있구요. 그들이 땅을 일구게 하고 인구도 불리어 앞날을 대비해 놓겠습니다. 백제에 위급한 일이 생기면 그들을 바로 데려올 수 있게 준비해야지요.”

“매사에 조심해라. 왜왕의 오해를 사지 않도록 해야 해.”

“알겠사옵니다. 그리고 형수님은……”

“형수 이야기는 하지 마라. 이제 너의 여자다. 그렇다만 뱃속 아이는 내 씨가 틀림없으니 반드시 백제로 돌려보내라.”

문주는 잠자코 형과 동생의 이야기를 듣고 있었다. 문주는 동생이 형수를 데리고 가겠다고 했다는 말을 듣고는 깜짝 놀랐다. 아무리 사랑도 좋지만 그게 말이 되나? 게다가 임신하여 출산일도 멀지 않았다. 그런 형수를 데리고 왜국으로 간다고. 이런 괘씸한 녀석이 있나? 이건 대역죄라 해도 대역죄다. 더 황당한 건 형의 태도다. 두말없이 형수를 내주었다. 형이 동생 곤지를 아끼는 마음은 문주도 잘 알고 있다. 곤지가 형에게 충성하는 마음 역시 잘 알고 있다. 그래도 이건 아니지 않은가? 임신한 형수를 보내는 게 문주로서는 도저히 이해가 되지 않았다. 문주는 내심 불쾌하기 짝이 없었다. 환송연이니 자신이 재를 뿌릴 수는 없었다. 아무 말도 하지 않을 수는 없어 동생에게 한마디 했다.

"곤지야, 형님 말씀처럼 매사에 조심해. 욱하는 성질 버리고."
"알겠습니다. 작은형님도 큰형님 잘 보필하소서."

곤지는 봄꽃이 다 지고 여름꽃이 피기 직전에 왜국으로 떠나갔다. 개로왕은 곤지가 떠나자 몹시 허전해졌다. 어릴 때부터 늘 붙어살았던 동생이었다. 왜국에서 각라부인이 처음 왔을 때 개로왕은 동생 곤지가 그녀를 쳐다보는 눈이 예사롭지 않음을 눈치챘다. 처음부터 동생의 여자로 돌려놓지 못했음이 후회되기도 했다. 자신과 각라부인은 살을 섞긴 했어도 그렇게 살갑지는 않았다. 1년여 동안 같이 밤을 보낸 날은 손에 꼽을 수 있을 정도였다. 각라부인에게 동생 곤지가 그대를 원하니 같이 왜국으로 가겠느냐고 물었다. 각라부인은 한 치의 망설임도 없이 대왕께서 시키는 대로 하겠다고 말했다. 그럴 줄 알았다. 동생만 아니라면 둘 다 죽였을지도 모른다. 하지만 곤지였다. 차라리 잘 되었다. 나에게 정을 떼고 가는 게 맞다. 나도 정이 떨어져야 했다. 아이만은 돌려보내겠지. 어쩌면 그 아이도 왜국에 있는 게 좋을 수도 있다. 아직 어리지만 우서씨 왕비에게서 난 아이도 있다. 장래는 어떻게 될지 모른다.

개로왕은 곤지를 보내고 나서 상좌평 문주에게 차근차근 부국강병책을 마련하라 지시했다. 문주는 세 가지 부국강병책을 가지고 왔다. 첫째는 국방이었다. 군량미를 비축하면서 언제라도 출정할 수 있는 군대를 3만 이상으로 양성한다. 둘째는 한수 주변만이 아니라 웅진과 사비를 비롯한 마한 땅 전체에 대왕의 위세가 뻗어가게 한다. 셋째는 한수를 비롯한 백제 강역에 저수지나 둑을 쌓아 홍수와 가뭄에 대비한다.

모두 좋은 계책이었다. 나라가 부자가 되어야 군사도 더 양성할 수 있다. 그러자면 한수에서부터 남해 지역까지 백제 대왕의 위용이 흘러넘쳐야 했다. 문주는 이를 위해 바다 건너 탐라에까지 군선을 파견해 복속을 요구했다.

도성 부근 사성(蛇城)부터 숭산(崇山)까지, 한수 하류도 너벌섬을 지나 황포에 이르기까지 강을 따라 둑을 쌓는 일은 나라의 큰일이었다. 당장 한꺼번에 시행하기는 어려워도 농사철을 피해 공사를 진행해야 했다. 개로왕은 나라의 힘을 키우면서 북쪽 고구려의 움직임도 면밀하게 파악하고 있었다. 지난날 방심했다가 기습을 당해 아버지를 잃은 슬픔을 되풀이할 수는 없었다. 백제는 슬픔을 넘어서 더 강해져야 했다. 원수를 갚지 않으면 어찌 백제의 왕이라 할 수 있으며, 아버지의 자식이라 할 수 있으랴. 개로왕은 각라부인이 생각나면 애써 고구려를 떠올려 생각의 줄기를 바꾸어 버렸다. 개로왕에게는 원수가 연민을 몰아냈다.

백제 개로왕이 차근차근 고구려와의 전쟁을 준비하고 있다는 정보를 고구려 거련왕이 모를 리가 없었다. 거련왕은 개로왕이 곤지를 왜국에 보낸다는 정보를 입수했다. 왜국 병사를 빌리려 함이 틀림없다. 과거 담덕왕 때처럼 백제는 왜국과 가야의 힘을 빌리려 할 게 틀림없었다. 게다가 이번에는 고구려가 더 불리해졌다. 사로국이 백제 편으로 돌아섰다. 이 녀석들을…… 거련왕은 항구적으로 남쪽을 평정할 계획을 짜기 시작했다. 문제는 늘 중국의 위나라였다. 사로국과 백제는 한꺼번에 덤벼도 고구려가 충분히 대적할 수 있다. 상대가 위나라라면 문제가 달라진다.

위나라 문성(文成)왕의 뒤를 이어 보위에 오른 헌문(獻文)왕은 여섯 후 궁 중 한 명으로 삼겠다며, 거련왕에게 혼인을 제안해왔다. 거련왕의 딸을 후궁으로 달라는 요청이었다. 거련왕은 기분이 좋지 않았다. 거련왕의 나이가 이미 일흔둘이었다. 그렇다고 위나라의 부탁을 정면으로 거절하면 양국의 관계를 껄끄럽게 할 수 있었다. 거련왕은 국서를 보냈다.

"내 딸은 이미 다 출가하였으니, 내 아우의 딸 중에서 마땅한 규수가 있는지 찾아보겠노라. 그래도 좋은가?"

위나라에서는 신속히 좋다는 답을 보냈다. 아우의 딸을 맞이하기 위해 국경으로 상서(尚書) 이부(李敷)를 파견하여 폐백을 보내왔다.
그때 맹광장군이 나섰다.

"폐하, 위나라가 이전에 연나라 왕실과 혼인한 후 얼마 지나지 않아 연나라를 쳤습니다. 사신들이 혼인을 핑계 삼아 연나라 지리를 상세히 알아 갔기 때문입니다. 적당한 구실을 붙여 거절해야 하옵니다."

거련왕은 그 말이 일리가 있다고 판단하여 이부에게 국서를 보냈다.

"내가 나이가 많듯이 내 아우의 나이도 많아, 혼인하지 않은 딸은 딱 하나가 남았었다. 그 아이가 느닷없이 병에 걸려 죽었으니, 이를 어찌하면 좋겠는가?"

이부는 어쩔 수 없이 다시 위나라 서울에 가서 헌문왕에게 보고를 했다. 헌문왕은 잔뜩 화가 났다.

"이 늙은이가 망령이 들었나. 멀쩡하던 아이가 왜 갑자기 죽어. 혼인하지 않겠다는 거지."

"폐하, 그보다는 연나라와의 전례를 소상히 알고 있는 듯하옵니다. 저희에게 국경을 통과하지 못하게 하면서 시간을 끌었습니다."

"그렇다면 그대가 다시 가시오. 왕실의 아무 여자나 괜찮다고. 왕실의 여자가 하나도 없다면, 대신의 딸이라도 괜찮다고 하시오."

위나라의 사신이 위나라와 고구려를 오락가락하는 동안에 세월이 흘러갔다. 위나라에 나가 있는 세작이 헌문왕이 건강이 좋지 못하여 언제 죽을지 모른다고 보고했다. 그렇다면 더욱 잘되었다. 어린 녀석이 떼를 부리더니 불쌍하게 되었다. 여섯 후궁은커녕 한 후궁이라도 잘 챙기거라. 거련왕은 시간을 더 끌어보기로 했다.

위나라 왕이 병이 들었다는 말을 듣고 거련왕은 자신이 죽기 전에 자신이 구상한 일을 완성하고 싶었다. 백제와 사로국을 회복 불능으로 만들어 고구려의 남방을 안정시키는 게 거련왕의 구상이었다. 아버지 담덕왕처럼 자신도 무덤을 지키는 수묘인으로 백제와 사로국인을 데려오고 싶었다. 고구려의 힘을 보여주고 싶었다. 거련왕은 평양으로 천도하기 이전부터 자신의 묘를 축조하기 시작하여, 이미 완성해놓았다. 죽어 들어갈 집을 미리 만들어 놓는 게 고구려의 장례 풍습의 하나였다. 아버지 담덕왕은 너무 이른 나이에 돌아가셔서 그 준비를 철저하게 하지 못했다. 거련왕은 이미 오래 살았다. 거련왕의 무덤은 크고 화려해야 했다. 무덤이 크니 수묘인도 많아야 했다.

거련왕은 위나라와의 혼인 문제가 일단락되자 먼저 사로국을 치기로 했다. 백제 개로왕도 고구려에 맞서기 위해 수년 전부터 준비를 해오고 있었다. 사로국도 마찬가지였다. 어찌 보면 사로국이 더 위험했다. 눌지가 살아있을 때 사로국은 고구려 당주군을 몰살시키고 고구려에 정면으로 도전했다, 눌지가 죽고 맏아들 자비(慈悲)가 보위에 올랐다. 자비는 백성을 동원해 여러 성을 쌓아 고구려의 침입에 대비하고 있었다.

거련왕은 이번에는 직접 출정하기로 했다. 남동 국경에 있는 말갈병을 동원하기로 했다. 백제군의 동향 때문이었다. 개로왕이 아무래도 심상치 않았다. 평양에 있는 고구려 본대를 사로국 정벌에 동원했다가는 개로왕의 기습을 각오해야 했다. 거련왕은 말갈병만 동원하여 사로국의 버릇을 고쳐놓기로 했다. 말갈병은 산악지대에서는 움직임이 좋았기에 거련왕은 말갈병의 장점을 활용하기로 했다.

무신년[54]이었다. 거련왕 56년, 개로왕 14년, 자비왕 11년이었다. 2월, 눈이 녹고 날이 풀리자 거련왕의 지시를 받은 말갈 보기병 1만은 평원군(平原郡)[55]에 집결했다. 거련왕은 나이가 나이인지라 우차(牛車)를 타고 평양에서 평원군까지만 움직였다. 평원군에서 죽령을 넘으면 사로국의 내륙 영토로 들어갈 수도 있다. 우오(于烏)와 내생(柰生)[56]을 지

---

54) 468년
55) 강원도 원주시로 추정.
56) 우오는 강원도 평창군 평창읍 일대, 내생은 강원도 영월군 영월읍 일대로 각각 추정.

나 동해안 실직(悉直)으로 갈 수도 있다. 거련왕은 말갈병에게 실직주 기습을 지시했다. 새재와 죽령 방어에 주력하는 사로국의 허를 찌를 셈이었다. 말갈병은 동쪽 산악지역을 치고 나가 동해안 실직을 점령했다. 아버지 담덕왕 때는 고구려군이 점령하고 있던 곳이라 거련왕에게는 빼앗긴 영토를 되찾는 기분이 들었다. 실직을 점령하고 북으로 쳐 올라가 말갈병은 하슬라에 있는 사로국군을 섬멸하고자 하였다. 하슬라 사로국 군사의 저항은 완강했다. 사로국과 연결되는 육로는 말갈병이 차단하였다. 사로국은 하슬라 이하(泥河)[57] 하류, 바닷가에 요새를 쌓고 바닷길로 우진야와 야시홀로 연결되니 보급선을 끊을 수가 없었다. 사로국은 병선을 새로 건조하고 수군을 육성하였다. 하슬라가 육지에서는 고립되어도 바닷길로 다닐 수 있게 대비하고 있었다.

거련왕은 그 정도에서 사로국 공격을 멈추었다. 실직을 다시 고구려가 차지한 게 성과였다. 실직을 차지하면 동해안을 따라 야시홀로 들어가 사로국의 서라벌을 바로 압박할 수 있었다. 말갈병만 동원하여 서라벌 공격의 교두보를 확보하니 사로국은 움츠러들 수밖에 없었다.

사로국은 백제에 고구려의 공격을 급히 알렸다. 거련왕은 백제의 움직임이 예사롭지 않다는 보고를 받았다. 역시 사로국과 백제는 한 몸이 되어 움직이는 듯했다. 거련왕은 사로국 원정에서 실직을 확보한 정도면 성과를 보았다고 만족했다. 사로국에게도 고구려의 뜻을 알리는 게 중요했다. 사로국에게 경거망동하지 말라는 경고였다. 거련왕은 곧장 평양으로 환도(還都)했다.

---

57) 강원도 강릉에서 바다로 흘러들어가는 하천으로 추정.

19

해가 바뀌어 기유년(己酉年)[58]이 밝았다.

개로왕은 동생과 각라부인을 떠나보낸 후에 외로움을 달래기 위해서라도 절치부심하여 꾸준히 군대를 양성했다. 각라부인이 그리울 때가 많았다. 곁에 있을 땐 그렇지 않았다. 떠나고 나니 그리웠다. 사람의 마음을 알 수가 없었다. 봄에 복숭아꽃이 피면 더욱 그랬다. 형이기에 오히려 양보해야 하는 심정을 곤지는 알기나 할까. 각라부인과 혼인이 맺어지기 전에 말을 하지, 아이까지 밴 다음에 형수를 사랑한다는 녀석을 동생으로 둔 자신이 더 한심스러웠다.

그럴 때마다 개로왕은 백제의 바둑 고수들을 궁으로 불러 바둑을 두곤 했다. 바둑을 둘 때면 모든 근심은 사라졌다. 검은 돌과 하얀 돌이 나무판 위에서 불꽃을 내며 부딪히는 바둑에 들어가면 개로왕은 시간 가는 줄 몰랐다. 어떤 날은 대전회의를 상좌평에게 주재시키기도 했다.

병관좌평 해명은 개로왕의 뜻을 받들어 백제 군대를 강군으로 만들기 위해 수고를 아끼지 않았다. 개로왕은 아버지 시해를 주도한 해씨들

---

58) 469년

과 사촌지간인 해명을 완전히 신뢰하지 않았다. 그렇다 해도 진씨나 해씨 같은 오래된 백제의 귀족을 무시하고 국정을 운영할 수는 없었다. 복숭아꽃이 지고 나자 개로왕은 해명을 따로 불렀다.

"병관좌평, 내 그대에게 은밀히 할 이야기가 있소."

"폐하, 무엇이든 하명하소서."

"작년에 거련왕이 말갈병을 동원하여 사로국을 공격했소."

"들어서 알고 있사옵니다. 실직을 빼앗고 물러났다 하옵니다."

"왜 고구려 병사들은 움직이지 않았소?"

"그야 물론 우리 백제를 의식했다고 보입니다. 우리 군세(軍勢)도 만만치 않습니다."

"그렇지요? 하여 내가 생각하는 게 있소."

"말씀해주시지요."

"빼앗긴 관미성을 찾아옵시다."

"네? 관미성을요?"

"그렇소. 원래 우리의 성이었소. 지난날 부왕이 돌아가실 때도 관미성이 문제였소. 관미성을 빼앗기는 바람에 한수와 임진수에서 고구려군의 움직임을 우리가 알 수 없었던 게야. 관미성은 우리 백제의 목에 대고 있는 칼이나 마찬가지요."

"하지만 지난날……"

"아신 할아버지가 진무장군을 보내 치게 했지. 하지만 실패했어. 왜 진무장군은 관미성 탈환에 실패했다고 생각하오? 왜 담덕왕은 20여 일만에 우리 백제의 관미성을 빼앗았을까?"

"폐하께서 답해주옵소서."

"아니야. 병관좌평 그대가 답을 찾아오시오. 단 누구와도 의논하지 말고 그대가 답을 찾으시오. 답을 찾는 대로 바로 입궐하시오."

이튿날 병관좌평은 입궐했다.

"답을 찾았소?"
"답인지는 모르겠사옵지만, 저의 생각을 말씀드리겠습니다."
"어서 말해보시오."
"고구려의 담덕은 일곱 방면으로 나누어 동시에 관미성을 공격해서 20여 일 만에 함락했습니다. 하온데 우리의 진무장군은 주로 동쪽을 공격했습니다. 그러니 적도 동쪽만 방어하니 오히려 시간이 지나도 깨지 못하고 군량이 부족해지고 적의 지원군이 올까봐 후퇴해 버렸습니다."
"그랬지. 그래서?"
"담덕왕처럼 하면 됩니다."
"하하하, 바로 그거요. 우리도 군사를 일곱 방면으로 나누어 치면 되겠지."
"그렇습니다."
"지금 관미성에는 고구려 병사가 얼마나 있소?"
"많아야 2천이 안 된다고 하옵니다."
"그렇겠지. 우리 백제가 고구려에게 당한 이후로 고구려를 공격하지 않은 지가 벌써 70년이요. 그런데도 거련왕은 비겁하게 암습을 하여 아버지를 시해했소. 우리가 원수를 갚아야 할 때가 왔소."
"그렇사옵니다."
"그대에게 2만의 병사를 주겠소. 가서 관미성을 찾으시오."

"그렇게 하겠사옵니다."

"단 군사가 출정할 때까지 어디로 간다고 절대 발설하지 마시오. 공략지점을 숨기자는 말이오. 일부는 군선을 타고 한수로 가고 일부는 한수를 건너 육로로 가시오."

병관좌평 해명은 해구와 재증걸루를 데리고 2만의 병력으로 출정했다. 해명은 군사를 일곱 방면으로 나누어 해가 뜰 때 사방으로 성을 기어오르며 공격하게 했다. 고구려 병사들은 태어나서 한 번도 전쟁을 해보지 않은 자가 대부분이었다. 한꺼번에 사방에서 벌떼처럼 기어오르는 적병을 보자 어디를 지킬지 몰라 우왕좌왕했다. 결국은 남쪽 사면으로 올라오는 백제군에게 성벽을 내주고 말았다. 그것으로 관미성은 끝이었다. 남쪽 사면을 돌파한 백제군은 쉽게 관미성을 점령했다. 관미성을 완전히 장악하는 데 채 하루가 걸리지 않았다. 백제군은 수십 명의 인명 피해를 보고, 5백여 명의 고구려군을 생포했다.

개로왕은 불과 하루만에 관미성을 탈환했다는 보고를 받았다. 왕은 쾌선을 타고 직접 관미성을 찾았다. 2만의 백제군은 잔뜩 사기가 올라 있었다. 대왕을 맞이할 때 백제군이 울리는 함성은 천지를 뒤흔들었다. 개로왕은 감격스럽지 않을 수가 없었다. 아신 할아버지가 그토록 되찾으려 했던 관미성을, 마침내 자신이 되찾았다.

관미성에 만족할 수는 없었다. 평양까지 진군하여 늙은 거련왕의 목을 베야 한다, 아직도 구천을 헤매고 있을 아버지 비유왕의 원수를 갚아야 한다, 그렇게 생각하며 관미성 망루에서 유유히 흐르는 한수와 임진수의 탁한 물을 지켜보았다. 개로왕은 내친김에 군대를 쌍현성으로 들어가게 했다. 쌍현성(雙峴城)[59]은 70년 전에 고구려를 공격하기 위해 아신왕이 군사에게 명하여 쌓은 성이었다. 이후에 내버려두어 망가진 곳이 많았다. 쌍현성에서 청목령(靑木嶺)[60]으로 진군하면 고구려의 대방(帶方)[61]이 멀지 않다. 개로왕은 재증걸루를 쌍현성 성주로 임명했다. 걸루에게 군량을 조달하고 지휘부가 머물 수 있게 쌍현성을 대대적으로 보수하라 일렀다. 청목령에 또한 큰 목책을 설치하게 했다. 북한산성의 병사들을 빼서 걸루의 휘하로 넣어 쌍현성과 청목령에 배치했다. 수세(守勢)에서 공세(攻勢)다. 고구려 전쟁에서 방어에서 공격으로 전환하겠다는 개로왕의 의지가 담긴 전진 배치였다.

거련왕은 관미성을 빼앗기고 관미성을 지키던 병사들은 죽거나 백제의 포로가 되었다는 보고를 받았다. 아울러 백제군의 움직임도 알게 되었다. 백제의 자신감이라…… 개로왕 이 녀석이 철이 없지. 어린 녀석이.

거련왕의 나이 어느덧 75세, 여염집에서도 75세면 완전 할아버지라 사랑방에서도 누워지내야 했다. 거련왕은 달랐다. 여전히 활기차고 건강했다. 큰 덩치에도 고기보다는 나물을 좋아했다. 고구려 산지에서 나는 산삼을 늘 달여 먹은 게 효험이 있는지도 몰랐다. 백성들은 산삼을 찾으러 다니면서 산삼 노래를 불렀다.

세 가지에 다섯 잎 피었구나
햇볕 싫어하고 응달을 좋아하지
산삼을 찾고 싶다면

---

59) 경기도 장단 북쪽의 망해산의 쌍령 부근으로 추정.
60) 정확히 알 수 없다. 개성의 송악산 혹은 천마산으로 추정.
61) 오늘날의 황해도 일대

깊은 산 나무 그늘 아래서 찾아보렴[62]

백성들이 산삼을 찾으면 심봤다를 외쳤다. 아주 좋은 산삼은 임금에게 바쳤다.

거련왕은 백성들이 고마웠다. 다 백성이 수고해서 깊은 산속에서 캔 산삼이다. 그런 생각을 하다가 백제군이 관미성을 함락시키고 청목령 아래까지 왔다는 보고를 떠올렸다. 그렇다면 다음에는 치양성(雉壤城)[63]으로 밀고 올라올 터였다. 이 녀석을 그냥 둘 수는 없다.

거련왕은 왕당 순지장군을 불렀다.

"폐하, 부르셨습니까?"

"그래, 내가 불렀소. 순지장군은 내가 전쟁을 싫어하는 거 잘 알지요?"

"백성을 친자식으로 아끼는 폐하인지라 한사코 전쟁은 하지 않으려고 하시지요. 병법에서도 싸우지 않고 이기는 게 최고라고 하였습니다."

"그래서 내가 순지장군을 불렀소. 지금 백제를 그냥 두어서는 안 되겠소. 청목령에 목책을 새로 설치했다면 고구려와 전쟁을 하자는 거지?"

"그렇습니다. 전쟁할 때 하더라도 적의 힘을 빼놓을 방법을 마련해야 합니다."

"바로 그거요. 어떤 방법이 있겠소?"

"손자병법에 이르기를……"

"오나라의 손무라는 사람이 지었다는 책 말이오?"

---

62) "三椏五葉 背陽向陰 欲來求我 椵樹相尋" 중국 양나라(6세기) 도홍경이 지은 책 『명의별록(名醫別錄)』에 수록된 고구려 노래. 〈고려인삼찬(高麗人參讚)〉이라 이름 붙였다. 여기서 고려는 고구려다. 이 노래는 조선시대 연암 박지원이 지은 『열하일기』에도 소개되어 있다.
63) 여기서는 항해도 배천 지역. 개성에서 예성강을 건넌 뒤 황해도 남부 지역으로 들어가는 통로에 있었다고 추정. 치양성은 다른 곳도 있다.

"그렇사옵니다."

"군주는 분노에 사로잡혀 군사를 일으키지 말라고 하였사온데, 백제의 개로왕은 아버지의 원수를 갚겠다고 분노하여 군사를 일으켰습니다. 그러니 고구려가 백전백승하게 되어있사옵니다. 폐하, 더욱 쉬운 전쟁을 위해서는 간자(間者)를 보내야 합니다."

"간자라, 그렇지. 저번에도 비유왕의 목을 벨 때 간자를 썼지."

"그렇사옵니다. 저번에는 백제의 관리를 이용했습니다. 손자가 말한 다섯 간자 중에 내간(內間)에 해당하지요. 이번에는 생간(生間)을 사용할까 합니다."

"생간? 그게 뭐지?"

"살아 돌아오는 간자입니다. 세 치 혀로 개로왕을 농락할 간자를 보낼까 합니다."

"그래? 그런 간자가 있는가? 개로왕이 바보가 아닐진대 속을까?"

"속게 할 방법이 있습니다. 개로왕은 바둑을 매우 좋아하지요. 바둑 고수에다가 말을 매우 잘하는 자가 있습니다. 손무는 이런 간자를 생간이라 했습니다."

"그래? 좋다. 내일 입궐하라 해라. 내가 만나보겠다."

거련왕은 전쟁이 싫었다. 옛날의 고구려는 전쟁을 통해 나라를 키우고 나라를 튼튼하게 했다. 거련왕은 자신의 치세에 들어와서 전쟁다운 전쟁은 하지 않았다. 사로국이 말을 듣지 않아 혼내준 정도다. 고구려 백성을 동원하는 전쟁을 하지 않아야 한다. 꼭 백성을 움직인다면 반드시 승리해야 한다. 나이가 들면서 거련왕은 백성들이 아파하고 힘들어하고 고통스러워하는 게 더 싫었다. 전쟁하지 않고 이기는 방법이 있다면 좋으련만 상대가 전쟁하자고 한다면 안 할 수는 없었다. 한다면 반드시 이기는 전쟁을 해야 했다. 순지가 어떤 녀석을 데리고 올지 상당히 기다려졌다.

이튿날 순지가 잘생긴 한 승려를 대동하고 입궐했다.

"폐하, 어제 말씀드린 간자입니다."
"그래? 이번에도 중이구만. 순지장군은 불법(佛法)을 받들지 않소?"
"무슨 말씀이신지."
"귀하신 스님을 간자로 활용하니 말이요."

순지는 거련왕이 농을 하고 있음을 알았다. 그렇다고 자신도 농으로 받을 수는 없었다.

"전번에는 중으로 위장한 것이옵고, 이번에는 진짜 중이옵니다. 수류암(水流庵)이란 조그만 암자에서 묘원(妙圓)을 은사로 출가하였사온데……"
"바둑을 잘 둔다고?"
"그렇사옵니다. 고구려에서는 적수가 없습니다."
"그래? 그렇게 바둑을 잘 둔다고?"

그때 순지와 함께 입궐한 승려가 입을 열었다.

"소승 폐하께 문안드리옵니다. 도림(道琳)이라 하옵니다."
"도림이라."

"그러하옵니다."

"내가 나라를 위해 큰일을 할 사람을 찾고 있었다. 그대가 이번 일을 한다고?"

"소승이 원래 불도는 알지는 못하옵니다. 하지만 나라의 은혜에 보답하고자 하옵니다. 원컨대 폐하께서는 저를 어리석은 자로 여기지 마시고 일을 시켜 주십시오. 왕명을 욕되게 하지 않겠습니다."

"그래? 좋다. 그대를 믿어보겠다. 나라를 위해 큰 공을 세우라."

도림은 눈이 맑고 이목구비가 반듯했다. 말솜씨 또한 뛰어났다. 일개 승려가 국왕 앞에서도 당당하게 소신껏 대답하니 기대해 볼만했다. 나라를 위해 공을 세우기만 한다면 천금(千金)이 아까우랴. 백성들이 편하게 살면서 전쟁을 하지 않으면 그보다 더 좋을 수는 없다. 거련왕은 물러가는 도림을 바라보며 식어버린 산삼차를 한 모금 마셨다.

20

밤새 차가운 바람이 한수에 몰아쳤다. 해가 뜨자 바람이 잦아들었다. 정월이 지나면서 동장군의 기세가 꺾였다. 따스한 기운이 한수에 조금씩 퍼지기 시작했다. 봄이 멀지 않았다. 백제의 어부들은 겨우내 한수에 얼음구멍을 파서 낚시로 잉어를 낚아냈다. 강 가장자리부터 얼음이 녹기 시작하자 어부들은 더 이상 한수에 들어가지 않았다. 고기 욕심내다가 강 귀신이 된 사람이 한둘이 아니었다.

얼음이 완전히 풀리고 춘삼월이 되어야 다시 한수에서 고기잡이가 시작된다. 그때까지 어부들은 그다지 할 일이 없었다. 어부들은 이른 아침 일어나는 습관을 버리지 못하여 일찍부터 삼삼오오 송파나루에 모여 불을 피웠다. 그들은 간밤의 시시콜콜한 집안일부터 시작해서 마을의 대소사를 이야기하기 시작했다.

그때였다. 누군가가 한수 북쪽으로 손가락을 가리켰다. 가물가물하게 보이는 물체가 점점 한수 쪽으로 다가오고 있었다. 사람이었다.

"어쩌누, 저러다 빠지는데."

해빙기에 걸어서 강을 건너다니 정신이 나간 사람이 틀림없었다. 그는 누구에게 쫓기는 듯 빠르게 강을 건너더니 거의 송파나루에 가깝게 다가왔다. 승려 차림이었다. 그의 걸음걸이가 빨라지더니 아니나 다를까 뿌지직하고 얼음이 깨졌다. 승려는 깨진 얼음 사이에서 목을 내고 허우적거렸다. 어부들은 누구 할 것 없이 모두 급히 뛰어나가 새끼줄을 꼬아 만든 술비 닻줄을 승려에게 던졌다. 승려는 허우적대다가 날아온 술비 끄트머리를 겨우 잡고 강기슭으로 기어 나왔다,

"저러다 얼어 죽어. 어서 옷을 벗기고 거적때기라도 걸치게 해야지."

승려는 연신 기침을 해댔다. 죽을 지경은 아니었다. 불 가까이 승려를 데리고 와서 누비로 덧댄 젖은 승복을 벗기자 어부들은 깜짝 놀랐다. 승려의 등짝에는 피가 말라붙은 상처 자국이 가득했다. 채찍으로 맞은 자국으로 보였다. 어부 중의 누군가가 덮을 만한 거적때기를 가져오고 누군가는 따뜻한 물을 가져왔다.

"여보시오. 스님이신가 본데, 이거라도 마셔보우. 몸이 따뜻해질 거우."

승려는 거적때기를 걸치고 불을 쬐면서 뜨거운 물을 마셨다. 오한이 든 몸이 조금 녹는 듯 보였다.

"그래 스님은 왜 이렇게 맞았소. 그것보다 어디에서 오는 길이오?"
"고구려에서 왔습니다. 도둑 누명을 쓰고……"

어부들은 각자가 한마디씩 했다. 누군가는 재빠르게 송파나루를 지키는 군포(軍鋪)로 달려가서 이상한 자가 나타났다고 고했다.

그날 오후가 되어 한수를 도강한 승려는 두 손이 뒤로 묶인 채로 중전(中殿) 개로왕 앞으로 끌려왔다. 고구려나 사로국에서 들어오는 유민(流民)이나 간자로 의심되는 승려나 장사치는 대부분 내법부에서 신문을 했다. 특히 의심스러우면 내법좌평이 나서지만, 국왕 앞에까지 대령함은 극히 이례적인 경우였다. 처음에는 내법좌평 여도(餘都)가 도강한 고구려 승려를 신문했다. 대가의 집에서 바둑돌을 훔쳤다는 이유로 잡혀서 호된 경을 치르고 백제로 도망쳤다는 게 밝혀졌다. 물론 본인의 진술이 그랬다. 완전히 믿을 건 못 되었다. 여도가 승려에게 바둑을 둘 줄 아느냐고 물어보았다. 승려는 고구려에서 바둑으로 자기를 이기는 사람은 없다고 대답했다. 내법좌평은 바로 개로왕에게 보고했다. 개로왕은 당장 승려를 데려오라고 했다.

"네가 바둑을 잘 둔다고?"
"가는 길은 아옵니다."
"행마(行馬)를 알면 바둑을 다 둔 거나 마찬가지다."
"너는 고구려의 중이냐?"
"그러하옵니다."
"바둑은 누구에게서 배웠느냐?"
"저의 은사 스님께 배웠습니다."
"너의 은사는 누구에게 배웠느냐."
"저의 은사는 묘원이라고 하옵는데, 불법을 구하러 진(晉)나라에 갔을 때 배웠다고 들었습니다."

"그래, 고구려에서 너를 당할 자가 없다고?"

"꼭 그렇지는 않사오나 여러 판을 두면 제가 이길 때가 많사옵니다."

"너의 이름은 무엇이냐?"

"도림이라 하옵니다."

개로왕은 도림의 손을 풀어주라 했다. 바둑판도 들라고 일렀다. 도림을 묶었던 오랏줄이 풀리자 내법좌평 여도와 호위무사가 잔뜩 긴장하여 도림에게 바짝 다가섰다.

"나와 한판 겨루어보자."

여도는 시종이 바둑판을 내어오자 불안해서 바로 개로왕에게 아뢰었다.

"폐하, 이 녀석은 폐하에게 위해를 끼칠 간자인지도 모르옵니다. 마음을 놓아서는 아니되옵니다. 더군다나 바둑이라니요. 명을 거두어주소서."

"아니다. 바둑을 두어보면 사람의 마음가짐을 알 수 있다. 사람은 속여도 바둑은 속일 수가 없다."

"폐하, 충분히 심문을 먼저 하고 훗날 바둑을 두어야 함이 마땅한 줄로 아룁니다."

"아니다. 바둑이 바로 심문이다."

개로왕은 바둑판이 들어오자 백을 잡고 화점 두 곳에 백돌을 놓았다.

"어서 두거라."

도림은 흑돌 두 점을 화점(花點)에 놓고 천원(天元)에 흑돌 한 점을 놓았다. 흑이 선수로 바둑판의 한가운데인 천원에 놓고 시작하는 바둑이었다. 개로왕은 화점에 놓인 흑돌에 바로 눈목자로 붙이며 첫수를 놓았다. 바둑이 시작되었다. 넓은 중전 안에는 누구 하나 숨소리조차 크게 내지 않았다. 바둑을 모르는 내법좌평이 보기에는 흑돌과 백돌이 번갈아 놓다가 흑돌을 따내기도 하고 백돌을 따내기도 했다. 간간히 개로왕의 감탄하는 소리와 탄식하는 소리가 번갈아 났다. 개로왕의 미간에는 주름이 잡히고 있었다. 얼마나 지났을까? 개로왕이 흰돌을 바둑판에 뚝 던졌다.

"졌다, 졌어, 내가 졌어."
"……"
"한 판을 더 두어보자. 이번에는 내가 흑을 잡겠다."
"그렇게 하시옵소서."

옆에서 지켜보던 내법좌평 여도는 기가 막혔다. 근본을 모르는 고구려의 승려와 왕이 마치 오랜 친구처럼 바둑을 두고 있다. 내법좌평은 자신이 괜히 보고해서 이 사단이 일어났다고 자책했다. 신문하고 바로 죽였어야 했다. 이렇게 될 줄은 꿈에도 생각하지 못했다. 또 지루한 시간이 흘러갔다. 이번에는 개로왕의 미간이 펴지는 듯 보이더니, 도림이 조용하고 낮은 목소리로 말했다.

"폐하, 이번 판은 폐하께서 이겼사옵니다."
"그래 그렇지. 허허허. 참 대사 이름이 뭐랬지요?"
"도림이옵니다."

이번에도 여도는 깜짝 놀랐다. 대사라니? 근본도 모르는 고구려의
중놈을 보고 대사라니. 큰일 났다.

"폐하, 이 자는 고구려의 간자인지도 모르옵고. 더군다나 몸에 채찍
자국이 있는 것으로 보아 필시 고구려에서 죄를 짓고 도망해온 자로서
조사가 필요하옵니다. 하옥시켜 놓고 신문을 하게 해주소서."
"내법좌평, 그대의 말이 일리가 있소. 내법좌평은 바둑을 두오?"
"폐하, 저는 바둑을 모르옵니다."
"그래? 그럼 내가 말하리다. 바둑이란 어느 경지가 있소. 그 경지까지
이르자면 재주만 있어서는 아니 되오. 자기 자신을 다스리지 못하면 이
정도까지는 못 오르는 법. 이 자는 나와 호적수요. 백제에서 나를 이기
는 고수가 없거늘, 이 자가 지금 나를 이기지 않았소. 내가 직접 물어보
리다. 도림, 대답하시오."
"예, 폐하."
"그대는 어떤 죄를 짓고 고구려에서 도망하였소?"
"저는 평양의 수류암에서 기거하는 중이온데, 바둑을 좀 둔다는 소문
이 나니 여러 대가나 소가들이 저를 불러 바둑을 두었습니다. 그러하온
데 달포쯤 전에 영문도 모르게 대가집에 잡혀가서 다짜고짜 매질을 당

했습니다. 바둑알을 훔쳐 갔다는 죄목이었습니다. 그 바둑알이 송나라에서 애써 구한 물건이라 무척 귀하기는 했습니다만, 저로서는 억울하기 짝이 없었사옵니다."

"그렇지. 바둑알 좋은 건 천금을 주고도 구할 수 없지."

"일찍이 고구려에서 들으니 백제의 대왕께서 바둑을 좋아하여 국수(國手)의 실력이라 하니, 아예 백제로 들어가 대왕의 그늘에서 살아가면 좋겠다고 생각하고 하인을 매수하여 탈출하였사옵니다. 저의 귀순을 받아주시옵소서."

도림은 개로왕에게 넙죽 절을 올렸다. 도림의 음성은 간절함으로 떨렸다. 엎드린 바닥으로 흘린 눈물이 뚝뚝 떨어졌다. 중전에는 일순간 정적이 흘렀다. 한참이 지나고서야 개로왕이 정적을 깨고 한마디 했다.

"일어나시오, 대사. 내가 한성에 조그만 암자를 마련해주겠소. 수류암이라고…… 이름도 그렇게 부르시오. 그곳에 기거하며 나와 가끔 바둑이나 둡시다. 내가 부를 때면 당장 달려와야 하오. 단 수류암을 벗어나지는 마시오. 먹고 자고 하는 건 모두 내법좌평이 알아서 해줄 거요."

"성은이 망극하여 몸 둘 바를 모르겠사옵니다. 성심껏 폐하를 모시겠사옵니다."

개로왕은 왕성 바로 옆에 암자를 하나 지어주고 도림을 수시로 불렀다. 때로는 왕이 수류암으로 가기도 했다. 어떤 날은 밤새며 바둑을 두기도 했다. 그런 날이면 다음 날 개로왕은 중요한 일정이라도 미루기 일쑤였다. 신료들 사이에서는 조금씩 불만이 새어나왔다. 왕이 바둑에 미쳐 정사를 돌보지 않는다는 불만이었다. 상좌평인 문주가 그런 불만을 잘 다독거리면서 어지간한 일은 문주가 처리했다. 문주는 개로왕에게 바둑도 좋지만, 너무 탐닉하면 심신에 해가 가니 조금 삼가면 어떻겠냐고 조심스럽게 간언을 했다. 동생이 그렇게 나오니 개로왕도 삼가겠노라 답했다.

바둑에 빠지면 도끼자루가 썩는다고 했다. 개로왕과 도림의 바둑은 호형호제에 용호상박이었다. 일진일퇴를 거듭하며 어떤 날은 바둑판에 피비린내가 진동하며 대마가 몰살당하기도 했다. 어떤 날은 안개가 자욱하여 한 치 앞도 내다볼 수 없는 혼전을 거듭하기도 했다. 집을 지으면 세력으로 맞서고, 중원이 두터우면 실리로 맞섰다. 패에는 패로 묘수에는 묘수로 부딪히며 그들의 바둑은 치열한 공방을 거듭했다.

개로왕은 마침내 도림을 상객(上客)으로 모셨다. 자신과 같은 수준으로 침식을 대우하라 일렀다. 도림이 백제에 들어온 지 몇 달이 순식간에 흘러갔다. 개로왕은 궁궐 내전 안에서 주로 바둑을 두다가 날이 풀리면서부터는 수류암에서도, 궁궐 안 도화루에서도 바둑을 두었다.

"대사, 호적수를 만나니 이렇게 바둑이 재미있구료. 내가 요즘은 사는 것 같아."

"저도 그렇습니다. 고구려에서는 헛살았다 싶습니다."

"내가 대사를 늦게 만난 것이 한스럽구료."

"저도 그러하옵습니다만 걱정이 있사옵니다."

"무슨 걱정인지 내가 알아. 요즘 신료들이 말이 많아. 내가 대사와 바둑만 두고 있다고."

"그렇사옵니다. 신료들의 걱정이 이치에 맞사옵니다. 소승이 폐하의 성총(聖聰)을 흐리게 만들었사옵니다. 저를 내치소서.”

“그럴 수야 없지. 내가 그대를 늦게 만난 게 한이라고 말하지 않았소. 헤어질 수는 없지.”

그 말을 들은 도림은 벌떡 일어나 개로왕에게 큰절을 올리고는 엎드려 아뢰었다.

“폐하, 제가 감히 한 말씀 올리겠습니다. 저는 백제의 적국인 고구려 사람인데도 폐하께서는 저를 내치지 않으시고 두텁고도 두터운 은혜를 베푸셨습니다. 폐하의 은혜는 아홉 마리 소의 터럭과 같이 많사오나 저는 다만 한 가지 재주로 폐하께 보답했을 뿐입니다. 저는 아직 폐하께 털끝만큼의 이익도 보태드리지 못하였습니다.”

“그대는 한 가지 재주로 만 가지 재주를 대신하는 사람이오.”

“제가 폐하의 근심을 풀어드릴 방법이 있사옵니다.”

“내 근심이 무엇인지는 아시오?”

“제가 말씀드려도 되겠사옵니까?”

“말해보시오.”

“엎드려 아뢰옵건대, 폐하의 나라 백제는 사방이 산과 언덕과 강과 바다이니 이는 하늘이 만든 요새이옵니다. 이는 사람의 힘으로 만든 형세가 아니오라 오직 천지신명이 보살피어 만든 형세이옵니다. 그러므로 마한과 사로국, 대방과 같은 주변 여러 나라는 백제를 감히 넘볼 생각조차 못 하고, 도리어 받들어 섬겨왔사옵니다. 오로지 고구려만이 백제를 괴롭힌 적이 있사오나, 그것 또한 수십 년 전의 일이며, 근자에 고구려 왕은 늙고 병들어 아무런 힘도 없사옵니다. 그러하온즉 폐하께서

는 마땅히 기세를 숭고하게 펴시고, 위엄 있는 업적으로 세상을 놀라게
해야 하옵니다. 하나 폐하께서는 백성들을 너무나 사랑하시어 백성들
의 부역을 피하십니다. 그리하여 적을 막을 성곽을 수축하지 않으시고,
폐하의 위엄을 보이는 궁궐조차 수리하지 않고 있사옵니다.”

“그렇지. 그렇지. 또 말해보시오.”

“그보다 더 큰 폐하의 근심은 바로 선왕 폐하의 집 문제이옵니다.”

“내 아버지의 집?”

“그렇사옵니다. 선왕 폐하는 돌아가셔서 영원히 안식할 집이 없이 구천
을 헤매고 계시질 않습니까? 그것 때문에 폐하께서 늘 힘들어하십니다.”

“그렇소, 그렇소, 바로 그거요. 그걸 어찌 아셨소.”

“바둑을 두면서도 폐하께서 두 집을 못 내면, 혼잣말로 하시는 말씀
이 아버지 집이 없다, 아버지 집이 없다, 하셨습니다. 그게 선왕 폐하의
유택이 아니고 무엇이겠습니까?”

“내가 그랬나. 그렇긴 하지. 바로 맞혔소.”

“폐하의 심기를 불편하게 할까 봐 누구도 말씀을 드리지 못하옵니다.
제가 감히 말씀드려도 되겠습니까?”

“말해보시오.”

“제 목이 달아날지도 모르지만 말씀드리겠사옵니다. 선왕 폐하의 유골
은 찾지도 못한 채 어느 들판 지하에 뒹굴고 있습니다. 머리만 가매장되
어 초라한 무덤에 계시지 않습니까? 제대로 장사를 지내고 선왕 폐하를
영원한 안식처로 모셔야 합니다. 또 한수 남쪽 백성들의 살림터는 큰 홍
수가 나면 강물에 잠기옵니다. 이는 모두 폐하를 위해 좋지 않사옵니다.”

“그럼 어찌하면 좋은가? 다른 건 할 수 있어도 선왕 폐하의 유골은 찾
은 지가 오래되었다 하나 지금껏 찾지 못하고 있다.”

"찾으면 좋겠지만 못 찾으면 머리뼈만으로도 제대로 장례를 치르고 석릉을 마련해야 합니다. 먼저 여러 큰 스님을 모시고 불공을 드리고 저에게 약간의 인부들만 주신다면, 선왕 폐하께서 묻힌 곳을 찾아보겠습니다. 부처님의 가피가 있으면 찾을 수 있사옵니다."

"그래? 그거야 어렵지 않지. 당장 그것부터 합시다."

달포가 지나 위례성의 대찰 광법사(廣法寺)에서 큰 불공이 올려졌다. 개로왕을 비롯한 왕실 사람과 여러 대소신료들과 광법사 주석 광덕을 비롯한 많은 스님이 모여, 나라의 안녕과 선왕인 비유왕의 극락왕생을 빌었다. 백성들도 큰 불공이 올려진다고 하니 많이 몰려들었다.

광덕대사는 극락왕생을 발원하려면 우선 유골을 제대로 모셔야 하지만, 그게 원만치 않아도 극락왕생을 약속하는 미륵부처님께 공을 들이면 모든 일이 잘 풀린다고 설법했다.

도림도 여러 스님과 함께 한구석에서 불공에 참여하였다. 대찰 불공을 구경 온 백성들은 소문으로 들은 도림이 누구인지 궁금했다. 그들은 도림의 존재를 확인하느라 스님이 있는 자리로 자주 눈길을 돌렸다. 모두 삭발한 스님이 여럿이라 누가 누구인지 도림이 어디에 있는지 알 수가 없었다. 몰려든 백성 속에는 왕성의 문지기 고이만년도 섞여있었다. 고이만년은 여러 스님 중에서 기어코 눈빛이 다른 한 스님을 찾아내고는 마른 침을 꿀꺽 삼켰다. 순간 그 스님과 고이만년의 눈빛이 잠시 마주쳤다.

21

도림은 수십 명의 인부와 장한벌에서 사람이 매장될 만한 곳을 찾아 파고 또 팠다. 분명 시신을 깊이 묻지는 못했다. 급박한 상황이었으니, 깊어야 두 자 이내로 땅을 파고 묻은 뒤 도주했음이 분명했다. 도림은 장한벌을 바둑판처럼 가로, 세로 19개씩 줄을 쳐서 격자형으로 나누었다. 그 다음에 하나하나 땅을 파니 여기저기 파는 것보다 훨씬 효율적으로 일이 진행되었다. 두 달 남짓 작업을 했을까. 워낙 넓은 장한벌을 뒤지는 일이라 몇 년이 걸릴지도 몰랐다.

오뉴월이 되니 인부들은 해가 중천에 뜨면 더는 작업을 하지 못했다. 말 그대로 오뉴월 쇠불알 늘어지듯 축축 늘어졌다. 점심을 먹고 나면 인부들은 장한벌 가장자리 둔덕이 진 마을 입구 느티나무 그늘 아래에서 잠시라도 낮잠을 잤다. 도림은 마음은 급해도 인부들을 마냥 다그칠 수도 없었다. 느티나무는 세 그루가 삼각형을 이루며 큰 세를 형성하고 있었다. 도림은 무심하게 느티나무를 바라보다 벌떡 일어섰다. 도림은 다급하게 인부들을 깨웠다.

"자네들, 여기를 한번 파봐."

도림은 작대기 하나를 쥐고 느티나무 세 그루를 이어 땅에 줄을 그었다. 땅에 삼각형이 나타났다.

"이 안쪽을 파보라니까."

얼마 지나지 않아 삼각형 중심 쪽에서 땅을 파던 인부 한 명이 소리를 질렀다.

"스님, 스님, 여기 뭔가 있습니다."

도림이 달려갔다. 인부가 땅을 파던 곳에 흙과 함께 너덜너덜 상한 옷감이 보였다. 자세히 보니 뼈도 있었다. 도림은 삽으로 땅을 파는 인부를 제지하고 손으로 흙을 걷어내기 시작했다. 조금씩 흙을 걷어내자 인골이 확실하게 나타났다. 15년의 세월이 흘렀으니 이미 육신은 사라지고 뼈만 남았다. 비유왕의 육신을 감쌌던 옷 대부분은 형체가 남아있었다. 색이 바래고 흙이 묻어 오염이 되었어도 누런 비단옷이었다. 백제 대왕의 용포임을 한눈에 알아볼 수 있었다.

도림은 주위에 있던 군졸에게 바로 왕궁에 알리라고 했다. 도림은 목탁을 두드리며 염불을 하기 시작했다. 지하에서 잠든 혼령을 갑자기 깨웠으니 우선 대왕의 넋을 위로할 장엄염불이 필요했다.

"극락세계십종장엄 법장서원수인장엄 나무아미타불

사십팔원원력장엄 미타명호수광장엄 나무아미타불
삼대사관보상장엄 미타국토안락장엄 나무아미타불
보하청정덕수장엄 보전여의누각장엄 나무아미타불
주야장원시분장엄 이십사락정토장엄 나무아미타불
삼십종익공덕장엄 나무아미타불……"

도림의 염불이 끊어질 듯 이어질 듯 낮게 울려 퍼졌다. 해가 뉘엿뉘엿 서쪽으로 넘어갈 무렵, 시위대 몇몇만 대동하고 개로왕이 급히 말을 달려왔다.

"어디냐, 어디?"

도림은 염불을 중단하고 급히 개로왕을 안내했다.

"폐하, 여기이옵니다."

개로왕은 시신이 있는 흙바닥에 몸을 내던지듯 엎드렸다. 이윽고 대지가 울릴 듯 통곡했다.

"아버님, 어찌 이제야 나타나셨습니까? 어찌 이제야 나타나셨습니까? 폐하."

꺼이꺼이 우는 개로왕의 울음소리가 장한벌에 길게 길게 울려 퍼졌다. 해가 지면서 상좌평 문주를 비롯한 여러 신료가 소식을 듣고 한꺼번에 몰려왔다. 병관좌평 해명은 만약을 대비하여 중무장한 병사 수천을 장한벌에 겹겹이 포진시켰다.

개로왕은 슬픔이 지나쳐 거의 실신 직전이었다. 문주 역시 비유왕의 아들인지라 곡진하게 슬펐지만, 형님을 추슬러야 했다. 여름이라 해도 밤공기는 서늘했다. 상좌평 문주는 병사들에게 장막을 준비하라 이르고 개로왕을 위로했다.

"형님, 이러시다 병납니다. 어서 환궁하시옵소서."
"아니다, 내가 이렇게 아버님을 뵈었는데 어찌 환궁할 수 있겠나. 아버님을 뫼시고 궁으로 갈 수는 없지 않느냐. 오늘은 아버님 곁에 있겠다."
"막사를 준비했사옵니다. 막사에라도 드시어 옥체를 돌보셔야 하옵니다."

개로왕과 함께 막사로 든 문주는 바로 도림을 불렀다.

"대사, 수고가 많으셨소. 유골을 수습하려면 어떤 절차를 가져야 하오?"
"소승이 염불을 하여 혼령을 위로하고 명부전에 아뢰었사오니, 언제라도 유골을 수습하면 되옵니다. 지금은 밤이니 해가 뜨면 바로 수습하겠사옵니다."
"수습을 하면?"
"우선은 광법사에 모셔놓고 그 다음에…… 아뢰옵기 황송하오나 선왕 폐하의 유골을 다 합하여 유택에다 모셔야 하옵니다."
"그건 잘 알겠고, 그것보다 우리가 15년간이나 찾다 찾다 못 찾았는데 대사는 두어 달 만에 찾았소. 대단한 법력이오. 어찌 그렇게 쉽게 찾앗소?"

"황송하옵니다. 쉽게 찾은 게 아니라 부처님의 가피가 있었사옵니다."

"아니 그럼 그전에는 부처님의 가피가 없었다는 말이요?"

옆에서 잠자코 듣고 있던 개로왕이 나섰다.

"문주야, 아니 상좌평, 어찌 그렇게 말하는가. 도림이 찾았네. 15년 동안 찾아 헤맸지만 못 찾다가 도림이 나서서 두 달 만에 찾았어. 고마워도 이런 고마울 데가 있나."

"폐하, 힐책이 아닙니다. 너무 기뻐서 도대체 어떻게 찾았는지 궁금해서 물어보았습니다."

"그건 그렇지. 도림, 어서 말해보시오. 나도 궁금하오."

"폐하께서도 아시다시피 장한벌을 바둑판처럼 나누고 하나하나 파나갔습니다. 날이 더워 인부들이 느티나무 아래에서 낮잠을 자고 있었지요. 그 모습을 보다가 문득 깨달은 게 있었습니다. 느티나무가 워낙 잎이 무성한지라 그늘이 짙고 넓어서 낮잠을 자기 좋은 만큼, 가을에는 잎이 많이 떨어집니다. 선왕 폐하께서 시해되었을 때 고구려군이 폐하의 옥체를 묻을 시간이 많지 않았다고 들었사옵니다. 땅을 파면 흔적이 남으니 흔적을 보이지 않으려면 혹시 느티나무 잎을 덮어, 찾지 못하게 한 게 아닐까, 이런 생각이 들었습니다. 인부들에게 느티나무 잎이 많이 쌓여있는 곳을 파보게 하였지요."

개로왕이 고개를 끄덕이더니 말을 이었다.

"역시 국수다운 생각이오. 왜 진작 그런 생각하지 못했을까?"

"그렇습니다. 폐하, 대사의 말을 듣고 보니 제가 어리석었사옵니다."

문주는 도림의 말을 듣고 보니 그럴싸해서 수긍하지 않을 도리가 없었다. 아무리 그래도 뭔가가 이상했다. 고구려에서 죄를 지어 도망쳤다면서 바둑의 고수라 했다. 그것도 수상했다. 내가 고구려의 왕이라 해도 간자를 보내려면 바둑 고수를 뽑겠다. 형님이 바둑을 워낙 좋아하니, 바둑 고수보다 더 좋은 간자는 없다. 게다가 유골까지 바로 찾았다? 만약 고구려에서 폐하를 파묻은 누군가가 도림에게 알려주었다면? 느티나무는 멀리서도 누구나 쉽게 찾을 수 있다. 상좌평 문주는 그런 의심이 들었으나 개로왕 형님에게 그 의심을 말할 수는 없었다. 도림이 아직 백제에 해가 되는 일은 하지 않았기에 의심을 표면화할 이유도 없었다. 오해일 수도 있다. 문주는 도림의 일거수일투족을 철저히 감시할 사람을 붙여야겠다고 마음먹었다.

22

백제 한수의 넓은 들판에 가을이 왔다. 하늘이 높아지고 낮이 짧아지면서 들판에는 황금 물결이 넘쳐흘렀다. 아침저녁에는 서늘했다. 낮에 내리쬐는 뜨거운 햇볕은 곡식을 충분히 여물게 했다. 여름 내내 비가 적당히 왔다. 큰바람도 충해(蟲害)도 없었다. 대풍이었다.

개로왕은 곡식을 거두어들이는 백성보다 더 기뻤다. 지난여름 찾은 아버지 비유왕의 유골을 수습하여 유택에 봉안하는 일은 아들의 의무이기도 했다. 그보다 백제국의 위신과 체통이 걸린 국가적인 일이었다. 지난날 고구려를 공격한 연나라는 고국원왕의 아버지인 미천왕의 시신을 무덤에서 파내어 도둑질해 갔다. 고국원왕은 연나라 모용황에게 아버지의 시신을 돌려받기 위해 온갖 수모를 당했다. 비유왕의 시신을 제대로 수습하지 못하고 장사도 못 지낸 건 이유야 어찌 되었건 백제의 큰 수치였다.

개로왕은 아버지의 유골을 수습하기 무섭게 하루빨리 석릉을 조성하고자 했다. 가매장해놓은 머리뼈와 합장, 봉안할 날을 손꼽아 기다렸다. 여름날 당장에 그 일을 하고 싶었으나 문주가 백성을 위한다며 가을 추수 다음에 하자고 했다.

"폐하, 저도 한시라도 빨리 아버님의 유택을 마련하고 싶사오나, 지금은 백성들을 울력에 동원할 때가 아니옵니다. 지금은 한여름이고 여름이 지나면 곧 추수를 해야 합니다. 살아있는 백성들의 살림살이가 먼저이옵니다."

동생 문주의 말이 틀린 건 아니었다. 개로왕은 수긍하지 않을 수 없었지만, 상좌평 문주가 너무 얄미웠다. 누가 그걸 모르나. 어서 근초고 할아버지 옆에 근사한 유택을 마련해드리고 싶었다. 하루하루가 초조했다. 하루하루가 삼 년처럼 길다고 하더니 개로왕이 그랬다.

가을이 와서 들판에 곡식이 넘쳐 흘렀다. 기다림의 보람이 있었다. 다시 나타난 아버님이 백성을 굽어 살펴서 풍년이 왔다. 개로왕은 대소 신료를 모두 대전으로 불러 모았다.

"내가 왕이 된 이후 죄인처럼 옹색하게 살았다. 선왕 폐하를 비명에 가게 하고, 유골도 찾지 못했다. 어찌 하늘을 향해 얼굴을 들며, 어찌 꿈에서도 동명성제를 뵐 낯짝이 있었겠는가? 한 집안도 그러한데, 하물며 왕이라는 자가 선왕의 장례도 지내지 못했으니, 뜻있는 백성들은 이 왕을 어찌 볼 것인가?

지난날 해씨 역적들을 모두 섬멸했다 하나, 잔적들이 쥐새끼처럼 숨어 언제 준동할지도 모른다. 불구대천의 원수 거련왕은 천수를 다 누리고도 여전히 권좌에서 생생히 살아 숨 쉬고 있다. 이러할진대 어찌 내가 편안히 살았겠는가.

애통하고도 애통하다. 장례도 제대로 치르지 못한 대죄를 지은 불효자식이라, 궁궐에는 비가 새고 침소에는 쥐들이 들락거려도 거적때기를 걸치고 살았다. 거친 밥에 나물 찬도 감지덕지하는 마음으로 살아왔다. 내 막내 아우는 저 멀리 왜국에 가서 왜왕의 눈칫밥을 먹으며 세월의 간을 보고 살고 있다……"

"폐하."

상좌평 문주가 개로왕을 부르면서 울음을 터트렸다.

"마음으로는 거련왕의 간을 씹고 역적들의 눈알을 삼키며 절치부심하기를 몇 년이었던가. 오매불망 선왕 폐하의 유골을 찾는 날만을 기다려왔다……"
"폐하."
"폐하."
"폐하."

대소신료들 역시 왕을 부르며 울기 시작했다. 한성 왕성 대전이 수백 마리의 여름 개구리가 울듯이 와글와글거렸다. 울음이 서서히 잦아들즈음 개로왕이 입을 열었다.

"마침 열왕 조상님과 선왕 폐하께서 도우셔서 대풍이 들었다. 더 이상 미룰 수는 없다. 도성의 백성들을 징발하라. 다른 곳의 백성들도 불러올려라. 먼저 욱리하(郁里河)[64]에서 큰 돌을 캐다가 관을 만들어 선왕 폐하의 유골을 장사 지내겠다. 사성(蛇城) 동쪽으로부터 숭산(崇山) 북쪽까지 강을 따라 둑을 쌓아 도성을 보호하고 한수 옥답에 홍수의 침범을 막겠다. 그리고 아울러 흙을 구워 성을 다지고 쌓고, 궁실과 누각과 대사(臺榭)를 고쳐 짓겠다."

상좌평 문주와 대소신료들은 왕의 말에 반대할 명분을 찾지 못했다. 그들은 이구동성으로 말했다.

"명을 받들겠사옵니다."

개로왕의 명으로 백제에 여러 토목 공사와 건축 공사가 동시에 이루어졌다. 도성 백성만으로는 일꾼이 부족했다. 웅진과 사비의 백성들도 울력에 동원되었다. 개로왕은 우선적으로 유골을 장사 지낼 유택을 만들라고 지시했다.

한성에서 한수를 따라 두어 마장 하류로 내려가면, 너벌섬 못 미쳐 검은 돌로 이루어진 조그만 돌산이 한수 가에 있었다. 백제 사람들은 그 지역을 욱리하라 불렀다. 그 지역의 돌은 적당히 단단하면서 검었다. 유택의 석재(石材)로 사용하기에 매우 적합했다. 돌산이 강가에 있었기에 배로 실어 나르기도 좋았다. 검은 돌은 송파나루에 하역하여, 통나무를 깔고 선대 열왕의 석릉까지 돌을 운반했다. 워낙 무거운 돌을 깨고 운반하고 하는 일이라 거리가 멀진 않았어도 다치고 죽은 백성이 많았다. 개로왕은 능을 조성하는 일의 속도가 나지 않자 답답했다.

---

64) 욱리하, 사성, 숭산은 현재의 서울과 하남시의 한강 어딘가임은 확실하나 정확히 어느 장소인가는 단정할 수 없다.

개로왕은 상좌평 문주를 불렀다.

"일은 잘되고 있지?"

"차근차근 진행 중입니다."

"차근차근 말고, 빨리 할 수는 없느냐?"

"죽고 다치는 백성이 많아집니다, 폐하."

"고이만년이라고 있지, 전에 시위대장을 하던."

"지금은 한성의 성문을 지키고 있지요, 폐하."

"그자가 충성스럽기는 하다. 고이만년을 능역 책임자로 임명하라. 그리고……"

"하명하시옵소서."

"재증걸루는 지금 쌍현성에 있지?"

"그렇습니다. 쌍현성 성주이옵니다."

"그를 불러 사성과 숭산을 잇는 둑을 완성하라 일러라."

"그렇게 하겠나이다."

문주는 형 개로왕의 뜻을 모르지는 않았다. 고이만년과 재증걸루는 군사를 이끄는 장수들이었다. 부하를 다룰 때도 무인답게 기강을 앞세우고 일에 집중한다. 백성들은 힘들겠지만 일을 빨리 마무리할 수 있다. 특히 왕의 명령이니만큼 더 열심히 울력을 감독할 게 틀림없다. 빨리 마무리하기엔 적임자였다. 상좌평 문주는 고이만년과 재증걸루를 상청(上廳)으로 불렀다.

"두 장군에게 대왕의 하명이 있었소."

"어떤 명이라도 받잡겠사옵니다."

"고이만년은 그동안 수문장 노릇하느라고 애썼소. 이제 선왕의 석릉 조성에 감역(監役)을 맡아주시오. 재증장군은 한수 축방(築防) 제조(提調)를 맡아 둑 쌓는 일을 총괄하라는 명이시오."

"신명을 다하겠습니다."

문주는 재증걸루의 눈치를 보다가 말을 이었다.

"재증장군이야 알아도 괜찮겠지. 고이장군, 지금도 도림을 잘 감시하고 있지요?"

"여부가 있겠사옵니까? 도림에게 시중을 드는 중을 우리 편에서 넣어 놓았고, 이웃에서도 늘 감시하고 있습니다."

"그래 특별한 움직임은 없는가?"

"특별한 움직임은 없지만, 도림이라는 자는 틀림없이 중은 아니옵니다."

"어째서?"

"중이라는 자가 염불은 아니하고, 혼자서 바둑만 두고 있사옵고…… 그리고 무엇보다 눈에는 살기가 있사옵니다. 그자는 중이 아니옵고 칼을 사용하는 자이옵니다. 무인은 무인을 알아보는 법입니다."

"그건 억지요. 무인이라고 다 눈에 살기가 있겠소?"

문주가 고이만년의 말에 제동을 걸고 나서자, 옆에서 잠자코 있던 재증걸루가 한마디 거들었다.

"살기는 모르겠으나 무인은 무인을 알아봅니다."

문주는 두 장군과 논쟁을 하고 싶지는 않았다.

"살기든, 무인이든, 고이장군은 도림을 계속 감시하고, 재증장군도 이 일을 지금 알았겠지만 비밀을 잘 지켜야 하오."

"여부가 있겠습니까? 상좌평 어른. 이 친구가 저에게 한마디도 알려 주지 않고 비밀로 하고 있었으니 그게 섭섭하옵니다."

"대왕께서 알면 목숨이 달아날 판인데, 비밀로 해야지, 안 그렇소? 고이장군."

"상좌평께서 시키는 대로 할 뿐입니다. 선대왕을 잘 지키지 못한 죄인을 이렇게 믿어주시는 것만으로도 감읍이옵니다."

"나는 두 장군을 믿소. 맡은 바 일을 잘 해내길 바라오."

고이만년과 재증걸루는 상청을 물러나, 가끔 들르던 주막에 갔다. 걸루는 만년의 잔에 막걸리를 잔뜩 부었다.

"만년, 고생하셨네. 이제 석릉 감역에 임명되었으니, 대왕께서 지난 날 과오는 다 용서하신 게 아닌가. 오랜 세월 마음고생 많았네. 쭉 들이키자구."

"그래, 고마워, 걸루."

"만년, 어쩌면 나한테까지 비밀로 할 건 뭔가. 도림을 감시한다는 거 말이야."

"쉿. 그 말은 하지 마. 누가 들으면 큰일 나."

"여기 누가 있겠나? 주모는 부엌에 있고, 손님이라곤 우리뿐이지 않나?"

"그래도 그런 말 하지 말게. 상좌평 나리가 걸루에게도 말하지 말라고 아예 못을 박았단 말이야. 만약 이걸 대왕께서 알아봐. 누구도 살아 남지 못해. 자네도 모르는 게 좋아. 상좌평 나리가 그만 말하고 말았네 그려."

"하기야 듣고 보니 그렇네. 그럼 나는 못 들은 거야."

"좋아. 그렇게 하세. 우리가 이야기할 게 그것뿐이겠나. 낚시 이야기 만 해도 밤을 새워도 모자라."

23

능역(陵役)은 늦가을까지는 순조롭게 진행되었다. 욱리하 돌산에서
다듬은 석재와 막돌이 쉴새 없이 송파나루까지 배로 운송되었다. 돌을
운반하는 중에 돌에 끼이거나 치여서 다치는 사람이 날이 갈수록 늘어
났다. 고이만년은 일꾼들의 울력에 여유를 주지 않고 능역에 박차를 가
했다. 근초고왕의 능보다는 크게 조성할 수는 없었지만 비슷한 규모는
되어야 했다. 그러자면 능에 들어가는 석재만 해도 배로 수천 번을 날
라야 했다. 겨울이 닥쳐오자 수천의 일꾼들 사이에서 불평이 터져 나왔
다. 일꾼들이라고는 하지만 이 사람들이 또한 백제의 군사들이었다. 동
짓달이 지나고 섣달에 이르자 백성들의 불평은 표면화되었다. 땅이 얼
어붙었을 뿐만 아니라 돌도 얼어서 무거운 석재 작업에 부상자가 속출
했다. 능역 책임자인 고이만년은 눈도 꿈적 않았다. 오히려 더 일꾼들을
다그쳤다. 한겨울 매서운 북서풍이 불고 한수에도 얼음이 두껍게 얼어
노지 작업이 거의 불가능에 가까웠지만, 고이만년은 작업을 중단시키
지 않았다.

능역과 마찬가지로 사성과 숭산을 잇는 강둑을 쌓는 일도 강행되었

다. 재증걸루도 고이만년과 마찬가지로 전쟁을 하듯 일꾼들을 다그쳤다. 겨울이 되고 땅이 얼어붙자 둑을 쌓는 일은 더 어려워졌다. 제대로 된 둑을 쌓자면 흙을 다지는 판축(版築) 작업을 하면서 한 단계씩 둑을 쌓아야 했다. 땅이 얼어붙으니 판축 작업이 어려워져서 힘이 몇 배는 더 들었다.

두 장군은 일을 멈추지 않았다. 그들은 장군이었다. 장수는 명에 죽고 명에 산다. 그들에게 개로왕은 명을 내렸다. 개로왕이 이번 일에 지대한 관심을 가지고 있음을 두 장군은 누구보다 잘 알고 있었다. 고이만년은 개로왕의 눈 밖에 있다가 새롭게 중책을 맡았기에 확실한 성과를 보여주어야 했다. 고이만년이 열심히 능역을 독촉하자, 재증걸루도 축방(築坊)에 백성들을 다그치지 않을 수 없었다. 한겨울에 두 장군이 노역을 강행하자 동상에 걸린 자는 부지기수였으며 부상자 역시 속출했다.

"장군님, 겨울에는 공사를 중단하게 해주소서."

백성들의 원성이 자자했으나, 두 장군은 일을 멈추지 않았다. 사람들이 죽어나니 노역장에서 탈주하는 백성이 나타나기 시작했다. 주로 웅진과 사비 쪽에서 동원된 백성들이었다. 얼어 죽으나 다쳐 죽으나 도망가다 잡혀서 맞아 죽으나, 어차피 죽는 건 마찬가지라는 생각에 도망하는 백성들이 점점 늘기 시작했다. 탈주자는 군법으로 다스린다고 엄포를 놓아도 탈주자는 줄지 않았다. 고이만년은 탈주하는 웅진 백성 네 명을 잡아 본보기로 목을 베었다. 네 명은 모두 한 마을 사람이었다. 둘은 형제였다. 탈주자는 딱 사라졌지만, 백성들의 불만은 더욱 쌓여만 갔다.

인부를 목 베는 사태까지 일이 커지자 백제 조정에서도 말이 많아졌다. 여러 신료가 상좌평 문주에게 상황의 심각성을 제기했다. 상좌평 문주는 개로왕에게 조심스럽게 아뢰었다.

"폐하, 한겨울이니 능역과 둑을 쌓는 축방 공사를 잠시 멈추는 게 어떠하오신지요?"

"나도 생각했다. 하나 지금 멈추고 백성을 돌려보내면 바로 봄이 오고 농사철이 다가온다. 농사철에 어찌 백성을 다시 동원할 수 있겠느냐? 다소 백성들이 어렵더라도 일을 멈추어서는 아니 된다."

"하오나 탈주하는 백성이 늘어나옵고, 일 자체가 땅이 얼어서 진척이 아니 되어서 아뢰는 말씀입니다."

"능역이 늦어진다는 건 핑계다. 우리보다 더 추운 고구려에서는 어찌 능역을 하며, 지난날 한수의 제방은 어찌 쌓았느냐. 재증걸루와 고이만년이 그렇게 아뢰어 달라고 하더냐?"

"아니옵니다. 여러 대소신료들이 모두가……"

"모두가 한패가 되어 나를 욕한다고?"

"폐하, 어찌 그런 말을 할 수 있겠사옵니까? 폐하께서 어찌 찾은 선왕의 유해이옵니까? 그걸 모르는 신료는 없사옵니다."

"그렇다면 더 말하지 말라. 벼농사가 시작되기 전에는 마무리하여야 한다."

개로왕도 마음이 불편하긴 했다. 이 추운 겨울에 능역과 축방의 노역에 힘들어하는 백성들의 아픔을 모르는 바는 아니었다. 개로왕은 고민을 거듭했다.

일은 일이다. 이 일을 마무리 지어야 다음 일로 나아갈 수 있다. 개로왕은 중전으로 도림을 불렀다. 내전이 아닌 중전으로 도림을 부르는 일은 없었던 일이기도 하다. 도림이 중전으로 들어오자 시종이 바둑판을 내어왔다.

"대사, 어서 들어오시오. 어허, 이거 시키지도 않았는데 바둑판을 내어 왔구만."

"폐하께서는 강녕하옵신지요. 중전에서 바둑을 두시다니요."

"바둑을 두려고 대사를 부른 건 아닌데, 바둑판을 보니 한 판 두고 싶군. 딱 한 판만 두어봅시다."

개로왕이 흑을 잡고 화점 두 곳과 천원에 한 점을 놓았다. 도림은 백두 점을 화점에 놓고 흑돌이 놓여있는 화점에 눈목자[目]로 붙여 한 점을 놓았다. 개로왕은 망설임 없이 다음 수를 천원에 놓인 흑 한 점에 돌을 쌓아 올렸다. 도림은 깜짝 놀랐다. 바둑에 이런 수는 없다. 돌을 이층으로 쌓다니. 바둑을 두지 않겠다는 의미다. 도림은 벌떡 일어났다. 바둑판에서 벗어나 개로왕에게 엎드렸다.

"폐하, 소승의 잘못이 무엇이옵니까? 소승이 우둔하여 알지 못하옵니다."

"마음이 어지러워 바둑을 둘 기분이 아니네. 바둑판을 보고 있으면 마음이 가라앉을 줄 알았다만 그렇지 못하네."

"마음이 어지럽다니, 혹 백성들이……"

"그렇네. 지금 그대 말대로 능역과 축방을 동시에 진행하고 있지. 백성의 원성이 자자해. 추운 겨울에 일해야 하니 얼마나 힘들겠나. 도망하는 백성이 속출하여 목을 베기까지 했어. 그것도 네 명이나. 형제가 한꺼번에 죽었다니 마음이 안 아플 수가 있나. 그렇다고 마냥 미루어놓을 일만은 아니지 않느냐."

"소승의 마음이 무겁사옵니다. 좀 미루어두심도 가한 줄로 아뢰옵니다."

"아니오, 그럴 일이 아니오. 지난번 쌍현성을 새로 쌓고, 청목령을 보수했소. 이제 2년이 넘었소. 고구려도 우리가 쌍현성을 쌓고 청목령을 보수한 걸 분명 알 것이오. 그게 무슨 의미겠소. 우리 백제가 고구려를 곧 친다는 거 아니오. 아마도 치양성에 대비를 굳건히 했을 것이오. 어쩌면 담덕왕 때처럼 크게 군사를 일으킬 수도 있지. 우리 백제가 어떻게든 대응을 해야 하오. 그런데 바로 이때 그대가 아버님 유골을 찾았소. 찾지 못할 땐 어쩔 수 없었지만, 유골을 찾았는데 어찌 유택을 마련하지 않을 수 있겠소. 어서 능역을 마무리하고, 해마다 홍수로 시달리는 숭산에서 사성까지도 강둑을 시급히 보수하는 게 마땅하오. 그게 그리 긴 둑이 아니오. 이걸 어서 마무리하고 다음으로 나아가야 하오. 삼척동자도 뻔히 알 텐데, 백성들이 당장 힘들다고 저 난리요. 일을 빨리 마무리하라고 장군을 임명해놓고 백성의 목을 쳤다고 장군에게 책임을 물을 수도 없고."

"폐하께서 지극히 백성을 사랑하시어, 고민이 큽니다. 제가 바둑 묘수를 하나 말씀드릴까요?"

"말을 해보시오."

"사석을 활용하는 방법이옵니다."

"죽은 돌을 활용한다?"

"그렇사옵니다. 적진에 갇혀 이미 죽은 돌을 구출하는 척하면서 세력을 두텁게 하는 방법이지요."

"좀 더 알기 쉽게 말하라."

"탈주하다가 목이 잘린 백성을 위로하시고, 유족에게 땅과 곡식을 내려주시옵소서. 그렇게 폐하의 백성 사랑하심을 보여주면 백성들의 마음이 달라집니다. 아울러 목을 벤 장수를 징계하면 더 효과가 있사옵니다."

"탈주하다가 형을 받은 사람을 포상하면 백성들의 탈주가 더 늘어나지 않을까?"

"그렇지 않사옵니다. 목을 잘랐는데, 두려워서 어찌 감히 도망하겠습니까?"

"고이만년에게 징벌을 가하라?"

"그렇사옵니다. 대왕께서는 백성을 죽이라고 하지 않았다, 이 자가 죽였다. 그렇게 하면……"

"장수가 욕을 얻어 먹고, 왕에게는 백성들이 불평을 하지 않는다?"

"그렇사옵니다."

"하나 장수에게 불공평하다. 장수는 충성을 다하지 않았느냐? 장수가 불평하지 않겠느냐?"

"폐하께서 어느 쪽을 선택하시겠사옵니까? 민심이 더 중요합니까? 장수가 중요합니까? 민심이 더 중요하다면 그 방법도 좋아 보입니다."

"알았노라. 생각해 보겠다."

며칠이 지나자 날씨가 좀 풀렸다. 매서운 북서풍이 멎고 모처럼 따사한 햇살이 한성과 한수 주위를 비추었다. 곧 정월 대보름이었다. 개로왕은 대보름에 일을 중단하고 소, 돼지를 잡고 떡과 술을 준비해서 사흘간 능역과 축방에 노역한 백성들을 위로하라 일렀다. 여러 재주꾼과 노는 패들을 불러 백성들을 즐겁게 하라고도 일렀다.

설날에 고향과 집에도 못 가고 일을 한 백성들은 왕이 대보름 사흘간 일을 멈추고 잔치를 베푼다고 해도 그렇게 반갑지 않았다. 겨우내 지옥과도 같은 노역 현장에서 일한 원통함 때문이었다. 더군다나 같이 일하다가 도망친 동료의 목이 잘렸다. 그 목이 장대에 높이 매달려있는 모습을 보면서 술 몇 잔과 고기 몇 점에 즐거워할 수 없었다. 선대왕의 무덤을 만드는 일에 살아있는 사람의 목숨을 몇이나 갖다 바쳐야 하나. 말로 표현하지 못해도 마음속으로 의구심을 갖지 않는 백성은 없었다.

대보름날 오후 마침 날이 따스하고 화창했다. 개로왕은 상좌평과 내법좌평과 같은 내전의 신료들을 앞세우고 능역 현장에 도착했다. 비유왕 유택 자리는 평토가 끝나 있었다. 곳곳에 널부러진 석재들이 차례로 올려질 참이었다. 왕은 일하는 백성들은 빠짐없이 불러모으게 했다.

백성들이 모두 모였다. 개로왕은 시위대에게 명하여 고이만년을 붙잡아 와 꿇어앉혔다.

"이놈, 넌 어찌 내 백성을 저리 죽여서 장대에 매달아놓았느냐?"

"아뢰옵기 황공하오나 부역을 피하여 도망하다가 잡힌 자들이옵니다. 도망하면 군법으로 다스린다고 하였거늘, 그 명을 어기고 도망간지라 어쩔 수 없이 참형에 처했사옵니다."

"내가 일하는 백성들을 군법으로 다스리라고 한 적이 있느냐?"

"그렇게 하명하신 적은 없사옵니다."

"내가 명령한 적도 없고, 여기가 전장도 아닐진대 내 백성을 군법으로 다스렸음은 큰 잘못이다. 그렇지 않느냐?"

"저는 왕명을 받들어 서두느라 그렇게 하였사옵니다. 폐하께서 명을 어겼다 하시면 달게 처분을 받겠습니다."

"내 백성을 내 허락도 없이 군법으로 죽인 죄는 역시 죽음으로 죄를 물어야 마땅하겠으나, 선왕의 유택을 빨리 만들어야겠다는 충성심에서 나온 일이므로 목숨을 뺏지는 않겠다. 이놈에게 곤장 열 대를 쳐라. 저 장대에 매달린 목을 내리고 고향에 돌려보내어 후히 장사를 치르게 하라. 가족들에게는 곡식과 땅을 주어 위로하게 하라."

백성들은 시위대가 고이만년에게 곤장을 치는 모습을 보았다. 퍽퍽 하는 곤장 소리를 들으면서, 응어리졌던 마음이 조금은 풀렸다. 게다가 억울하게 죽은 사람들을 후하게 장사지내고 가족에게 포상한다는 말을 듣고는 감격하는 치들도 있었다. 높은 놈들은 일을 다그치지만 다 저희 출세를 위해 그런 거야. 대왕께서는 저렇게 백성들을 아끼시잖아. 그런 생각이 백성들의 생각 속에 퍼져갔다. 이어서 푸짐하게 차려진 술과 떡과 고기는 백성들의 얼어붙었던 마음을 어지간히 풀어주었다. 술 몇 동이가 돌자, 누군가가 나서서 대왕폐하 만세를 불렀다. 만세가 백성들 사이에 퍼져나갔다. 개로왕은 환궁하면서 만세 소리를 듣고 쓴웃음을 지었다.

"사석을 써서 두 집을 내긴 내었네 그려."

대보름이 지나고 사나흘이 흘렀다. 다시 부역은 시작되었다. 재증걸루는 평소와 다름없이 축방 울력을 독려하였으나 고이만년은 집에서 곤장의 후유증을 치료하고 있었다.

재증걸루는 고이만년의 집으로 찾아갔다. 만년은 자리에 누워 있었다.

"이보게, 만년이, 좀 어떤가?"

"견딜만 하네, 곤장을 치는 녀석이 소리만 요란하게 내고 좀 봐주는 거 같더라구. 이렇게라도 쉬는 게 좋네."

"그야 여부가 있겠냐만, 마음이 어떤가 하는 말일세. 백성들 앞에서 치도곤을 당했으니 창피하기가 말할 수가 없을 테니 말일세."

"아니야, 폐하께서 왜 그렇게 하셨겠나. 백성들을 위로하려고 나를 제물로 삼으신 거지. 백성들이 사기가 올라갔으니 나야 괜찮아."

"그렇게 생각하면 다행이다만, 나는 억울하기 짝이 없어. 그게 말이야."

재증걸루는 고이만년의 집안임에도 사방을 살피다가 만년에게 바짝 다가가서 귓속말로 몇 마디를 전했다. 그 말을 듣고 고이만년이 자리에서 벌떡 일어나 앉았다.

"그게 사실인가?"

"아니 이 사람아, 조용히 해."

"여긴 내 집일세, 누가 듣는다고 그러시나."

"아닐세. 그럼 중전(中殿)의 말을 누가 듣는다고 나에게 그 말이 전해졌겠나?"

"……"

고이만년은 혼잣말로 내뱉었다.

"그랬단 말이지. 그게 그렇게 되었단 말이지. 내가 이 녀석의 생간을 꺼내 씹어 먹고야 말겠다."

춘삼월이 되어 개나리, 진달화가 피어나면서 능역과 축방은 거의 마무리가 되었다. 고이만년과 재증걸루는 마지막까지 힘을 다해 백성들의 부역을 감독했다. 비유왕의 유택은 애초 계획보다 규모를 축소하여 근초고왕의 능 옆에 마련되었다. 겨울철 모진 고생을 겪은 백성들은 노역을 마치고 집과 고향에 돌아갔다. 별궁의 수리와 대성과 왕성의 해자를 깊게 파는 부역에 또 다른 백성들이 동원되었다. 개로왕은 쌍현성을 개축하고 청목령에 목책을 쌓은 기유년[65]부터 4년 동안 계속 백성을 동원했다. 고구려를 공격하기 위해서는 북쪽 최전선의 성과 목책을 튼실하게 쌓고 다져야 했다. 그렇다고 한성 방비도 소홀하게 할 수 없었다, 대성과 왕성 주변에 더욱 깊게 해자를 파고, 한수의 둑을 튼튼히 했다. 더불어 선왕의 유택을 마련하고 미루어왔던 별궁의 수리도 했다.

계속되는 부역에 백성들은 하나둘 불평을 하기 시작했다. 고이만년과 재증걸루는 백성들을 더욱 혹독하게 몰아쳤다. 백성들도 왕이 겉으로는 관대한 체하면서 뒤로는 더욱 다그치고 있다는 의심을 하기 시작했다. 심지어 고이만년에게 곤장을 내린 일조차, 백성을 달래려는 연극에 불과하다는 소문이 나돌기 시작했다.

백제 백성들에게 전쟁은 어떻게 해서든 일어나지 않아야 했다. 선왕은 비명에 가셨다 해도 십수 년이 지난 마당에 꼭 복수해야 한다고 생각하는 백성은 열에 하나도 없었다. 그들에게는 등 따시고 배부르고 들판에 곡식이 잘 익으면 그것이 최고였다. 백성들은 그저 편하게 살기만을 바랐다.

민심이 동요해도 개로왕의 여러 공사는 마무리가 되어갔다. 고이만년이 감역을 맡았던 비유왕의 유택은 번듯하게 조성이 끝났다. 근초고

---

65) 469년

왕릉 남쪽에 네모난 돌단을 여러 차례 옴팡지게 쌓아서 튼실하고 보기에도 좋았다.

아버지의 유택을 바라보는 개로왕은 감개무량했다. 선왕이 비명에 돌아가시고 무려 16년 만에 제대로 된 집을 마련해 드렸다. 마침내 구천을 떠돌던 아버지의 혼백이 영면에 들게 되었다. 개로왕은 비유왕릉의 석벽에 머리를 대고 한동안 아버지 생각을 하며 눈시울을 적셨다. 배석하고 있던 상좌평 문주가 개로왕을 위로했다.

"폐하, 이제야 아버님이 집에 드셨습니다."
"그렇구나. 좋은 날을 잡아 아버님을 여기에 모셔야겠지. 광덕스님과 의논해서 모든 의식과 절차를 빈틈없이 할 수 있도록 하라. 상좌평 너에게 다 맡기겠다."
"폐하, 그렇게 하겠사옵니다."
"늦었지만 국상이다. 국상의 예를 다 차려라."
"여부가 있겠사옵니까? 저도 자식이오니 염려하지 마옵소서."

24

아버지의 장례가 끝나자 개로왕은 부마도위 여례(輿禮)를 중전으로 불렀다. 여례는 개로왕과 팔촌이 되는 친척이면서 개로왕의 사위였다. 천성이 부지런하고 공부에 취미가 있어 학문에도 밝았고, 역사에도 조예가 깊었다. 말을 잘했을 뿐 아니라 글씨도 잘 썼다.

"부마도위, 내가 선왕의 유택을 지었으니 아들로서의 할 일은 마쳤다. 부마도위의 생각도 그러하냐?"

"폐하, 저의 생각을 말씀드려도 되겠나이까?"

"말하라."

"아뢰옵기 황공하오나 폐하께서는 선왕 폐하의 장례가 끝났다 하여 여기서 그만두지는 않사옵니다."

"그게 무슨 말인가?"

"선왕 폐하는 비명에 가셨으니, 그 원수를 찾아 발본색원해야 하지 않겠사옵니까? 그 원수는 고구려이니, 폐하는 고구려를 정벌하시려 하겠지요."

"그렇다. 그게 잘못되었나?"

"유가에서 이르기를, 천하에 불공대천(不共戴天)의 원수 둘이 있사옵니다."

"그것이 무엇이냐?"

"왕의 원수와 부모의 원수이옵니다. 폐하에게 그 두 원수가 다 고구려이옵니다. 그 원수를 갚지 않고서야 어찌 백제의 대왕이라 하오며, 어찌 선왕의 아들이라 하겠사옵니까? 폐하께서는 반드시 원수를 갚으셔야 하옵니다."

"그렇지. 역시 내 사위가 똑똑해. 그래서 내가 부마도위를 불렀네."

"위나라에 국서를 써라, 그런 말씀이지요?"

"그럼, 그렇지, 그래 그 말이다. 하하하. 역시 내 사위야. 어떤 내용으로 쓸지도 생각해두었겠지?"

"생각은 해두었으나, 폐하의 뜻에 따라 국서를 작성하겠나이다."

"그래. 고구려를 함께 치자고 해라. 거련왕이야말로 극악무도한 자이니, 그 점을 분명히 밝혀라. 위나라에 몸을 낮추어도 무방하다. 반드시 저들이 군사를 보내게 해야 한다."

"명심하겠사옵니다. 국서를 작성해서 다시 아뢰겠사옵니다."

개로왕은 여례를 내보내려 하다가 다시 말을 이었다.

"거련왕은 간특한 자이다. 거련왕은 천도를 반대하는 여러 대신을 죽였다고 들었다. 고구려의 사정에 대해서는 도림이라는 자와 의논하여라."

"도림이라 하오면 그 고구려의 승려 말씀이온지요?"

"그렇다. 그 자를 불러 고구려의 속사정을 캐어 묻고, 국서에 담아라."

"그렇게 하겠나이다. 그런데 폐하 한 가지 여쭐 게 있사옵니다."

"무엇인가?"

"국서에서 폐하를 무엇으로 지칭해야 하나이까? 이를테면 나라고 할 수도 있고, 또 아뢰옵기 황송합니다만, 신이라 할 수도 있고, 또 반대로 짐이라고 할 수도 있사옵니다."

"백제가 지금 위나라에게 고구려를 같이 치자는 부탁을 하는 게 아니냐. 그러니 공손히 할 필요가 있지. 신이라고 해도 좋다."

"그럼 그렇게 하겠나이다."

여례를 내보내고 개로왕은 깊은 생각에 잠겼다.

백제와 사로국이 힘을 합한다 해도 고구려는 버거운 상대다. 왜군이 합세한다 해도 마찬가지다. 그렇다면 확실한 방법은 위나라와의 협공이다. 고구려가 연나라 풍홍을 흡수할 때 위나라는 대단히 불쾌해했다. 전쟁 일보 직전에서 그쳤다. 확실한 승산이 없었기 때문이었다. 만약 남쪽에서 백제가 협공한다면? 위나라도 입장을 바꿀 수 있다. 위나라가 중국 북쪽을 장악한 후 고구려와 위나라는 단 한 차례도 싸우지 않았다. 겉으로는 평화롭게 지내고 있다. 서로가 신뢰해서 그런 게 아니다. 서로 힘이 비등해서 그렇다. 위나라는 힘의 균형을 깨고 싶어 한다. 백제가 균형을 깨게 해야 한다. 위나라만 합세한다면 평양을 함락시킬 수 있다. 거련왕이 사는 바로 그 평양을 점령할 수 있다. 평양을 말이다.

며칠이 지나 여례는 국서 초안을 가지고 왔다.

"도림과 만나보았는가?"

"만나서 고구려의 사정을 듣고, 국서에 넣었습니다."

"잘했다."

개로왕은 국서를 읽고 여기저기를 고치게 했다. 그렇게 하여 상당히 긴 국서가 완성되었다.

"다시 읽어보아라."

"백제와 고구려는 조상이 모두 부여에서 나왔으므로 서로 옛정을 존중하며 서로 화목하게 살았습니다. 하나 고국원왕이 경솔하게 병사를 거느리고 우리 국경을 침범하였기에 신의 조상인 근구수왕이 군대를 정비하여 평양 전투에서 고국원왕을 베어 효수하였습니다. 이로부터 감히 고구려는 남쪽을 돌아보지 못하다가 연나라 풍홍이 운수가 다하자, 그 잔당들을 흡수하여 차츰 번성했습니다. 이로부터 고구려는 백제를 업신여기고 심지어는 계략을 써서 백제에 큰 피해를 주었습니다.

거련왕의 죄가 하늘을 찌릅니다. 고구려는 혼란의 극치입니다. 거련왕은 자신의 충성스러운 대신을 어육(魚肉)으로 만들어 놓았습니다. 그의 죄악은 넘쳐나고 고구려의 백성들은 뿔뿔이 흩어졌습니다. 고구려의 멸망은 하늘의 명입니다. 폐하의 군대가 무도한 고구려를 토벌한다면, 신은 있는 힘을 다하여 백제 군사로 호응하겠습니다.

고구려는 반역을 늘 일삼고 간계를 밥 먹듯 꾸미는 나라입니다. 음흉하고 무모하기 짝이 없습니다. 지금 거련왕은 남쪽으로는 유씨가 세운 송나라와 통하고, 북쪽으로는 연연(蠕蠕)[66]과 맹약을 맺었습니다. 송나라와 연연과 고구려는 입술과 이빨처럼 서로 의지하여 폐하를 배신하려고 합니다. 옛날 요임금은 성인이었으나 단수(丹水)에서 오랑캐를 무

---

[66] 5세기 북위 북방에 있었던 유목 국가. 흉노족 혹은 선비족의 한 지파로 추정한다.

찔렸고, 맹상군은 어질었어도 자신을 욕하는 조나라 사람 수백을 죽였습니다. 한 방울 흐르는 물을 미리 막아 다가올 화근을 없애야 하옵니다. 지금이 바로 고구려를 칠 때이옵니다.

우리나라 북쪽 바다에서 10여 구의 시체와 의복과 말 안장 등을 발견하였사온데, 이는 고구려의 물건이 아니라 위나라의 물건이었습니다. 황제 폐하의 사신이 우리 백제로 오다가 고구려에 해침을 당한 게 아닌가 하여 신은 분한 마음을 감출 수 없었습니다. 고구려의 무도함을 그냥 보고 있을 수만은 없습니다.

예로부터 적을 이겨 이름을 날려야 아름답고 훌륭한 일이라 했습니다. 백제는 비록 나라는 작다 해도 신의를 숭상하는 나라입니다. 하물며 폐하의 나라는 산과 바다를 뒤덮는 큰 나라이온데 어찌 고구려가 황제의 길을 막게 그냥 두십니까? 그때 바다에서 건졌던 말 안장을 보내니 고구려의 소행임을 살펴보시기 바랍니다.

위나라 황제 폐하의 덕이 온 세상에 미쳐야 하옵니다. 저 패악무도한 고구려가 폐하에게 반기를 들고 있사옵니다. 속히 장수를 보내어 고구려를 치게 하십시오. 신도 백제의 군사를 보내어 거련왕을 치겠습니다. 그렇게 하여 고구려를 없앤다면 마땅히 신의 딸을 보내 폐하의 후궁을 청소하게 하겠습니다. 신의 자식도 보내 마구간에서 말을 기르게 하겠습니다. 백제가 고구려의 땅을 빼앗는다면 모두 폐하께 다 바치겠나이다. 부디 폐하의 크나큰 덕이 사해에 미치기를 바라옵니다."

개로왕은 몇 번이나 반복해서 듣고 말했다.

"좋다. 이 국서를 가지고 그대가 위나라로 떠나거라. 내일이라도 당장."

여례가 위나라로 떠났다. 임자년[67]의 일이었다.

개로왕은 여례를 보내고 나서 도림을 궁으로 불렀다. 마무리해야 할 일이 남아있었다.

"도림, 오늘은 그대에게 바둑을 두자고 부른 건 아닐세. 내 의논할 게 있어 불렀다오."

"하명하시옵소서."

"도림, 그대가 말한 대로 능역과 축방은 다 마쳤네. 아버님도 편안하게 모셨네. 구천을 헤매던 아버님이 유택에 드셨으니, 내 마음이 이렇게 편안하네. 이게 바로 다 도림 그대 덕이다."

"성은이 망극하옵니다."

그때 도림을 보는 개로왕의 눈빛이 잠깐 빛났다.

"백성들은 능역이니 축방이니 해서 겨우 일을 마치고 나서, 이제는 해자를 깊이 파고 있지. 궁궐도 수리하고 있고. 부역이 심하다고 백성들의 원성이 자자하네. 어떤가? 도림 자네 생각대로 되었지? 나와 백성을 이간질하려고 자네가 세운 계책이 먹혀들었지?"

"아니, 폐하!"

"그런 게 아니야? 도림!"

개로왕의 갑작스러운 질문에 도림은 마치 사시나무 떨듯 와들와들 떨기 시작했다.

---

[67] 472년

"어찌 그런 말씀을? 만약 그러하다면 당장 저의 목을 치십시오."

"허허, 잘 생각해봐. 도림의 바둑은 백제에서 제일가는 나보다 한 수위다. 그대와 같은 고수가 바둑돌을 훔쳤다는 누명을 쓰고 도망쳤다니, 그게 과연 믿어지나? 내가 다 알고 있었다. 하나 내가 바둑을 워낙 좋아하여 바둑이나 두어보고 죽여도 늦지 않다 여겨 그대를 살려두었다."

"폐하, 제가 돌을 던지겠나이다. 죽여주시옵소서."

"하하하. 아니다. 나와 호적수를, 아니 나의 상수를 어찌 함부로 죽이겠나. 그것보다 더 아까운 게 어디 있겠나. 그대는 간자가 틀림없다. 하지만 그대는 천하의 고수. 고수가 아까워서 어떻게 죽이겠나?"

"아니옵니다, 폐하. 참으로 저는 억울하옵니다. 하지만 하찮은 중놈이 조그만 재주를 앞세워 폐하의 은덕을 입고 상객 대접을 받았으니, 죽어도 여한이 없사옵니다."

"진정 그러한가?"

"그러하옵니다."

"그럼 그대의 목을 베겠다. 칼을 가져와라."

개로왕은 시종에게 칼을 가져오게 했다. 왕은 칼집에서 칼을 빼 높이 쳐들었다. 주위의 시종과 시위대가 너무도 갑작스럽게 왕이 칼을 쳐드는 모습을 보고 깜짝 놀랐다. 어찌 이럴 수가 있나? 설마 왕이 목을 칠까? 개로왕은 높이 쳐든 칼을 힘차게 내리쳤다. 칼은 도림 바로 옆에 있는 중전 나무 바닥에 내리꽂혔다.

"내가 간자 도림의 목을 베었다. 이제부터는 백제의 백성 도림이 되어라."

"……"

"왜 대답이 없나. 진정 죽기를 원하는가?"

"폐하, 이제부터는 대왕폐하께 충성을 다하겠나이다."

"도림, 내가 앞으로 뭘 하려는지 아는가?"

"제가 어찌 감히."

"고구려를 친다. 그때 도림이 앞장을 서라. 청목령을 넘어 치양성과 평양성을 친다. 치양성 너머부터 네가 길잡이가 되어라. 우리 군사를 평양까지 인도하라."

"폐하, 시켜만 주신다면 신명을 다하겠사옵니다."

개로왕이 도림에게 한바탕 난리를 쳤다는 소문은 상좌평 문주를 비롯한 대신들에게 금방 퍼져나갔다. 고이만년과 재증걸루도 그 소문을 들었다. 고이만년은 재증걸루를 찾아갔다.

"이봐, 걸루 자네도 그 이야기 들었지. 도림 이야기."

"들었네. 폐하께서 놈이 간자임을 진즉에 알고 계셨다고 하더구먼. 또 용서하셨다고 하고."

"그게 말이 되나? 간자라면 극형으로 다스려야지, 용서라니."

"그러게 말이야. 여러 신료도 의아하게 생각하네. 그를 용서해서는 안 되지."

"여보게 걸루, 우리 둘이 폐하께 말씀을 드리자고."

"뭐라고 말씀드리나?"

"그야, 극형에 처하자고 해야지. 백성들이 요즘 폐하에 대해 대놓고 말은 못해도 불만이 많아. 놈을 처형하여 불만을 없애자고 하자고."

"폐하께서 들어주실까?"

"들어주시든 안 들어주시든 신하의 도리를 지켜야 하지 않겠는가?"

다음 날 고이만연과 재증걸루는 개로왕에게 긴히 드릴 말씀이 있다고 개로왕을 알현했다. 개로왕이 먼저 고이만년에게 말했다.

"고이장군, 전번에 괜히 곤장을 맞았지. 몸은 괜찮은가?"

"괜찮사옵니다. 신의 몸은 부서져도 괜찮으나 심히 두려운 일이 있어 폐하께 고하고자 하옵니다."

"무엇인지 말하라."

"도림을 극형에 처해야 하옵니다. 그자는 간자입니다. 물이 위에서 아래로 흐르듯이 국법도 위에서 아래로 모든 사람에게 똑같이 흘러야 하옵니다. 간자를 살려두면 국법에 위엄이 서질 않습니다."

"그 말 하러 왔느냐? 재증장군도 같은 생각인가?"

"그러하옵니다. 더군다나."

"더군다나?"

"더군다나 도림은 여러 부역을 제안했다 들었사옵니다. 그 때문에 백성들이 원성이 자자하오니, 그 자에게 죄를 씌워서 백성의 원성을 풀어주심이……"

"뭐라. 도림이 부역을 제안해? 이놈들이 못 하는 말이 없구나. 재증걸루, 너는 그 말을 어디서 들었느냐?"

개로왕은 벌떡 일어났다. 좀처럼 흥분하지 않는 개로왕이었건만 재증걸루의 말에 불같이 화를 냈다. 그도 그럴 것이 걸루의 말은 개로왕과 도림이 나눈 밀담을 누군가가 엿듣고 발설했다는 증거였기 때문이다. 간자는…… 바로 그자, 밀담을 엿들은 자가 간자다. 개로왕은 시위대를 불러 바로 두 장군을 하옥시켰다.

다음 날 중전 뜰에서 두 장군을 형틀에 묶고 친히 국문(鞠問)에 들어갔다. 문주를 비롯한 대소신료가 모두 입시한 상태에서 개로왕은 두 장군에게 물었다.

"이놈, 고이만년. 네 녀석이 아버님의 시위대장이었거늘, 아버님을 잃어버린 통한도 다 네 놈으로부터 시작했다. 그럼에도 내가 널 용서해서 목숨을 뺏지 않았다. 오히려 문지기로 만들어 나라에 충성할 기회를 주었다. 그 죄를 씻으라고 능역(陵役)도 맡겼다. 당장 죽여도 시원찮을 놈을 살려두고 중용하였더니 나를 염탐해. 누구냐, 재증걸루. 누구야. 중전에서 한 나의 말을 염탐해 너에게 알려준 놈이 누구냐? 너희가 간자가 아니라면 누가 간자냐? 왕의 말을 염탐하는 자가 간자가 아니더냐?"

재증걸루가 말을 했다.

"폐하, 제가 실언을 했나이다. 도림이 말을 했다는 걸 들은 게 아니라 백성들 사이에서 소문이 그렇게 나서 드린 말씀이옵니다."

"이 녀석들이 누구를 바보로 아느냐. 누구냐. 내 말을 엿듣고 너희에게 전해준 놈이 누구냐. 시종 무관이더냐. 시종 무관 어느 놈이냐?"

"폐하, 그런 게 아니오라 그냥 소문이었을 뿐이옵니다. 소문에……"

"이 자들에게 매를 가하라."

형틀에 묶여서 모진 매질을 당하였지만, 고이만년과 재증걸루는 끝까지 소문이라고 우겼다. 그도 그럴 것이 그들의 배후에는 상좌평 문주가 있었다. 목숨이 달아나는 판이라도 말을 할 수가 없었다. 두 장군은 소문을 들었다고 완강하게 끝까지 버티었다. 개로왕은 두 장군이 토설할 때까지 죽일 기세로 국문을 이어나갔다. 두 장군의 피가 튀었다. 둔탁하게 낮은 신음이 중전 앞뜰 너머로 퍼져나갔다. 입시한 신료들은 대부분 오만상을 찌푸렸다. 그러다가 두 장군이 잠시 혼절했다.

그때 시종 무관 한 명이 급히 중전에서 달려와 개로왕에게 다가와 귓속말을 했다. 그 말을 듣고 개로왕은 충격을 받은 듯 잠시 아무런 말도 하지 못했다. 곧 왕의 몸은 선돌처럼 굳어지고 말았다. 입시하고 있던 상좌평 문주가 개로왕이 정신을 잃어버림을 알고 얼른 상황을 정리했다.

"폐하께서 이상하시다. 어서 어의를 부르라. 시종들은 폐하를 내전으로 모셔라"

내전에 들어간 개로왕은 곧 정신이 돌아왔다. 옆에는 상좌평 문주가 걱정스러운 듯 왕을 바라보고 있었다.

"그렇구만. 내가 속았다."

문주가 알면서도 되받아 물어보았다.

"무엇을 말이옵니까?"
"그놈이, 도림이 사라졌다는구나. 도망쳤어. 도망쳤단 말이다. 정체가 드러났음을 알았으니 도망쳤단 말이다."

"……"

"그렇다고 하여도 저놈들을 내가 용서하여야 할까? 저놈들이 어떻게 나와 도림이 나눈 이야기를 알고 있을까?"

"폐하, 아뢰옵기 황공하오나 저도 그런 소문을 들었사옵니다. 백성들이야 일을 하기 싫어하는 건 당연한데, 한겨울에 그렇게 부역을 했으니 어떤 말인들 나오지 않겠사옵니까? 그러니 별 소문이 다 돌 것이옵니다. 소문을 들은 게 맞을 것이옵니다."

"상좌평도 그렇게 생각하나?"

"그렇사옵니다."

"그럼 내가 억지를 쓴 꼴이 되지 않나? 도림이 간자로 밝혀졌으니."

"폐하께 충언을 고한다고 하였으나 소문을 근거로 하였지요. 확실한 근거가 없으니 올바르다고 할 수는 없사옵니다. 불경죄에 해당하옵니다. 이 정도에서 풀어줌이 마땅하옵니다."

"그래, 그럼 그렇게 하라. 불경죄를 물어 파직하고, 집에서 근신하라 명하라."

상좌평 문주는 고이만년과 재증걸루는 왕에게 불경죄를 범했지만, 그들을 파직하는 선에서 왕이 용서하셨다고 국문을 마무리했다. 여러 신료는 왕이 바둑 때문에 고구려의 간자를 두둔하고 충성스러운 신하에게 매질했다고 이날의 국문을 나름대로 해석했다. 도림이 도망쳤다는 사실을 아는 신료는, 상좌평 문주가 함구령을 내려둔 탓에 그리 많지 않았다. 그럼에도 소문은 빠른 발을 달고 금세 한성 전역으로 퍼져나갔다.

25

평양의 가을은 한성보다 먼저 왔다. 대성산에 울긋불긋 단풍이 들 즈음, 도림은 순지장군의 막사에 도착했다. 순지장군은 몇 년 만에 보는 도림을 반갑게 맞이했다.

"장군을 뵙사옵니다."

"고생 많았소이다. 어서 오시오. 대사의 활약은 이미 알고 있소이다."

"장군께서는 백제나 사로국을 훤히 보고 계시오니. 지금쯤 백제 왕이 울화통이 터졌겠지요."

"하하하. 그래 대왕께 아뢰올 일은 특별히 무엇이오?"

"백제가 위나라에 국서를 보냈사옵니다. 또 하나는 백제에서 데려올 사람이 있사옵니다."

"국서를 보낸 건 나도 알고 있고. 데려올 사람은 누군지도 짐작하고 있소. 장군 둘이지? 폐하께서 작년에 민노구(民奴久)가 위나라로 도망가서 상심이 크셨는데, 백제 장군이 들어오면 좀 마음이 풀릴 거요."

"민노구라면?"

"대가(大加)지. 국내성에 있을 때부터 큰 가문이었는데, 태자전하가 승하하시고, 태손(太孫)과 사돈을 못 맺었다고 다른 가문을 모함했지. 그걸 폐하께서 아시고 잡아들이려 했는데, 민노구가 워낙 눈치가 빨라 위나라로 도망갔다오. 폐하께서 거듭 상심이 컸지요."

"그런 일이 있었군요. 국서는……"

"국서는 그리 걱정하지 않아도 되오. 위나라가 그리 쉽게 움직일 수 없거든. 그보다는 백제 장군 둘을 데리고 오려면……"

"사람을 보내십시오. 그 가족도 같이 오게 해야 움직일 겁니다."

"그럽시다. 두 사람 중에 누구를 만나면 좋겠소? 둘 다 접촉하면 위험하고."

"재증걸루를 만나십시오. 그가 냉정하고 침착하기에 오히려 설득하기에 좋습니다. 어쩌면 고구려에서 사람을 보내기를 기다리고 있는지도 모르지요."

"아 참, 내가 알려준 비유왕 묻은 곳, 그곳은 잘 찾은 거지요? 비유왕 유골이 있었지요?"

"여부가 있겠사옵니까? 큰 느티나무 세 그루 중간 지점에 잘 묻혀있더이다. 그걸 알고 있었지만 모른 척 시치미 떼고 있노라고 오히려 애를 먹었지요. 바둑판을 그리네, 뭐네 해서 우연히 찾은 척했습니다. 아슬아슬했지요."

"그대라면 해낼 줄 알았소. 죽은 비유왕 유골로 이간질도 성공했으니 뼈다귀 한번 잘 써먹었소이다, 그려. 푹 쉬고, 수류암에서 기다리시오. 폐하께서 찾을지도 모르니……"

해가 지나고 계축년[68]이 되었다. 거련왕은 신하들에게 신년 하례를 받는 자리에서 백제에서 건너온 두 장수를 입시하게 했다.

"백제에서 온 고이만년과 재증걸루장군이시오. 이 두 장군은 백제 개로왕의 학정을 견디다 못해 우리 고구려의 품으로 찾아왔소. 앞으로 우리 고구려를 위해 큰일을 할 장수요."

고이만년과 재증걸루는 잔뜩 상기된 얼굴로 거련왕 곁에 서있다가 거련왕이 자신들을 지목하자, 왕께 엎드렸다.

"신명을 다 바쳐 충성을 맹세하옵니다. 저희를 받아주신 하해와 같은 은혜, 기필코 갚도록 하겠사옵니다."

거련왕은 그들을 일으켜 세워 자리로 가게 했다. 신년 하례가 끝나자 거련왕은 순지장군을 비롯한 몇몇 왕당의 장수와 주요 대신들을 따로 불러 모았다.

"순지장군이 그동안 위나라에서 있었던 일을 말해보시오."
"폐하, 말씀드리겠나이다. 작년에 백제의 개로왕이 위나라에 사위 여례를 사신으로 보냈습니다. 국서에서 우리 고구려를 헐뜯고 비난을 한 다음, 장수를 보내 고구려를 치라 하였사옵니다. 고구려를 협공하여 치자는 것이지요. 그렇게 뺏은 고구려 땅은 자신들은 한 치도 갖지 않겠다고 하고……"

_____

(68) 473년

"국서를 보자."

거련왕은 순지로부터 백제가 위나라에 보낸 국서를 받아들었다.

"이것은 어디서 구했느냐? 순지장군."
"위나라 조정에서 고구려에 보내주었습니다. 백제에서 이런 국서가
왔다고 특별히 사신을 보내 알려주었습니다."

거련왕은 그 국서를 찬찬히 읽어나가다가 벌떡 일어났다.

"무엇이 어째. 이놈이…… 할아버지의 목을 베어?"

거련왕은 다시 자리에 앉아 국서를 끝까지 읽었다. 왕은 분노에 차서
한 구절을 소리 내어 읽었다.

"신의 조상인 근구수왕이 군대를 정비하여 평양 전투에서 고국원왕
을 베어 효수하였습니다."

거련왕은 그 구절을 한 번 더 읽은 뒤, 국서를 구겨 팽개쳤다.

"개로왕, 이 녀석이 맹랑하기 짝이 없다. 할아버지를 베어 효수하였다
고? 이런 거짓말이 어디에 있어. 이 녀석 도저히 용서하지 못할 놈이다."

순지장군이 거련왕에게 말을 올렸다.

"폐하, 그렇사옵니다. 새빨간 거짓말로 위나라와 고구려를 이간질하려는 책략이옵니다. 하오나 위나라도 알고 있으니 우리에게 백제 국서를 그대로 보내주었지요."

"그러한가?"

"그렇사옵니다. 백제가 국서에서 말하길, 위나라 사신이 백제로 가다가 서해에서 실종이 되었는데, 그 일행을 해친 게 고구려라고 모함을 하였사옵니다. 그 증거물까지 보냈사오나, 위나라에서 백제에 보내는 국서에서 오히려 아니라고 하였사옵니다."

"백제에 보내는 국서? 위나라가 백제에 보내는 국서를 어떻게 보았느냐?"

"위나라에서 우리에게 보라고 사본을 보내주었사옵니다. 이렇게 답했노라, 하면서요."

"그래? 그 국서에서 아니라고 하였다고? 그때 백제로 가는 사신의 배는…… 순지장군이 침몰시키지 않았느냐? 그런데 위나라에선 아니라고 했다고?"

"그렇사옵니다. 말 안장을 위나라 물건이 아니라 하였사오나, 사실은 위나라 물건이 맞사옵니다."

"그렇군. 그렇다면 위나라는 우리 고구려를 칠 생각이 전혀 없다는 뜻이구나."

"지금은 그렇사옵니다. 하지만 이 또한 경고입니다. 위나라가 다 알고 있으니, 너희 고구려가 또 이렇게 하면 그냥 있지 않겠다는 뜻으로 보입니다. 국서 말미에 고구려를 주시하다가 잘못하면 정벌하겠으니 그때가 되면 백제에서 호응하라고 하였습니다. 제가 보기에 이 국서는 백제가 아니라 우리에게 경고하는 국서입니다."

"경고라고?"

"그렇사옵니다. 지금 우리 위나라는 고구려를 잘 봐주고 있지만, 우리에게 해를 끼치면 정벌한다, 이런 경고입니다."

"그렇다. 잘 보았다."

"폐하, 그런데 위나라는 백제 사신을 위나라 사신이 인솔하여 배편이 아니라 고구려를 통해 육로로 돌려보내겠다고 합니다. 어떻게 할까요? 폐하."

"고구려를 통과하겠다? 순지장군의 생각을 말해보시오."

"통과시켜서는 안 되옵니다."

"왜 그런가?"

"첫째, 그렇게 되면 위나라와 백제의 통교를 우리가 공식적으로 인정하는 게 됩니다. 둘째, 백제 사신이나 위나라 사신이 고구려를 북에서부터 남으로 관통하여 백제로 갑니다. 성의 방비나 지름길과 같은 모든 고구려 국내 사정을 꿰뚫게 되옵니다. 위나라가 우리에게 백제 사신의 국서를 보여주어 안심시키면서, 백제 사신을 인솔한다는 핑계로 고구려를 염탐하려 함이 분명합니다. 셋째, 위나라가 백제로 보내는 국서에서 위나라가 말하기를, 아직은 고구려를 정벌하지는 않겠으나 백제 왕의 계책이 위나라의 뜻에 합치하니, 앞으로 군사를 일으키게 되면 백제 왕에게 그 길을 인도하라고 하였사옵니다. 이 말에는 백제에 고구려를 염탐하라는 의미가 담겨있으니, 어찌 국경을 열어주겠사옵니까?"

"그렇다. 순지장군의 말이 옳다. 위나라와 백제 사신을 우리 영토로 통과시켜서는 안 된다. 위나라에 우리 고구려가 백제의 개로왕과는 악연(惡緣)이 있다고 해라. 사신 일행은 절대 통과시키지 못한다고 통보하라."

"그렇게 하겠사옵니다."

"위나라는 그렇게 처리하고, 백제는 어떻게 해야 하나? 사로국은 한 번 혼을 냈더니 조용하다. 백제는 계속 나의 심기를 불편하게 한다. 매우 불편하게 한다. 내 할아버지의 목을 효수했다고? 국가의 국서에 새빨간 거짓말을 늘어놓다니. 이를 용서해주어야 하나?"

순지장군이 다른 대신의 눈치를 보다가 말했다.

"백제를 정벌하소서."

다른 대신들도 함께 말을 했다.

"백제를 정벌하소서."

다른 무엇보다 고국원왕의 목을 베어 효수했다는 개로왕의 국서는 대신들에게 전쟁을 반대하지 못하게 하는 명분으로 작용했다. 그 나라를 그냥 두자고 하면 바로 대역 죄인으로도 몰릴 수 있다. 거련왕은 한참 후 무거운 입을 열었다.

"지금 백제의 장군 둘이 귀순했다. 그들을 앞세워라. 시간이 걸려도 철저히 준비해서 이번에는 반드시 함락시켜라. 위나라와 송나라에 사신을 보내라. 조상을 욕보이는 나라를 징벌하겠다고 해라. 백제의 무도함을 일깨우기 위해 군사를 낸다고 하라. 조상 욕을 보이고 국서에다 거짓을 일삼는 포악무도한 백제를 친다. 만약 군사를 내어 백제를 도우면 천하의 원수가 된다고 분명히 해라. 고구려는 하늘을 대신해 백제를 친다."

신하들은 거의 동시에 대답했다.

"그렇게 하겠나이다."
"지난번 아버님이 백제를 정벌했을 때 아신왕의 항복은 거짓이었다. 이번에는 절대로 항복을 받지 마라. 개로왕을 죽여라. 백제 왕족의 씨를 말려라."

"명을 받들겠사옵니다."

26

매질을 당한 고이만년과 재증걸루가 봄날의 신기루처럼 감쪽같이 사라져버렸다. 처자식도 함께 증발했다. 보고를 받은 개로왕은 이 모두가 도림의 소행이 아닌가 하고 의심했지만 어쩔 도리가 없었다. 사람들은 선왕의 유택 능역과 숭산에서 사성에 이르는 축방, 궁궐의 수리를 도림이 시켜서 한 줄 안다. 개로왕은 도림의 말을 들었을 때 도림이 간자라는 것을 확신했다. 바둑의 고수가 아버지의 유골을 찾은 것도 의심하기에 충분했다. 간자임을 알고도 오히려 은혜를 베풀어 도림을 역이용하려 했음이 자신의 실수였다. 반간계가 쉽지 않음도 알고 있었다. 도림을 활용하여 거련왕을 오히려 속이려고 했다. 시간이 좀 더 있었다면 도림을 내 사람으로 만들 수 있었다.

선왕이 비명에 돌아가신 뒤 해씨들의 반란을 제압하고, 지역 세력을 안정시키는 데 10년이 넘게 걸렸다. 서서히 나라가 안정되고 사로국과의 군사동맹도 분명해졌다. 쌍현성 보수와 청목령 목책 건설도 마무리되어 홍수에 대비하는 축방과 왕실의 위신을 살리는 궁궐 수리를 막 하려던 참이었다. 그 정도까지는 백제가 국력을 회복했다. 백제의 백성들이 그 정도 부역은 감당할 수 있다. 2만의 군사는 한수 이북으로 북한산성과 쌍현성 등에 잘 배치되어있다.

사로국은 지난 무신년[69] 고구려의 말갈병에게 실직을 빼앗기고 정신을 단단히 차렸는지, 각 지역에 성을 쌓느라 정신 없다고 들었다. 일선군(一善郡) 백성을 동원하여 삼 년에 걸쳐 삼년산성(三年山城)[70]을 쌓고 모로성(芼老城)[71]도 새로 쌓았다고 했다. 겁쟁이 사로국 녀석들은 성만 부지런히 쌓고 있다. 방어만 하겠다는 거니 좀 한심하긴 해도 백제에 해가 될 건 없다.

사로국에서는 계축년[72]이 밝아오자마자 벌지를 좌장군에 덕지를 우장군에 임명했다 한다. 두 장군은 지난 을미년 사로국 구원군을 이끌고 한성에 왔던 장군이었다. 개로왕은 상좌평 문주에게 두 장군에게 축하 선물을 보내라 일렀다. 해씨 세력을 소탕할 때 그들에게 도움을 받았기 때문이었다. 또 앞으로 어떤 일이 벌어질지 몰랐다.

재증걸루가 맡았던 축방은 다른 장수가 맡아서 계속했다. 왕성과 대성 해자는 더 깊게 파고 궁궐도 증·개축을 계속해야 했다. 그래야만 왕의 위엄이 선다. 마음 같아서는 아버님의 돌무지 유택도 근초고 할아버지보다 더 크게 하고 싶었다. 시간에 쫓기다 보니 그렇게는 하지 못했다. 그게 아쉬웠다.

계축년 봄이 다 지나가고 여름이 되어갈 무렵 지난해 가을 국서를 가지고 배편으로 위나라에 갔던 사위 여례가 돌아왔다. 도대체 왜 아직도 돌아오지 않는가 하고 오매불망 기다리고 있던 차였다. 개로왕은 여례를 바로 중전으로 불렀다.

---

69) 468년
70) 충북 보은군 보은읍에 있다.
71) 확실하지는 않으나, 경북 군위군 효령면으로 추정.
72) 473년

"소신, 폐하를 뵈옵니다."

"내 너를 얼마나 기다렸는지 모른다. 너는 내 신하이자 사위가 아니더냐. 왜 이렇게 늦었느냐? 위나라에서 대우는 잘해주더냐."

"먼 곳에서 험한 뱃길로 왔다고 잘 대해주었나이다. 처음 위나라에서는 고구려를 통과해서 돌아가게 하겠다 하여, 고구려에 국서를 보내고 기다리느라 겨울이 지나버렸습니다."

"고구려를 통과해? 그럼 고구려에서 널 살려 두겠느냐?"

"그러니 위나라 사신이 동행하여 저의 신변을 보호하겠다고 저를 안심시켰습니다. 하지만 고구려에서 국경 통과는 불가하다고 통보하였사옵니다. 아뢰옵기 황송하오나 고구려는 백제의 왕과 원수를 진 일이 있어서 백제 사신이 고구려 땅을 밟을 수 없다 하였나이다."

"뭣이라, 이 고구려 거련왕 포악한 놈이. 내 원수지. 아버님을 누가 시해했느냐 말이다."

"그렇사옵니다. 봄에 고구려에서 위나라에 답서를 보내와서 출발이 늦어졌나이다."

"국서를 보자. 어서. 위나라에서 보낸 국서를."

개로왕은 여례가 가져온 국서를 찬찬히 읽었다. 국서를 읽으면서 점점 얼굴빛이 어두워졌다. 개로왕은 국서를 다 읽고 미심쩍은 듯이 여례에게 물었다.

"위나라가 천하를 통일했다느니, 고구려를 혼낸다느니, 잔뜩 쓸데없는 이야기만 늘어놓지 않았느냐?"

"그러하옵니다."

"말안장을 보고도 고구려의 소행이 아니다? 증거가 있는데도?"

"그렇사옵니다. 고구려의 소행이라고 한다면, 고구려를 쳐야 하는데, 위나라는 당장 고구려를 칠 마음이 없어서 거짓말을 했습니다."

"고구려를 칠 수는 있는데 지금 당장은 아니다?"

"그러하옵니다."

"정의를 실현하고 약자를 구하기 위하여 기회를 보아 번개처럼 고구려를 공격하겠다는 말이 그 말이냐?"

"앞으로 고구려가 말을 듣지 않으면 그렇게 하겠다는 말입니다. 조건이 달려 있으니 안 하겠다는 말과 같습니다."

"그렇지. 안 하겠다는 소리지. 그러면 이 말은 또 무엇이냐?"

"어떤 곳을 말하시온지요?"

"고구려가 나의 명을 따르지 않는다면, 백제의 계책에 따라 대병을 출동할 날이 멀지 않다고? 다음에 병사를 준비하여 대기하라. 고구려의 정세를 즉시 보고하라? 이게 무슨 허무맹랑한 소리냐. 우리가 위나라의 속국이란 말이냐?"

"만약 고구려와 전쟁을 하게 되면 우리에게 길잡이가 되라는 말입니다."

"언제 하는데?"

"안 할 겁니다."

"그럼 다 헛소리가 아니냐?"

"그렇사옵니다. 다 헛소리이옵니다. 소신이 보아도 그러하옵니다. 위나라는 백제의 국서를 고구려에 보여주었사옵니다. 위나라가 저희에게 주는 국서 또한 고구려에 미리 보여주었을 것입니다."

개로왕은 깊은 생각에 잠겼다가 말을 이었다.

"위나라는 뜻이 없구나. 우리 국서를 고구려를 위협하는 데만 사용했어. 말을 듣지 않으면 백제와 협공할 수도 있으니, 조심해, 이런 거야."

"그렇사옵니다."

"역시 믿을 수 없어. 내가 위나라, 송나라, 왜국, 사로국 모두를 아우르고 우리 백제가 주동이 되어 고구려를 치려고 했다. 하지만 위나라는 믿을 수도, 기댈 이유도 없다. 송나라는 고구려와 별 연관이 없으니 군사를 낼 리가 없다. 더군다나 지난번엔 말 8백 필을 받기도 했지."

"그러하옵니다. 송나라는 위나라 남쪽에 있어 고구려와 협공을 해야만 위나라를 위협할 수 있습니다. 그러니 고구려와 척을 질 리가 없습니다."

"그렇다면 왜군의 지원병과 사로국, 가야의 후방군을 믿는 수밖에 없다. 우리가 군사를 더 키워야 한다."

"그러하옵니다. 하지만 이번 위나라 사행길에서 영 성과가 없지는 않았사옵니다. 물길(勿吉)의 사신 을력지(乙力支)를 만났나이다."

"물길이라 하면?"

"물길은 고구려 북방에 사는 말갈족입니다. 최근에 위세가 커졌습니다. 고구려 마을 10여 개를 빼앗고 호시탐탐 고구려 서북쪽 변경을 노리고 있는 나라이옵니다."

"그래? 그거 정말 반가운 소식이다. 고구려를 위협하고 있어? 그 이야기를 해보아라."

"을력지와 여러 번 만나 서로의 처지를 이야기하였사온데, 저희와 같았사옵니다. 을력지도 고구려가 대역무도하니 위나라 군사와 힘을 합쳐 고구려를 치자는 국서를 가지고 위나라에 왔사옵니다."

"그래? 그래서 위나라가 어떻게 대답했느냐?"

"우리 백제에 한 대답과 똑같이 했습니다. 기다리고 있거라. 때를 봐서 고구려를 칠 터이니 가서 대기하고 있어라. 을력지가 분통을 터뜨렸습니다."

"그래? 그렇다면?"

"그렇습니다. 바로 그겁니다. 제가 을력지와 밀약을 하였사옵니다."

"서로 통기를 넣어 같이 고구려를 치자?"

"그렇사옵니다. 폐하의 허락을 받아야 하지만, 그러자면 또 시간이 걸리기에……"

"아니다, 정말 잘했다. 그렇게 해야지. 잘했다. 역시 내 사위다."

"물길로 가는 교통로도 잘 알아두었나이다. 훗날 큰 힘이 될 것이옵니다."

"그렇지. 고구려를 에워싸야 한다. 수고가 많았다. 푹 쉬고, 서너 달 있다가 왜국에 다녀오너라."

"왜국이요? 곤지왕자님께요?"

"그렇다. 이제 백제도 예전의 백제가 아니다. 2, 3년이면 내가 계획했던 일이 모두 끝난다. 그토록 바랐던 아버님의 유택을 마련해 드렸다. 방축을 쌓고 한성에 해자를 깊이 팠다. 궁성 수리도 거의 마무리가 되어간다. 백성들도 곧 모든 부역에서 놓여나겠지. 아버님이 돌아가시고 백제는 남으로 남으로 밀고 나갔다. 웅진이나 사비, 더 멀리 무진주까지 모두 명실상부 우리 백제의 강역이다. 저 멀리 남해까지 모두 백제란 말이야. 게다가 가야와 왜국과 사로국이 다 우리의 지원군이야. 북쪽에서 물길이 호응한다면, 위나라도 달려들 거야. 먼저 먹어야 먹을 게 많거든. 나중에 달려들면 뼈다귀밖에 없어. 지난번 풍홍 때 겪어보았으니 위나"

라도 잘 알겠지. 자네는 곤지에게 가서 2년 안에 준비를 다 끝내라고 해. 내가 부르면 바로 대병을 이끌고 바다를 건너와야 한다고. 알겠는가.”

“여부가 있겠나이까. 명을 받들겠나이다.”

개로왕은 마음이 급했다. 고구려를 에워싸서 고립시킨 다음 남쪽에서 진격하여 평양을 함락시키겠다, 그러자면 곤지의 왜병은 수군을 편성하여 패수로 바로 들이치게 해야 한다…… 물길 또한 북에서 고구려를 향해 진격한다…… 개로왕은 전체적인 고구려 침공 작전 계획을 머릿속에 그려보았다. 백제의 대병이 평양성을 넘는다. 안학궁 대전에서 늙은 거련왕의 무릎을 꿇리겠다, 아버님을 시해한 책임을 물어 목을 치리라, 내가 직접, 내가 칼을 잡고, 그 늙은이의 목을 치리라.

27

을묘년[73] 백제의 개로왕에게는 유난히 더운 여름이었다. 개로왕은 지난 2년간 백성들의 부역으로 하고자 하는 일을 거의 마무리했다. 무엇보다도 숭산으로부터 사성까지 한수의 둑이 튼튼하게 들어서 큰물이 져도 백성들의 땅과 집을 지킬 수 있게 되었다. 일할 때는 불평이 많았어도 일이 끝나 튼실한 둑을 보자 백성들은 오히려 왕을 칭송했다. 새로 수리를 한 궁성도 그리 웅장하지는 않아도 왕이 사는 집으로서 적당히 화려했다.

멀리 가야 지역 인근까지 백제의 왕명이 통하는 지역으로 완전히 편입했다. 남해안 지역도 마찬가지였다. 자기들의 권세를 고집하던 남해안의 부족장들을 처음에는 군사를 보내 위협했다. 그러다가 송나라의 도자기도 선물하고 청동으로 만든 관도 하사했다. 그렇게 위세품을 보내주자 여러 부족장이 백제의 품으로 들어왔다. 위세품은 그들에게 백제가 앞으로도 부족장의 지위를 보장해 주겠다는 징표였다. 이들은 예전에는 마한 여러 나라의 부족장들이었다. 세월이 흘러 백제가 강성해

---

73) 475년

지면서 개로왕에 이르러서야 백제의 큰 품으로 들어왔다.

　개로왕은 때가 되었음을 알았다. 여러 준비가 마무리되었다, 올해 군량을 더욱 비축하여 내년 봄이면 치양성을 쳐야 한다. 치양성 공격을 신호로 곤지는 왜국에서 대병을 출발시켜 평양으로 직행한다. 아울러 물길은 고구려의 북쪽 변경을 쳐내려오게 한다. 사로국은 후방군으로 백제군의 뒤에서 백제군을 지원한다. 가야 연합군도 백제군의 일익을 담당하게 한다. 그렇게 되면 적어도 5만이 넘는 백제 연합군이 평양으로 들어갈 수 있다. 백제는 위나라와 송나라에 사신을 보내 무도한 고구려를 벌한다는 사실을 통보한다…… 이번에는 승부를 보아야 한다. 완전히 고구려를 토벌해야 한다. 봄에 진군해서 대륙의 혹독한 겨울이 오기 전에 고구려 정벌을 끝내야 한다……

　개로왕이 그러한 전략을 세우고 있을 무렵, 쌍현성 북쪽 변경에서 급보가 한성으로 날아들었다. 고구려 군사가 밀고 내려온다는 소식이었다. 개로왕은 대경실색했다. 병관좌평은 1만으로 추정되는 고구려의 대병이 청목령을 그냥 두고 우회를 한 다음 바로 한성을 향해 빠른 속도로 남하하고 있다고 했다.

　"고구려의 속셈이 무엇이오? 한성까지 바로 치고 오겠다는 것이오?"
　"확실히 알 수는 없지만, 쌍현성은 멀리 우회해서 지나치고 있습니다. 보기군 1만이 한수로 직행하는 듯 보입니다."
　"우리 백제군은 무엇을 하고 있소?"
　"쌍현성에 있던 군사와 북한산성 인근에 있는 군사가 신속히 이동하여 북한산과 수락산 바로 북쪽에서 진을 쳤습니다."

"병력은?"

"여러 성에 있는 병사를 모아 1만이 되오니 쉽게 뚫리지는 않사옵니다."

"병관좌평, 뚫리지는 않는다? 그게 될 말이요? 우리 강토로 들어온 고구려군을 섬멸해야 하지 않겠소? 지금 고구려군이 내려오는 곳은 사방이 산이 아니오?"

"그렇습니다. 북으로는 천보산과 도락산이고 남으로는 북한산과 수락산입니다."

"우리 군사는 도락산 뒤에도 있지. 청목령 군사는 남으로 돌리지 말고 그대로 두시오."

"그렇게 하겠습니다. 하지만 만약 뒤따라오는 고구려의 후속부대가 있다면 방어해야 하겠습니다."

"바로 그거요. 우선 수락산 아래로는 고구려군이 내려오지 못하게 해야 하오."

개로왕은 관미성을 탈환한 이후 쌍현성을 고구려 공략의 중심지로 삼았다. 이후 청목령에 목책을 보강했다. 북한산성에 주둔했던 병사를 쌍현성과 청목령에 주로 배치했다. 북한산성 서쪽 벌판 지역에서는 진격이 쉽고 서해와 한수와 임진수의 물길을 이용할 수 있다. 쌍현성은 신속하게 많은 군사를 보낼 수 있고 수로를 통해 후퇴하기도 쉽다. 고구려군은 과거에 수군과 함께 이쪽으로 쳐내려왔다.

고구려에서 백제 한성을 공략하려면 세 가지 길이 있다. 첫째는 쌍현성, 관미성을 목표로 임진수를 건너 병력을 보내는 길이다. 평지가 많아 철갑기병의 이동이 쉽고 행군 속도가 빠른 이점이 있다. 수운으로 군량을 보급받을 수 있는 장점도 있다. 둘째는 수군이 바로 한성으로 치고 들어오는 길이다. 담덕왕이 사용했던 전술로 관미성을 장악하여야 침공이 쉽다. 서해를 돌아 한수로 바로 들어온다. 담덕왕은 관미성을 먼저 장악하고 난 뒤 수군을 바로 한성으로 보내 포위하는 전략을 짰다. 셋째는 임간(林間) 길이다. 임진수 상류에서 천보산과 도락산 사잇길로 해서 수락산을 넘어 마들에서 살곶이벌로 내려오면 한수에 이른다. 여러 고개가 있고 매복 장소도 많아 대군이 남하하기엔 불리하다. 대군이 움직일 땐 사용하기 어려운 길이다. 소규모 병력이 기습하기에는 좋다.

이번 고구려군의 움직임은 이상했다. 임간 길을 택해 대군을 보냈다. 백제가 관미성을 장악하고 있으니, 기습이라면 임간 길을 택할 수는 있다. 개로왕은 상좌평 문주를 불러 심각하게 논의를 시작했다.

"지금 아군의 주력은 한수 북쪽에 전방 배치되어 있다. 고구려는 임간 길을 택했으나 아무래도 이상하다."

"그러하옵니다. 워낙 꾀가 많은 거련왕인지라 다른 계획일 수 있습니다."

"그렇지? 이번에 고구려에서 보내는 병력은 미끼가 아닐까? 미끼를 던져놓고 우리 백제군이 달려들면 서해로 군선을 이용하여 고구려 주력군을 보낼 수도 있지."

"그럴 겁니다. 그럼 어떻게 해야 할까요?"

"일단 쳐들어오는 군대를 막지 않을 순 없다. 아니면 한성으로 밀고 내려오면 더 큰 혼란이 일어난다. 수락산 북쪽에서 일단 저지시켜야 하겠지. 우리 병력 중 일부는 관미성으로 철수시켜 한수로 들어올지도 모르는 고구려 대병을 경계해야 할 것이야."

"폐하, 더불어 사로국에 구원병을 청함이 안전한 줄 아뢰오."

"그렇지. 그거 좋다. 상좌평이 해씨들의 반란 때 사로국에 구원병을 청하러 갔지."

"그러하옵니다."

"이번에도 가주어야겠다. 고구려의 대병이 몰려오면 우리 힘만으로 막아내기엔 역부족이야. 왜국의 곤지에게 구원군을 보내달라 하기는 너무 늦어."

"그렇게 하겠습니다."

"관미성이 우리의 수중에 있고, 우리 수군도 건재하니, 쌍현성과 청목령의 병력을 빼서 임간 길로 들어온 병력을 협공해서 신속히 섬멸하자. 혹시 모르니 일부 병력은 관미성으로 보내 보강을 해놓아야지. 군선을 타고 오는 고구려군을 경계해야 하니까. 그리고 수락산 북쪽 고구려군은 빠르게 섬멸하자. 그럼 우리 주력군을 다시 전진 배치를 하든, 한수 방어에 투입하든 여유가 생긴다. 이 싸움은 시간 싸움이다. 우리가 빨리 수락산 위쪽의 고구려군을 잡으면 우리가 이기고 아니면 우리가 고구려군의 우회 공격에 당할 수가 있다."

"그렇게 하겠나이다. 혹 사로국군이 도착했을 때 우리가 이미 승기를 잡았으면 어떻게 하나요?"

"바로 밀고 올라가야지. 청목령 넘어 치양성으로."

문주는 바로 사로국으로 떠날 채비를 했다. 개로왕은 성문까지 따라와 문주를 배웅하면서 말했다.

“문주야, 고구려군은 강하고 빠르다. 사로국 구원병을 빨리 데리고 와야 한다.”

“여부가 있겠나이까? 제가 밤낮을 달려 사로국 왕에게 가겠나이다. 소신이 갔는데 사로국 왕이 외면하지는 않을 것이옵니다.”

“문주야, 만일에 말이다. 혹시라도 내가 잘못되면 네가 왕위를 이어 백제를 이어나가라. 나는 아신 할아버지처럼 무릎을 꿇진 않을 거다. 죽을 때까지 싸운단 말이다.”

“폐하, 무슨 말씀을 하시나이까? 우리 군대가 건재하고 남녘에도 아직 모으지 못한 군사가 많이 남아 있사옵니다.”

“전쟁이란 혹시 몰라 미리 말하는 거다.”

“소신, 아무것도 듣지 못했나이다. 바로 사로국으로 다녀오겠나이다. 부디 옥체를 보존하시옵소서.”

문주가 떠나고 난 뒤 개로왕은 해구(解仇)를 불렀다. 해구는 해씨 집 안이 반란을 일으켰을 때 개로왕 편에 서서 반란군을 진압하는 데 큰 공을 세웠다. 이후 해구는 과거 해씨 집안이 소유하던 전답과 노비를 이어받았다. 개로왕이 친정을 하면서 귀족 가문의 힘이 많이 약해졌다 하더라도, 국란 때는 귀족 가문의 철저한 충성이 필요했다.

“지금 고구려가 쳐들어와서 큰일 났소이다.”

“폐하, 저도 밤잠을 자지 못하고 있었나이다. 폐하의 은덕으로 부족한 제가 해씨 가문을 이어받았습니다. 나라가 위급하니, 폐하의 은혜를 갚을 때가 왔습니다. 어디로든 보내주시면 죽을 각오로 전장에 임하겠습니다.”

"고맙소, 지금 목협만치장군이 쌍현성에 있는 병력을 이동시켜 북한산과 수락산에 진을 치고 있소. 조미걸취장군은 관미성에서 고구려 수군의 침입에 대비하고 있지. 장군은 청목령으로 가서 청목령 병사 5천을 거느리고 남하하여 수락산 쪽으로 남하한 고구려 병사 1만을 잡으시오. 남에는 목협만치장군이 있으니 협공하여 빨리 고구려군 1만을 섬멸하시오."

"그렇게 하겠나이다."

"이 싸움은 시간 싸움이오. 1만을 빨리 섬멸해야 수락산에 투입된 우리 정예 군사 1만 5천을 다른 곳으로 돌릴 수 있소. 만약 거련왕이 수군으로 한성을 바로 치고 온다면 지금 한성의 병력으로 방어하기엔 어림도 없소. 빨리 섬멸하되, 만약 시간이 지체되면 수락산 전선에 있는 1만 5천 군을 모두 통솔하여 한성으로 빨리 내려오시오."

그렇게 지시를 하고 개로왕은 지그시 눈을 감았다. 전면 공격일까? 거련왕도 이제 나이 80이 지났다. 제대로 거동이나 할 수 있을까? 백제가 고구려를 공격하려는 낌새를 눈치채고 경고로 1만 정도의 병력을 보낸 게 아닐까? 임간 길로 병력을 보내면 우리 병력 배치가 달라지니 그걸 노리는 게 아닐까? 개로왕은 가능한 여러 생각을 했지만 딱 부러지게 답이 나오지 않았다. 이럴 때 곤지가 옆에 있다면 얼마나 좋을까. 곤지 녀석은 뭔가 결론을 내고 달려갔겠지. 지난번 사위 여례를 곤지에게 보내, 2년 안에 준비를 끝내고 기다리라고 했더니, 곤지는 틀림없이 그렇게 준비해놓고 명을 받겠다고 했다. 개로왕은 여례를 불러 왜국으로 떠나게 했다. 곤지에게 최대한 빨리 백제에 도착하라고 했다.

해구는 왕명을 받고 청목령의 병사 5천을 이끌고 남하하여 고구려군의 옆구리를 급습했다. 남쪽에서 목책을 쳐서 방어하던 목협만치장군도 해구의 5천 병력이 서북 방향에서 고구려군을 압박하자 목책을 넘어 고구려군을 협공했다. 해구와 목협만치의 협공에 고구려군은 당황했다. 수백 명의 고구려 군사들이 벌판에서 죽거나 다쳤다. 선봉의 기세에 놀랐는지 고구려군은 백제군과 대적하지 않고 벌판 북동쪽 병풍처럼 늘어선 천보산 일대로 전군을 산개시켰다. 백제군이 달려들면 산으로 더 깊숙하게 들어갔다. 1만의 병력 대부분이 천보산의 여러 골짜기로 숨어 들어갔다. 해구와 목협만치는 골짜기에 숨어있는 고구려군을 하나하나 찾아내 싸워야 했다. 그 과정은 결코 만만하지 않았다. 시간도 오래 걸렸다.

해구는 그제야 고구려군이 지연전술을 쓰고 있다는 사실을 확실히 깨달았다. 1만 고구려군은 미끼였다. 청목령과 쌍현성의 백제 병력이 고구려군을 잡으려 남하할 것을 예상하고 던진 미끼였다. 그럼 진짜 목표는? 그 생각에 이르자 해구장군은 등골이 서늘해졌다.

한성이다. 바로 한성이다.

28

아버지 비유왕의 목소리가 들렸다. 근개루야, 근개루야. 어서 일어나라, 어서 피해라. 개로왕은 잠깐 깊이 잠이 들었다가 아버지의 다급한 목소리를 듣고 화들짝 놀라 잠을 깨었다. 간밤에 휘영청 밝은 달이 드리우는 나무 그림자를 보다가 말다가 하면서 깊이 잠들지 못하다가 새벽녘에야 겨우 잠이 들었다.

불안했다. 거련왕은 보통 왕이 아니다. 여든을 넘은 나이도 나이지만, 왕위에 있은 지도 60년이다. 괜히 1만 병사를 보냈을 이유가 없다.

개로왕은 신새벽이었지만, 급히 모든 신료를 왕성으로 들라 했다. 시국이 시국이니만큼 신료들은 한 시각이 지나지 않아 중전으로 모였다. 해가 떠오르고 있었다.

"급히 상하 여러 대소신료를 모이라고 했소. 고구려군의 움직임이 심상치 않소. 만일을 대비해서 신속하게 이성(移城)을 하겠소."

"이성이라면, 성을 옮긴다는 말이 아니오니까?"

"그렇소. 대성과 왕성의 왕가, 대부, 군사, 백성 모두 옮겨야 하오. 시간이 없소. 오늘 당장 이 시간부터 그렇게 하시오."

"하오나 아직 고구려군은 북쪽에 있사옵고……"

"전번 담덕왕 때 병선으로 급작스럽게 밀고 들어와 우리가 수치스럽게도 항복했소. 그걸 잊었소?"

"그때와 달리 우리 백제가 관미성을 지키고 있고……"

"그렇기는 하지만 고구려 병선이 야음을 타서 일거에 밀고 들어올 수도 있소. 이건 왕명이니 모두 따르도록 하시오. 남한산성으로 모두 이성을 하시오."

바로 그때였다. 전령이 대소신료가 모여있는 중전으로 급히 뛰어 들어왔다. 보통 때라면 전령의 목이 달아날 일이었다. 전령을 보자마자 개로왕은 심장이 철렁 내려앉았다.

"폐하, 급히 아뢰옵니다."

"무슨 일이냐. 말하라."

"지금 한수에 고구려 병선이 가득합니다."

"뭐라? 고구려 병선이? 어디까지 왔느냐?"

"바로 대성 코앞에 수십 척이 있사옵니다."

중전에 모인 신료들의 웅성거림이 갑자기 커졌다. 연이어 전령들이 도착하여 보고했다. 일부 고구려 병선의 기병들은 이미 하선하여 대성 동쪽을 에워싸고 있다는 보고였다.

"어찌 그리 빨리 도달할 수 있다는 말이야? 관미성의 우리 수군은 뭘 했다는 말이냐?"

그때 마침 관미성에서 보낸 조미걸취장군의 전령이 도착했다.

"폐하, 고구려 병선 3백여 척이 새벽에 갑자기 나타나 사리 물빨을 받아 한수 상류로 바로 올라갔나이다. 우리 군선이 막아섰으나, 워낙 물살도 빠르고 고구려 병선 수가 많아 제대로 싸움도 하지 못했습니다. 대부분의 적선은 한수 상류로 올라갔사옵니다. 백중사리라……"

"뭐라, 그냥 고구려 병선을 다 놓쳤다고? 조미장군은 뭘 했다더냐?"
"병선을 수습하여 고구려 병선을 추격하고 있사오나, 중과부적입니다. 고구려 병선 몇 척과 싸움을 하느라 관미성 부근에 있사옵니다."
"백중사리는 또 뭐냐?"
"7월 보름 때 며칠이 일 년 중 바다의 물살이 가장 빠르옵니다. 한수에 물이 들어오는 초들물에 관미성에서 배를 띄우면 노를 젓지 않아도 물살을 타고 순식간에 배가 송파포구에 도달하옵니다."

그 말이 떨어지기 무섭게 신료들은 웅성거리기 시작했다. 전령들의 보고 내용을 종합하면 고구려 병선 3백여 척이 밝은 보름달을 이용해 서해를 통해 한수 하류에 접근했다. 고구려 병선은 들물이 시작되자 일제히 한수 본류로 선수를 틀어 한성으로 빠르게 올라왔다. 게다가 기마병을 실은 배는 대성 부근 한수를 지나쳐 숭산 쪽에 배를 대었다. 기마부대는 재빨리 상륙하여 대성과 왕성에서 남한산성으로 가는 길을 차단했다. 이는 백제 왕과 신료와 군사들과 백성들이 이성이 불가능하다는 뜻이었다. 남한산성으로 옮겨서 싸울 방법이 사라졌다. 퇴로가 차단되었으니 죽든 살든 대성과 왕성에서 결전해야 한다. 신료들이 서서히 그것을 깨달았을 때, 신료들의 웅성거림은 더욱 커졌다. 신료 중의 일부는 어서 집으로 가서 가솔을 챙겨 어디든 도망가고자 마음먹고 있었다.

개로왕이 고함을 냅다 질렀다.

"여봐라. 대소신료들은 듣거라."

그래도 소란이 가라앉지 않았다. 내법좌평이 소리쳤다.

"폐하의 안전(案前)이오. 정숙하시오."

소란은 조금 가라앉았다. 개로왕이 처연하게 말했다.

"우려했던 게 현실이 되었다. 고구려군이 빨랐다. 하지만 방법이 없지 않다. 우리는 막을 수 있다. 대성과 왕성에 힘을 쓸 수 있는 5천 정도의 병사가 있다. 수만의 백성이 있다. 다행히 해구와 조미걸취(祖彌桀取), 목협만치(木協滿致)가 이끄는 우리 군사들은 큰 피해가 없다. 우리 정예병 2만이 그대로 남아 있다는 말이다. 이들은 위례성을 구원하러 온다. 또한, 상좌평 문주가 사로국의 구원병을 청하러 이미 떠났다. 우리 위례성의 대성과 왕성은 어떤 성보다도 견고하다. 여기서 버티면서 구원군이 올 때까지 싸운다. 신료들은 어서 집으로 돌아가 온 가솔들과 노비들을 이끌고 죽을 때까지 싸워라. 싸우고자 하면 이기고, 도망가려 하면 죽는다."

개로왕의 단호한 말에 신료들은 엎드려 입을 모았다.

"명을 받들겠습니다."

신료들은 신속히 각자의 집으로 사라졌다.

29

3백여 척의 고구려 함선 중에는 다른 배보다 몸집이 큰 대장선이 있었다. 대장선에는 거련왕이 탔다.

고구려는 평양으로 천도하면서부터 수군 양성에 주력했다. 수군 전선을 활용하면 군사들의 피로도를 줄일 수 있고, 기습이 가능했다. 단 하나, 큰 함대는 태풍과 같은 바람을 만나면 막대한 피해가 발생할 수 있다. 연안 항해는 만약 태풍이 오면 섬이나 포구나 강어귀로 숨어들 수 있는 장점이 있었다. 고구려 수군은 수십 년 동안 대규모 전선이 이동할 때 발생할 수 있는 여러 위험을 피하는 여러 항해술을 확보했다. 계절과 물때에 맞추어 신속히 군사와 물자와 군량을 실어 나를 수 있는 체계를 만들었다. 그 결과 고구려 수군은 서해를 가로질러 송나라에 말 8백 필을 실어 보낼 정도로 수송 능력이 강해졌다. 연안을 따라 3만의 군사를 싣고 항해하는 일은 고구려 수군의 능력으로 어렵지 않았다.

마침내 3만의 군사가 일제히 움직였다. 거련왕이 노린 득의의 한 수가 바로 수군을 활용한 기습이었다. 백제의 전체 군사를 상대로 싸워 이기려면 시간과 노력이 많이 들어간다. 그 노력 속에는 고구려 수많은 병사의 목숨이 들어있다. 만약 위례 대성과 왕성만 공격해서 도읍지만 궤멸시킬 수 있다면, 개로왕을 죽이거나 사로잡을 수 있다면, 그 전쟁은 이미 승리한 전쟁이다. 나머지는 생각할 필요도 없다. 수군을 활용해 기습하고, 기병을 활용해 포위하면 전쟁은 손쉽게 끝낼 수 있다. 미리 내륙으로 보낸 1만의 고구려군은 미끼다. 거련왕은 속으로 중얼거렸다.

"개로왕, 이 녀석, 고구려를 농락한 말로가 무엇인지 똑똑히 보여주겠다."

대장선을 호위하는 군사를 비롯한 고구려 보병 1만은 한수 북안의 구의나루에 하륙(下陸)했다. 그들은 왕을 호위하면서 살곶이벌에 진을 쳤다. 고구려군 총사령 제우(齊于)장군은 보기병 2만으로 위례 왕성과 대성의 주요 길목을 포위했다. 제우장군은 부대를 둘로 나누어 하륙시켰다. 먼저 기병 5천은 숭산 아래쪽에 하륙해 남으로 전진하게 했다. 그들은 위례 대성과 왕성에서 남한산성으로 가는 길을 모두 점령했다. 기병이니만큼 신속하게 장애를 돌파하여 길목을 장악했다. 백제 왕이 남한산성으로 들어가 농성하면, 쉽게 백제군을 괴멸시키기는 어렵다. 이 싸움의 승패는 얼마나 신속하게 위례성과 남한산성 사이의 길목을 점령하여 백제 왕의 퇴로를 차단하느냐에 달려있었다.

백제의 시조 온조가 위례 대성에 처음 도읍을 정할 때, 대성 동쪽으로는 험준한 산이 있어, 천하의 요새라고 했다. 숭산과 남한산을 보고 한 말이다. 숭산과 남한산성으로 이성(移城)을 못한다면, 위례성은 천하의 요새가 아니다.

반드시 성의 동쪽을 차단하라, 거련왕은 제우장군에게 보기병 2만을 주면서 그렇게 지시했다. 제우장군은 거련왕의 지시를 받기 전에도 이미 그 점을 알고 있었다. 제우장군은 기병 5천을 직접 인솔하여 대성과 왕성 해자 건너에 기병을 일자로 포진시켰다. 제우장군은 병사들에게 소리쳤다.

"쥐새끼 한 마리도 통과시키지 말라."

제우장군은 백제 장군이었던 재증걸루와 고이만년에게 보병 1만 5천을 나누어 주어 송파나루로 하륙해 대성과 왕성의 서쪽과 남쪽을 포위하게 했다. 고구려군이 백제 위례 대성과 왕성을 완전히 에워싸는 데는 한나절도 걸리지 않았다. 경계하던 백제군은 고구려군을 보자마자 성안으로 들어가버렸다. 위례 대성은 한수 쪽으로는 문이 없어 성문이 세 개인 특이한 구조였다. 전체가 달걀 모양의 길쭉한 형상을 한 독특한 모양의 성이었다. 성을 따라 동쪽과 남쪽은 해자가 깊었다. 북쪽은 한수에 임했다. 서쪽은 성내천이 흐르고 있어 천연의 해자 구실을 했다. 대성을 공략하려면 반드시 해자를 건너야 했다. 왕성 역시 성내천의 물줄기를 끌어들여 동서남북으로 해자를 깊게 팠다. 위례 대성과 왕성의 해자 물길은 모두 한수로 흐르는 개천의 물을 사용했다. 백성들은 그 개천을 위례성 중간으로 흐르는 개천이라고 해서 성내천(城內川)이라 불렀다.

대성과 왕성 모두 해자를 건너야 공격할 수 있었다. 해자 다음에는 토성 벽이 사람 키의 열 배 정도 높이로 우뚝 서있다. 토성의 특성상 토성 벽은 수직은 아니다. 병사들이 기어오를 수도 있고 사다리를 걸칠 수도 있다. 우격다짐으로 공격하면 성벽에 오르는 군사들의 희생이 크다.

해자를 건너고 토성 벽을 기어오를 수 있는 효과적인 방법을 찾아내야 했다.

2만의 병사들이 대성과 왕성을 포위하자 고이만년은 대성 남문으로 말을 타고 다가가서 큰 소리로 백제의 백성들에게 외쳤다. 성문과 성벽 위에 포진해 있던 백제의 군사들 사이에서 작은 동요가 일어났다.

"백제의 군사들이여, 나는 시위대장 고이만년이다."

고이만년의 일성(一聲)에도 백제 군사들은 조용히 지켜보고 있었다. 성벽 위에는 침묵만이 흘렀다.

"첩자에게 속은 포악한 왕을 몰아내고, 항복하라. 항복하면 살려준다. 고이만년과 재증걸루가 약속한다."

이때 성문에서 누군가가 당긴 활시위에서 화살 하나가 날아 허공을 갈랐다. 고이만년은 황급하게 방패로 겨우 화살을 막아냈다. 화살은 방패를 한 치나 뚫고 나와 하마터면 고이만년의 몸에 상처를 입힐 뻔했다.

"항복하면 백제에서 살게 해준다. 고구려로 끌고 가지 않겠다. 어서 항복하라."

성문 쪽에서 병사 여럿이 일제히 활시위를 당기자 고이만년은 화급히 기수를 돌려 고구려 진영으로 꽁무니를 뺐다. 백제 장군의 명령이 아니라 병사들이 자진해서 쏜 화살이다. 고이만년은 그것을 성안 백제군이 절대로 항복하지 않겠다는 의미로 받아들였다. 한때 저 문을 지키던 고이만년의 심정은 착잡했다. 인간은 주어진 운명에 대개는 순응한다. 고이만년은 이제 고구려의 장군이었다.

총사령 제우장군이 말했다.

"백제 군대가 쉽게 항복할 리는 없소. 배에서 대나무 사다리를 가져오는 대로 일제히 공격한다."

평양의 작전회의 때 왕당의 순지장군이 대나무 사다리를 만들어 해자를 건너는 방안을 제안했다. 미리 만들어놓은 사다리는 전투 때 두 개를 잇대면 충분히 해자를 건널 수 있는 길이가 되었다. 아군 궁수가 엄호하는 동안 대나무 다리로 해자를 건너 성벽을 기어오르는 기본 공격안이 확정되었다. 다리로 사용하고 난 뒤 대나무 사다리는 토성 벽에 걸치면 벽을 기어오르는 용도로도 사용할 수 있어 이중으로 쓸모가 있다.

고구려에 대나무가 자라지 않는다. 백제나 사로국에서는 대나무가 흔하지만, 고구려에서는 대나무를 구할 수가 없었다. 순지장군은 송나라로 군선 수십 척을 보내 사다리용 대나무를 충분히 확보해두었다. 그 대나무를 드디어 사용할 때가 되었다.

어느덧 해가 졌다. 더운 여름이 지나고 초가을에 접어든지라 해가 지자 시원한 바람이 불어왔다. 마침 서쪽 하늘로 노을이 붉게 물들어가고 있었다.

한수 건너편 북쪽 살곶이 벌판에는 고구려군 본진의 군영이 질서 있게 들어섰다. 거련왕이 직접 전쟁에 출전한 만큼 거련왕의 처소 장막과 본진 지휘부는 아차산 아래 움푹한 곳에 세워졌다. 산 위로는 수비대가 몇 겹을 둘러싸 왕을 호위했고, 본진 앞으로도 중무장한 병사들이 왕을 지키고 있었다.

"패강만큼이나 한수도 경치가 좋구나."

거련왕이 지나가는 말로 중얼거렸다. 그 말을 들은 순지장군이 거들 었다.

"폐하, 그래도 패강만 하오리까?"
"그래? 저 노을을 봐. 오늘따라 색이 찬란하게 붉다."
"그러하옵니다. 색이 고운 노을이옵니다."
"하나, 저 노을도 금방 지겠지. 아니 벌써 색이 조금 전보다 못해. 해 가 지고 있는 거야."
"그렇게 보입니다."
"순지장군, 나도 저렇겠지? 80이 넘었으니, 저 스러져가는 노을이 바 로 나 같지 않은가?"
"폐하, 무슨 말씀을 하시옵니까? 폐하께서는 이제 겨우 중천을 넘은 해이옵니다. 걱정 마시옵소서."
"하하하, 그런가. 순지장군은 아부도 잘해. 그래서 내가 순지장군을 신 임하지. 늙은이에게 늙었다고 하면 화가 나거든. 안 그런가? 순지장군."
"그런 게 아니옵고, 폐하께서는……"
"그건 그렇고, 강 건너 군사들 배치는 끝났는가? 제우장군의 보고가 들어왔는가?"

"끝났사옵니다. 완전히 포위했다고 합니다. 내일 아침 날이 밝자마자 공격을 개시하겠다고 하옵니다."

"빨리 끝내야 하네. 북쪽의 백제군은?"

"지금 본진이 있는 살곶이벌로 남하하고 있사오나 본진이 지키고 있고, 천보산으로 들어갔던 우리 선발대 1만이 그들의 후미를 추격하고 있사옵니다."

"그럼 백제군은 우리 고구려군에 포위되겠구만."

"그렇습니다. 한수 북쪽에서는 백제군을 붙잡아두기만 하겠습니다. 위례 대성과 왕성만 함락시키면 전쟁은 끝나는 것이니까요."

"그렇지. 아군의 피해를 줄여야 한다. 다 내 새끼, 내 아들, 내 손주야."

"명을 받들겠사옵니다."

30

왕성의 개로왕은 답답하기 짝이 없었다. 고구려군이 대성과 왕성을 완전히 포위하면서 왕성에서 대성과 통기할 방법이 사라져버렸다. 사로국의 구원병이 오기는 오겠지만 상당한 시간이 걸릴 게 분명했다. 아무리 빨라도 한 달은 걸리지 않을까? 기대할 군사는 한수 북쪽의 해구와 조미걸취와 목협만치의 2만 백제 정예병이었다. 이들은 분명 위례한성으로 달려오고 있을 터였다.

고구려군이 한수 북쪽의 백제군을 완전하게 섬멸했다고는 볼 수 없다. 그들이 오면 전세는 달라질 수 있다. 오히려 역전시킬 수도 있다. 문제는 시간이다. 얼마나 버티고 있어야 할까? 2, 3일이면 북쪽 백제군이 포위망을 뚫어주지 않을까? 개로왕은 고구려군에게 완전하게 포위되어 있으니 그들과 연락을 취할 수도 없고 전황도 알 수가 없었다. 개로왕은 막막하기 그지없었다. 신료들은 연신 점을 치며 백제군의 도착 날을 기다렸다.

고구려군은 아침부터 대성 공세를 시작했다. 왕성 북쪽 망대에 올라 대성을 바라보면 고구려군의 전투 모습이 환히 보였다. 고구려 군사들은 배에서 대나무 사다리를 가져와 두 개를 잇댄 다음 해자를 가로질러 성벽 아래에 걸쳤다. 백제군이 성벽 위에서 화살을 쏘아댔다. 고구려군 궁수 역시 성벽 위를 조준해 백제군을 향해 쏘았다. 방패로 가리고 있어 고구려군의 피해는 크지 않았다. 고구려군이 해자를 건너 성벽 아래에 이르러 기어오르려고 하자 백제 병사들이 필사적으로 그들을 막았다. 돌을 굴리고 활을 쏘고 걸친 사다리는 장대로 밀어내버렸다. 고구려군은 큰 손실을 입고 공격을 멈추었다. 대성에는 3, 4천의 군사와 2만에 달하는 백제 백성이 살고 있다. 그중에는 왕족이나 귀족도 많았다. 노비도 많다. 이들이 모두 합심해서 온몸을 다해 막고 있는 게 분명하다.

그들도 기다릴 게 분명하다. 왕이 이들을 구해야만 한다. 하지만 그럴 힘이 당장은 없다. 곤지를 왜국으로 보낸 게 잘못이었을까? 무엇이 잘못이었나? 가장 큰 패착은 이성(移城)이 늦어졌기 때문이었다. 남한산성으로만 들어갔어도 이 지경은 아니 되었을 게 분명했다.

백제 대장군 해구도 답답하기는 마찬가지였다. 한성을 목표로 남하했지만, 이미 살곶이벌에는 고구려 본진이 진영을 구축하고 있었다. 게다가 천보산으로 숨어들어갔던 고구려 병사들이 뒤에서 추격해 들어왔다. 해구는 자신이 이들과 싸우고 있으면 그동안 한성이 공략당하리라는 걸 알았다. 그게 고구려의 작전이었다. 자신은 어떻게 해서든 병력을 건사해서 한성으로 가야 했다.

관미성의 조미걸취장군과 통기를 하니, 이미 고구려의 대병이 한성을 포위했다고 한다. 한성으로 가자면 한수를 건너야 하고 한수를 건너자면 배가 있어야 했다. 조미장군은 고구려 수군의 공격을 받을 때 고구려 수군의 병선 수와 위세에 눌려 백제 병선을 임진수 내포 쪽으로 후퇴

시켜 놓았다고 했다. 다행히 수십 척 병선은 건재했다. 내포는 관미성에서 쌍현성 방향에 있는 백제의 수군 나루터였다. 안쪽으로 쑥 들어가 있어 병선을 숨기기에도 좋았고 무엇보다 관미성과도 가까웠다.

해구장군이 급하게 병력을 우회해서 조미장군과 합류하려고 하였지만 고구려 추격군은 필사적으로 따라붙어 백제군 후미를 붙잡고 늘어졌다. 그때 목협장군이 말했다.

"해구장군, 우리가 북한산 너머 서쪽으로 나아가서 한수를 건너야 하지 않습니까?"

"그렇지요. 그것도 매우 시급하오. 뒤에 고구려 추격병이 따라오고 앞에는 고구려 본진이 가로막고 있지 않소. 이러다가 한성을 구원하러 가기 전에 우리가 독 안에 든 쥐 신세가 될지도 모르겠소."

"제 군영의 병사 말을 들으니 북한산 부아악 바로 아래에 서쪽으로 통하는 그리 험하지 않은 고개가 있다 합니다. 소귀를 닮은 바위가 있어 소귀고개라 한답니다. 그곳으로 병력을 빼면 쉽게 조미걸취장군의 병력과 합류를 하고 도강을 할 수 있을 듯합니다."

"그런 장소가 있단 말이요? 서둘러 가봅시다."

해구와 목협만치는 서둘러 소귀골 입구에 다다랐다. 사나운 말이 달리듯 험한 바위산이 북에서 용솟음쳐 내려치다 부아악(負兒岳) 높은 봉우리 아래에서 잠시 숨을 고르듯 한 곳에 짤룩한 고개가 있었다. 바로 소귀고개였다. 두 장군은 소귀고개를 유심히 바라보다가 같이 고개를 끄덕였다. 서로의 눈이 마주쳤다. 해구가 먼저 입을 열었다.

"목협장군과 내 생각이 비슷한 것 같소."

"그렇습니다. 절묘합니다. 이 고개로 들어가면 고구려군이 추격을 못합니다."

"그렇소, 내 생각도 그렇소. 바보가 아닌 다음에야 이 고개로 추격 군사를 보내겠소?"

"여긴 백 명이 매복하면 만 명도 막아낼 수 있는 곳입니다."

"서둘러 이쪽으로 군사를 뺍시다."

"제가 후진 일부로 매복을 하고 있다가 나중에 합류하겠습니다."

"그렇게 해주시오, 목협장군. 난 서둘러 조미장군과 합류하여 도강할 장소를 찾아보겠소."

얼마 지나지 않아 고구려 거련왕은 살곶이벌로 남하하던 백제군 1만 5천이 북한산 어디쯤에서 서쪽으로 빠져나갔다는 보고를 받았다. 추격하다가는 매복에 당할 수 있어 추격을 멈추었다고 했다.

"아니 순지장군, 그걸 놓쳤단 말이오. 그 놈들이 한성으로 못 오게 해야지 않소?"

"걱정마시옵소서, 폐하. 백제군이 한성에 도달하려면 2만이나 되는 병력이 한수를 건너야 합니다. 곳곳에 우리 고구려 병선이 포진하고 있어 쉽게 한수를 건널 수 없사옵니다."

"그렇지. 그렇게 해야지. 한성 공격은 어떻게 되었소?"

"오늘이 공격 사흘째입니다만, 아직은……"

"어찌 그깟 평지에 있는 성 하나를 우리 2만 고구려군이 사흘이나 공격해도 깨뜨리지 못한단 말이냐?"

"독 안의 쥐가 오히려 사납게 반항을 하고 있습니다만, 곧 우리 군사가 끝장을 낼 것이옵니다."

그 시각 해구장군과 조미장군은 관미성 서쪽의 한수 북쪽 벌판에서 합류했다. 그들이 거느린 군사는 총 2만으로 고구려와 정면으로 싸워도 크게 밀리지 않을 군세였다. 문제는 도강이었다. 한수를 건너야 했건만 고구려 수군이 한수 하류에서 한성에 이르기까지 곳곳에 포진하고 있어 강을 건널 수가 없었다. 내포 쪽에 숨겨놓은 병선은 있지만, 2만의 병력을 도강시키려면 고구려 수군의 눈을 피할 도리가 없었다.

"조미장군, 큰일이오. 지금 한성이 풍전등화요. 우리 정예병이 달려가지 않으면 필패일 거요. 지금 폐하와 성안의 백성들이 우리를 얼마나 기다리겠소? 대성이 단단하다고는 하나 며칠을 못 버틸 거요."

"저도 답답합니다. 강을 건너야 하는데 방법이 찾아지질 않습니다. 우리 병선에 군사를 태우기가 무섭게 고구려 수군이 달려들 것은 뻔한 이치옵니다. 관미성에서 한성까지 한나절 거리도 아니지만, 강 곳곳에 고구려 병선이 요지를 차지하고 우리를 노리고 있습니다. 우리가 강으로 나아가면 분명 배를 들이박거나 화공으로 나올 게 분명한데 그럼 속수무책입니다."

"들이박아?"

"그게 저들의 공격방법입니다. 백제 병선도 튼튼하지만 고구려 병선도 단단해서 그 충격으로 병사들이 수장당할 게 틀림없습니다."

"다른 방법이 있소? 그냥 있을 수는 없는 노릇 아니오?"

"우회하는 방법이 있습니다. 내포에 있는 병선에 우리 병력을 가득

실고 검단과 미추홀을 돌아 서해 쪽에 상륙시키는 겁니다."

"그럼 한성과 점점 멀어지지 않소?"

"멀어지기는 하지만 여기서 마냥 기다릴 수는 없지 않습니까?"

"그렇기는 하오. 기다린다고 해서 고구려 수군이 길을 내어줄 리는 만무하니 그 방법밖에는 없소이다. 목협장군 생각은 어떻소?"

"조미장군 의견이 지금으로서는 최선입니다. 그냥 기다릴 수는 없으니 돌아서라도 가야지요."

대성에서는 고구려군의 맹렬한 공격이 닷새째 이어지고 있었다. 대나무 사다리를 해자에 걸쳐 성벽으로 접근해 기어 올라가는 전술은 고구려군에게도 피해가 많았다. 강 건너 살곶이벌에서 거련왕과 본진에 있던 왕당의 순지장군이 저녁 무렵 강을 건너와 고구려군 사령부에 들어섰다. 순지장군은 제우장군을 비롯한 여러 장수를 소집시켰다. 순지장군이 말했다.

"강 건너 폐하께서 이제나저제나 성의 함락을 기다리시다가 나를 보냈소이다."

제우장군이 송구한 표정을 지으며 말했다.

"백제군의 저항이 만만치 않습니다. 노인네와 아녀자들까지 다 나와 필사적으로 버티고 있습니다. 곧 끝장내겠습니다. 조금만 기다려주옵소서, 장군."

"나도 알고 있소. 독 안의 쥐가 더 반항하는 법이지. 안 그렇소?"

순지장군은 좌중의 여러 장수를 돌아보면서 말을 이었다.

"백제의 정예 2만이 지금 관미성을 빠져나갔소. 검단과 미추홀을 돌아 서해쪽으로 상륙했다는 보고요. 그럼, 늦어도 사흘이면 한성에 도달할 거요. 여긴 지역이 넓어 우리 고구려군이 다 방어할 수가 없소. 그 백제군이 도착하고 또 사로국의 구원병이 오면, 우리는 닭 쫓던 개가 지붕 바라보는 격이 되오."

제우장군이 고개를 떨구며 말했다.

"큰일이군요."
"그렇게 되면 오히려 우리 고구려군이 당할 수도 있소. 그러니."

순지장군은 목소리에 힘을 주어 말했다.

"무슨 수를 쓰더라도 이틀 안에 함락시켜야 하오. 대성을 함락시키면 오히려 왕성은 쉬울 거요. 왕성이 방비가 더 튼튼하다 하나 병사가 많지 않고, 대성이 함락되면 불안감이 커져서 저항하기 힘들 거요. 사다리를 놓아 성벽을 타는 작전만 고집하지 마시오. 화공도 있지 않소. 성을 폐허로 만들어도 좋소. 내가 마침 강을 건너면서 보니 바람의 방향이 바뀌었소. 서북풍이 분단 말이오. 화공을 하기에 좋은 바람이 아니오?"

제우장군이 말을 이었다.

"그렇게 하겠습니다. 투석기에 불덩이를 쏘아 화공을 시작하겠습니다. 성문에는 기름먹인 불화살을 집중시키겠습니다. 오늘 밤 끝장을 내겠습니다."

제우장군은 칼집을 땅에 내리찍으며 의연하게 말했다.

"여러 장군은 들으시오. 강 건너 폐하께서 승전보를 기다리신다. 시간이 없다. 군사들에게 저녁을 배불리 먹이고 잠시 쉬게 한 다음 자시부터 화공에 들어간다. 오늘 밤에 끝장을 본다. 총공격이다."

며칠 동안의 공격에 성안 백제의 군사와 백성들도 지쳤다. 몸이 지치는 건 쉬고 자고 먹고 하면 회복되지만, 희망이 지치면 마음에 암흑이 찾아온다. 대성 안에 있는 백제의 백성들과 군사들이 그랬다. 백제의 구원병이 나타날 희망만 있다면 힘을 내어 버티겠지만 대성은 완전히 포위되어 있어 아무런 소식이 전해지지 않았다. 그게 공포였다. 버티고는 있지만 그리 오래가지 못한다는 걸 누구나 다 알고 있었다. 아무도 그걸 입 밖으로 꺼내지는 않았다. 고구려군이 낮 공격이 잦아들더니 잠시 사위가 조용해졌다. 고구려 군영에 밥 짓는 연기가 나니 백제의 병사와 백성들도 밥을 먹고 쉬어야 할 때다. 성안의 군사와 백성들도 밥을 지어 먹고 그날 하루의 무사함을 감사했다. 내일은 어찌 될지 아무도 모른다.

경계병을 제외한 모두가 깊이 잠들었을 무렵이었다. 무시무시한 굉음과 함께 대성의 하늘로 불덩이가 날아들었다. 고구려 병사가 투석기에서 쏜 불덩이였다. 호박돌 주위에 천을 감고 기름을 먹인 다음 쏠 때

불을 붙였다. 대성은 평지성이라 투석기에서 쏜 불덩이는 성벽만 넘으면 바로 성으로 날아 들어왔다. 마침 부는 서북풍이 제법 강해 불덩이는 삽시간에 대성 여기저기에 떨어지면서 인가를 불태웠다. 초가지붕에 한번 붙은 불은 경당과 같은 관청 건물에 옮겨붙었고, 이윽고 위례 대성의 수백 채의 집에 불이 붙으면서 거세게 타올랐다. 성문에도 불이 붙어 고구려 병사 일부는 성문을 통해 성으로 밀려 들어가 저항하는 백제 군사를 쉽사리 제거했다. 저녁을 먹고 잠시 초저녁 잠에 빠져들었던 병사와 백성들은 영문도 모르고 일어났다. 마른하늘에 번개를 보는 심정으로 멍하게 불타는 집과 가재도구와 식량창고를 바라보았다. 대부분의 고구려군은 성으로 들어가지 않고 밖에서 기다렸다. 대성의 백제 병사와 백성들은 두 가지 선택밖에 없었다. 불에 타 죽느냐, 항복하느냐. 대부분의 백제 백성들은 불을 피하여 고구려의 포로가 되었다.

멀리서도 아닌 바로 근처에서, 왕성의 망루에서 밤새 일어난 잔인한 불 잔치를 목도한 개로왕은 왕성과 인접한 대성의 서문이 불에 타 내려앉는 것을 보고 스르륵 쓰러졌다. 시종과 신하들이 개로왕을 부축하고 응급약을 처방하고서야 겨우 개로왕의 정신이 돌아왔다. 밤이 지나가고 아침 해가 뜨고 있었다.

대성에 있는 군사와 백성들은 거의 다 불에 타 죽거나 고구려 병사의 칼에 죽거나 포로가 되었다. 왕성의 함락도 시간문제였다. 구원병이 오지 않는다면 개로왕의 선택 역시 두 가지였다. 항복이냐, 죽음이냐.

고구려는 왕성의 항복을 받아주지 않았다. 항복하라고도 하지 않았다. 거련왕의 명이었다.

왕성에는 왕비와 개로왕의 자식들, 귀족들과 그 가족이 상당히 많이 모여 있었다. 왕성의 군사들은 망루에서 대성이 불타고 백성들이 도륙이 나고 포로가 되는 광경을 보았다. 자신의 힘이 감당할 수 있는 폭력이라면 인간은 용감히 맞설 수 있다. 살기 위해서다. 압도적인 폭력에는 정신을 놓아버리고 망연자실 무기력해진다. 그게 인간이다. 백제 왕성의 백성과 군사와 귀족이 그랬다. 개로왕도 모든 판단력을 상실했다. 무엇을 해야 할지 어떻게 살아야 할지 도무지 종잡을 수 없었다. 이때 신하 중 누군가가 항복하자고 했으면, 성문을 열고 바로 항복했을지도 모른다. 비록 몽땅 죽더라도 말이다. 그때 시위대장이 말했다.

"폐하, 피하셔야 하옵니다. 저희들이 길을 열겠사옵니다."

수백의 백제 시위대 기병이 왕성의 서문을 열고 뛰쳐나갔다. 고구려 병사 수십 명이 달려들었다. 시위대는 그들을 제압하고 개로왕을 엄호하여 서문을 뚫고 나왔다. 시위대는 점점 밀려드는 고구려 병사들과 사투를 벌이면서 돌무지무덤 부근까지 활로를 뚫었다. 마침 몇 년 전 새로 조성한 비유왕의 돌무지무덤 근처에 개로왕이 다다랐다.

그것이 끝이었다. 수백의 고구려 기마대가 개로왕의 시위대를 둘러싸면서 백제 시위대는 고구려 병사의 화살과 창에 칼에 하나둘 쓰러졌다. 마침내 시위대장까지 쓰러지자 백마를 탄 개로왕은 혼자 남게 되었다. 그때 고구려의 장군 둘이 나타났다.

"폐하를 뵈옵니다."

고이만년과 재증걸루였다.

"누구냐?"

고이만년과 재증걸루는 대답하지 않았다. 개로왕은 체념한 듯했다. 왕의 위엄을 잃지는 않았다. 고이만년이 부하들에게 말했다.

"백제 왕은 배에 태워 강 건너로 모신다. 나와 재증장군도 함께 간다."

개로왕은 말에서 내려 아버지 비유왕의 무덤에 큰절을 두 번 올렸다.

"아버님, 못난 자식이 아버님을 생전 마지막으로 뵈옵니다. 곧 저승에서 뵙겠사옵니다."

고이만년과 재증걸루는 개로왕을 거련왕이 있는 아차산 본진 아래까지 호송했다. 개로왕은 곧 그 두 장군이 누구인지 알아차렸다. 개로왕은 시종일관 눈을 감고 입을 닫고 있었다. 두 장군은 전령을 시켜 거련왕에게 개로왕을 사로잡았음을 보고했다. 곧이어 전령이 돌아와 거련왕의 명을 전했다.

"구차하게 살리지 말라 하셨습니다."

두 장군은 개로왕을 말에서 내리게 한 다음 꿇어앉혔다. 이어 두 장군은 말에서 내려 개로왕에게 큰절을 올렸다. 재증걸루가 말했다.

"옛 주인에게 마지막 절을 올립니다. 부디 편안히 가십시오."

"바로 가게 해주어 고맙다."

두 장군은 절을 마치고 일어섰다. 개로왕에게 함께 침을 세 번 뱉었다.

"우리가 왕께 세 번 침을 뱉은 까닭은 왕께서 세 가지 잘못을 하셨기 때문입니다."

"……"

"첫째, 왕께서는 사람을 잘못 쓰셨습니다. 해씨들의 반란을 진압한 이후 왕족들만 중용하시고, 많은 인재는 쓰지도 않고 내버려두었습니다. 더군다나 도림이라는 첩자의 말을 듣고 저희 같은 사람을 버렸습니다. 이것이 왕의 첫째 잘못입니다.

둘째, 왕께서는 나라 밖의 일을 어리석게 처리하였습니다. 위나라에 국서를 보내 고구려를 위협하고 고구려 왕의 조상을 욕보였습니다. 위나라의 속셈을 전혀 몰랐고, 왜국과 가야와 사로국과 같은 약한 나라의 힘에 의존하려 하였습니다. 내 힘을 잘못 판단하고 고구려를 얕보다가 이 꼴이 되었습니다. 이것이 왕의 두 번째 잘못입니다.

셋째, 왕께서는 백제의 재물을 잘못 썼습니다. 백성들의 부역을 가볍게 여기고 재물 쓰는 순서를 잘못 정했습니다. 고구려가 호시탐탐 노리고 있으니 군사를 더 늘리고 성을 쌓아 방비를 더 튼튼히 해야 했거늘, 왕께서는 능역과 축방과 왕궁 조성에 힘쓰고 백성들을 울력에 동원하였습니다. 이것이 왕의 세 번째 잘못입니다."

"……"

"편히 가시옵소서."

고이만년의 칼이 옛 주인의 목덜미를 내리쳤다. 아차산 기슭 쪽으로 피가 튀었다. 왕의 목이 한칼에 다 날아가지 않고 반쯤 몸통에 달려있자, 재증걸루의 칼이 남은 왕의 목을 쳤다. 개로왕의 목은 툭 떨어져 한 바퀴 굴러 땅에 멈추었다.

31

재증걸루와 고이만년은 군사들을 시켜 개로왕의 시신을 목을 친 바로 그 자리에 땅을 파고 묻었다. 고이만년은 눈물을 한 방울 떨구며 말했다.

"누가 제사라도 지내주면 좋으련만……"
"제사는 무슨. 지금 백제가 다 망했는데, 그런 한가한 소리를 하는가? 먼 훗날 여기에 절이라도 세워질지 누가 아는가? 정 섭섭하다면 그렇게 생각하고 어서 가세."

아버지 비유왕이 정변에 의해 졸지에 돌아가시면서 해씨들의 반란을 제압하고 왕이 된 개로왕은 20년 동안 백제를 통치했다. 마침내 고구려의 기습에 당해 아차산 어느 자락에 목이 없는 귀신이 되어 묻히는 신세가 되었다.

고구려에 대항하여 북쪽 위나라와 물길, 남쪽의 송나라, 바다 건너 동쪽의 왜국과 백제 남방에 있던 사로국과 가야, 이 모든 나라의 연합을 통해 고구려를 고립시킨 다음 고구려를 공략하려 했던 개로왕의 담대한 구상은 물거품이 되고 말았다. 숭산에서 사성까지 둑을 쌓아 백성들의 살림집과 농토를 보호하고 관미성과 쌍현성을 수복했던 개로왕의 치적은 고구려의 공격에 허무하게 묻혀버리고 말았다. 아신왕에게 담덕왕이 넘을 수 없었던 벽이었다면, 마찬가지로 개로왕에게 거련왕은 역시 넘을 수 없는 벽이었다.

개로왕에게는 잘못이 없었다. 운명을 받아들이지 못하고 운명을 개척하려 했던 개로왕은 한때 신하였던 두 장군의 칼날에 목숨을 다하고 말았다.

백제 한성이라 부르던 위례성은 백제 초기에는 대성만을 지칭했다. 백제의 시조 온조가 도읍했던 위례 대성은 480년 만에 고구려군에 의해 완전히 불타고 폐허가 되었다. 왕성은 고이왕 시절에 지어졌다. 왕의 가족과 왕족과 귀족들이 주로 거주하고 있었다. 왕성은 개로왕이 서문을 통해 성을 나가는 바람에 성 자체가 불타지는 않았다. 고구려군은 왕성을 점령해 고구려군의 거점으로 삼았다.

거련왕은 제우장군으로부터 왕성에 있던 개로왕을 비롯 왕비와 왕자들 등 대부분의 왕족과 귀족들을 죽였다는 보고를 받았다. 대성의 백제 백성 중에는 혼란을 틈 타 도망간 이들도 많았지만, 상당수는 불에 타죽거나 고구려군에게 사로잡혔다. 포로가 된 백성만 8천이었다.

거련왕은 8천의 포로와 함께 평양으로 환궁하기로 했다. 나이가 많아서 너무 오래 야전에 머물면, 본인도 그렇지만 신하들이 불안해했다.

"나는 환궁하겠다. 여러 장군은 한성 왕성을 근거지로 삼아 계속 백제군을 추격하라. 이번에 한수 일대는 완전히 우리 고구려의 영토로 만들어라. 2만 백제군이 그대로 있다고 들었다. 그들을 섬멸하고 고구려의 강역을 더욱 넓혀라. 한수는 이제부터 고구려의 강이다."

해구와 목협만치와 조미걸취가 이끄는 백제 정예 2만은 한성을 구원하러 오다가, 이미 한성은 함락되고 왕이 죽었다는 급보를 접하고는 망연자실 어찌할 바를 몰랐다. 섣불리 고구려군과 대적할 필요는 없었다. 왕이 죽고 대성과 왕성이 함락된 마당에, 더 싸워 무엇하겠는가. 그렇다고 완전히 희망을 버릴 수는 없었다. 한성이 함락되었다 하더라도 한성이남의 백제는 건재했다. 또한 사로국으로 구원병을 청하러 간 상좌평 문주도, 왜국에 있는 곤지왕자도 무사했다.

사로국에 구원을 청하러 갔던 문주는 9월 초순이 되어 사로국 구원병 1만을 얻어 북상했다. 한성의 전황을 수시로 전해 듣다가 한성으로부터 소식이 끊어진 지 달포쯤이나 되어서였다. 육로로 한성 쪽으로 북상하면서 문주는 밀려오는 수많은 백제 피난민의 대열을 만났다. 문주는 피난민을 붙잡고 다그쳤다.

"한성은 어찌 되었느냐? 폐하는 어찌 되셨느냐?"
"한성은 불바다가 되었고, 폐하가 어디로 가셨는지 저희는 알 수가 없습니다."

닥치는 대로 물어보아도 개로왕의 행방을 정확히 아는 피난민은 없었다. 간혹 만나는 백제의 패잔병들 역시 개로왕의 행방을 아는 이는 없었다. 다만 해구가 이끄는 병사 2만이 여전히 건재하다는 소식을 접했다.

문주는 아술(牙述)[74] 부근에서 드디어 해구가 이끄는 백제의 정예병과 만났다. 해구와 조미걸취와 목협만치는 말에서 내려 문주를 영접했다.

"상좌평 어른을 뵙습니다."
"해구장군, 조미장군, 목협장군. 여기서 만나는구려."

문주는 말에서 내려 반갑게 그들의 손을 잡았다. 손을 잡는 순간 그들은 누구 먼저랄 거 없이 바닥에 엎드려 통곡을 했다.

"폐하를 지키지 못했습니다. 저희를 죽여 주시옵소서."

문주는 그때야 개로왕이 아차산 아래로 끌려가 참변을 당했다는 말을 들었다. 차마 들을 수 없는 말이었지만 듣지 않을 수도 없는 말이었다. 문주는 그 말을 듣자 바닥에 쓰러지며 땅을 쳤다.

"어찌 이럴 수가 있느냐? 어찌 이러고도 하늘이 무너지지 않느냐? 멀쩡하게 높은 저 파란 하늘은 왜 무너지지 않느냐? 폐하, 폐하. 대답을 해보소서. 폐하, 형님. 형님, 대답을 해보소서. 어찌 그리 가나이까? 백제를 두고 어찌 그리 가나이까?"

문주의 통곡을 듣고 울지 않는 백제의 병사는 없었다. 심지어 백제를 구원하러 온 사로국의 병사들도 숙연해졌다. 문주가 아무리 통탄을 해도 한성은 이미 함락되었다. 개로왕은 목이 없는 귀신이 되었다. 거련왕

---

74) 현재의 충청남도 아산

은 백제의 왕과 왕족을 도륙하고, 8천의 포로를 잡아 유유히 평양성으로 개선했다. 온조왕이 한성에 터를 정한 지 493년 만에 한성 백제는 종말을 고하고 말았다.

이튿날 정신을 차린 문주는 백제군의 주력 부대 2만을 분산 배치했다. 문주는 남하하는 고구려군을 경계하면서 대두성[75] 인근 산악 지역으로 들어갔다. 백제의 남아있는 수군도 서해를 통해 대두성 인근 안쪽 깊숙이 들어왔다.

문주의 주력 부대가 대두성 인근으로 들어갔다는 소문은 백제의 유민들과 지방 호족들의 귀에 빠르게 퍼져나갔다. 5백 년 역사의 백제가 하루아침에 망할 수는 없었다. 한수 지역을 고구려에게 빼앗겼다고는 하나 백제는 저 멀리 무진주 지역까지 촘촘히 호족과 지역민들로 연결되어있었다. 백제의 백성들은 문주가 군사들과 머무는 산성을 자연스럽게 위례성[76]이라 불렀다. 백제의 성이니, 백제의 울타리이니 위례성이라 부르는 게 백제 사람들은 너무 익숙했다.

위례성으로 살아남은 해씨와 진씨 목씨 등 한성의 귀족 가문들이 백성을 이끌고 모여들었다. 해구와 목협만치, 조미걸취 등 군대를 이끌고 온 장군들과 이 지역의 호족인 연신(燕信) 등 많은 지방의 호족들이 모여들었다. 위례성에 모인 백성과 신하들은 개로왕의 동생 문주를 새로운 백제 왕으로 추대했다. 문주는 몇 번을 사양하다가 백제 땅에 자신이 아니면 왕이 될 사람이 없음을 깨닫고 바로 수락했다.

대관식도 없이 눈물을 흘리면서 문주는 왕이 되었다. 왕이 된 문주는 바로 추격해오는 고구려군에 맞서 대비책을 세워야 했다.

---

75) 정확히는 알 수 없다. 현재의 아산시 일대로 추정.
76) 정확히 알 수 없다. 현재의 천악 직산 일대 혹은 성거산 일대로 추정.

문주는 위례성을 중심으로 인근에 대두성을 비롯 여러 성에 군사를 나누어 배치시켰다. 산성에 웅거하면서 고구려군과 맞부딪히지 않도록 했다. 고구려의 제우장군 역시 한수 이남 지역에 근거할 성을 쌓고 목책을 세우느라 싸울 생각은 별로 없었다. 고구려와 백제의 대치가 장기간으로 지속되자 위례성 인근에 군영을 세우고 머물러 있던 사로국 구원병은 사로국으로 돌아갔다. 사로국 군사의 군량을 백제 난민이 감당할 수도 없었고, 그렇다고 머나먼 사로국에서 공급할 수도 없었기에 사로국 군사의 철수는 당연했다.

문주왕은 위례성에 있으면서 장기적인 도읍지를 물색했다. 위례성은 방어하기엔 좋을지 몰라도 한 나라의 도읍지가 되기엔 교통이 너무 불편했다. 새 위례성은 물길이 너무 멀었다. 서쪽으로 육로로 한참 나아가야 바다가 있다. 물길이 없으면 당장 백제의 여러 지방과 소통이 되지 않는다. 왜국과 송나라도 마찬가지였다. 도읍지는 나라의 모든 지방과 연결되어야 했다. 물길이 없으면 백제는 힘을 모을 수도 없다. 문주는 그 점을 잘 알고 있었다.

문주왕은 회의를 열어 신하들의 의견을 듣기로 했다. 목협만치가 먼저 의견을 제시했다.

"한수 아래에 큰 강으로 백강[77]이 있사온데 백강 중간에 고마나루[78]가 있습니다. 이 고마나루 지역이 도읍지로 적합하다고 아뢰옵니다. 우선 수운이 사통팔달이고 강이 있어 고구려의 공격을 막아내면서도 북쪽으로는 큰 산줄기가 있습니다. 이곳에서 백제 부흥을 도모함이 옳은

---

77) 현재의 금강
78) 현재의 공주 부근

것으로 아룁니다."

"그런가? 나도 그 지역을 생각하고 있었다. 농토 많은 땅과 강으로 연결되어 있지. 무엇보다 고마나루는 백강 깊숙이 들어앉아 있다. 바다에서 멀기에 한수처럼 기습을 당하지는 않을 테지."

그때 연신이 나섰다.

"폐하, 아니 되옵니다. 고마나루로 도읍을 옮기면 한수의 땅을 우리 백제가 포기한 셈이 됩니다. 고마나루는 평안한 지역이라 자칫 원수를 잊을까 두렵사옵니다. 백제의 백성은 여기 새 위례성을 근거로 하여 힘을 모아 고토를 회복해야 하옵니다. 한성에 있는 우리 열왕의 무덤에 제사조차 지낼 수 없사온데, 어찌 등을 대고 바다에 누우며, 어찌 하얀 쌀밥을 고기 국물에 말아 먹겠사옵니까? 쓸개를 핥고 씹는 심정으로 이곳이 불편한 만큼 더욱 이를 갈고 견디어서 하루빨리 고토를 회복해야 하옵니다. 고토를 회복하자면 이곳을 떠나면 아니 되옵니다."

목협만치가 바로 치고받았다.

"연신, 그대의 말을 잘 들었네. 하지만 그대가 말만큼이나 백제를 위해 열심히 싸웠다는 말을 들어보지 못했네. 그대나 나나 이 지역에서 오래전부터 살았지. 조상 묘도 여기에 가깝지. 우리 여기 새 위례성이 도읍지가 되면 여기가 터줏대감인 우리에게는 매우 좋은 일이야. 그렇지 않은가? 연신."

"장군께서는 어떻게 그런 말을 하십니까? 저는 충정에서 하는 말씀이오이다."

그때 해구가 나섰다.

"어허, 왜들 이러는가? 지금 누가 자기의 사소한 이익 때문에 그러겠는가. 두 분의 말이 다 일리가 있네. 하지만 임시라 하더라도 여기 새 위례성이 백제의 도읍지가 되기엔 너무 불편하네. 이 높은 곳으로 백성들이 늘 올라다니며 일도 하고 해야 할 텐데, 그게 얼마나 오래갈 수 있겠나. 고마나루에 가서 안정을 찾아 고구려를 쳐야 하네. 폐하, 신의 생각은 그러하옵니다. 폐하께서 속히 결정하옵소서."

"내가 고마나루에 다녀오고 난 다음에 결정하겠다. 그리 오래 걸리지 않을 게다."

문주왕이 해구와 목협만치 등의 신하들과 함께 고마나루를 둘러본 뒤 이도(移都)를 결정했다. 문주왕은 병력을 분산해 위례성과 대두성과 새 도읍지 인근에 배치했다. 목협만치의 말 그대로 고마나루 지역은 백강에 접하여 수운에 편리했다. 배후에 옹기종기 들판이 있어 많은 백성을 먹여 살리지는 못하겠지만 심하게 옹색하지는 않았다. 무엇보다 백제의 도읍지는 수운을 활용해야만 했다. 남쪽의 여러 지방과 왜국과 가야, 송나라와 수운으로 연결되지 않으면 백제는 숨을 수가 없었다. 온조왕 이래로 백제의 도읍지가 강과 바다로 연결되지 아니한 적은 없었다. 강을 끼고 바다로 나아가야 백제는 백제다울 터였다.
문주는 고마나루 남동쪽 언덕에 올라서서 강과 들판을 보았다. 북으로 강을 건너면 산이 겹겹으로 싸여있었다. 고구려의 침입을 막아내기는 한성이나 새 위례성보다 훨씬 좋게 보였다.

"여기서 백강 물길로 서해까지 얼마나 걸리느냐?"
"사흘은 족히 걸리옵니다."

목협만치가 대답했다. 문주왕은 지형을 살피면서 골똘히 생각했다. 백강의 물길은 한수보다 폭이 좁고 구비가 많았다. 그 점은 수성(守城)을 생각하면 매우 유리했다. 한성은 한수에 접하고 한수가 폭이 넓고 서해에 접해있다. 수군의 기습에 당한 이유다. 서해에서 고마나루, 웅진(熊津)에 도달하려면 백강을 한참 거슬러 오면서 여러 구비를 지나야 했다. 강폭이 좁아 수군 대군이 접근하기도 힘들고 아무리 강력한 수군이라도 굽이만 잘 지키면 쉽게 강을 거슬러 오르지 못한다. 동쪽과 북쪽 또한 물길이 아니면 접근하기 힘든 산지여서 요지에 산성을 쌓아서 지키면 고구려 10만 대군이라도 막아낼 수 있을 듯 보였다. 혹 사로국이 돌변하여 공격한다 해도 문제가 없다.

그래, 여기다. 바로 여기다. 문주왕은 겹겹으로 쌓인 북쪽 산줄기를 바라보았다. 이곳에 도읍하면 한성보다 더 튼튼하게 백제를 방어할 수 있을 것 같았다. 고구려의 기병도 이곳에서는 크게 힘을 쓰지 못할 것 같았다. 문주는 고마나루 뒤편 언덕 일대를 새 도읍지로 정했다. 웅진이라 이름했다. 문주왕은 서둘러 웅진으로 주력 부대를 다시 배치시키고 웅진성 축성에 들어갔다. 문주왕은 웅진성에서 다시 백제를 일으켜 세웠다.

왜국에서 급보를 접한 곤지는 하늘이 무너지는 충격을 받았다. 큰형님 개로왕이 거련왕의 기습으로 죽었다는 청천벽력같은 소식이었다. 곤지는 그 자리에서 벌떡 일어났다가 무릎이 꺾여 바로 주저앉았다.

형님과의 약속이 무엇이었던가. 자신에게 왜국을 개척하여 힘을 키우라 했다. 자신은 그렇게 했다. 형님 개로왕은 동생 곤지와의 약속을 지키지 못했다. 곤지는 그냥 왜국에 있을 수가 없었다. 자신이 가서 백척간두의 절벽에 서서 망해가는 백제를 구해야 했다. 서둘러 귀국선을 탔다가 형님 문주가 왕위에 오르고, 고마나루를 새로운 도읍지로 정했다는 소식을 듣고는 귀국을 늦추기로 했다. 문주 형님의 생각이 무엇인지도 알아보고 귀국해도 늦지 않다는 판단이 들었기 때문이었다. 이미 25년여 전 살곶이 벌판에서 함께 말달리던 문주도, 곤지도 아니었다. 형이 갑자기 변을 당해 왕이 되었다 해도 둘째 형 문주는 이미 왕이었다. 곤지도 왜국에서 왜왕 다음의 실력자가 되어있었다. 성급하게 귀국해서 괜히 문주의 오해를 살 필요가 없었다. 곤지가 백제에서 데려간 여러 공인(工人)의 일솜씨가 왜국을 살찌게 했다. 곤지도 왜국의 여러 일을 마무리하자면 시간이 필요했다. 성을 쌓고 절을 짓고 대장간을 만들고, 농토를 확장하고 하는 등의 여러 일이 모두 곤지의 입김이 필요한 일이었기 때문이었다.

32

　도읍을 옮긴 뒤에도 문주왕은 잠을 제대로 이루지 못했다. 아버지와 형님의 목 없는 귀신이 날마다 문주왕의 잠자리에 찾아왔다. 실질적으로 고구려 군사는 한성 함락에 머물지 않고 백제군을 추격해 괴롭히고 있었다. 송나라에 도움을 요청하기 위해 사신을 보내 보았지만, 이미 송나라로 가는 항로 길목을 고구려 수군이 장악하고 있어 뚫고 나아갈 수가 없었다. 다행히 남쪽 항로는 백제 수군이 장악하고 있었다. 왜국과 탐라국 등지와의 해로는 백강과 잘 연결되어 소식을 주고받을 수 있었다.

　고구려의 압박이 심한 가운데 문주왕은 해구를 병관좌평에 임명했다. 해구는 개로왕과 한성을 지켜내지 못했다. 그런 잘못이 있기도 하지만, 정예부대 2만을 온전히 보존하여 백제가 훗날을 도모할 수 있게 했다. 분명 공로는 공로였다. 표면적인 명분은 그랬다. 실질적으로 해구가 남은 병사를 통솔하고 있었다. 문주는 오히려 해구의 눈치를 보지 않을 수 없었다.

　해구는 문주를 옹립하고 난 뒤, 상좌평처럼 모든 정사를 좌지우지했다. 해구는 한성에서 이거한 귀족 세력을 대표했다. 국란을 헤쳐나온 인물이었다. 너무 많은 왕족과 신하들이 전쟁 통에 죽어버려서 능력을 갖춘 사람이 많지 않았다. 심약한 문주왕은 병권을 가지고 있는 해구를 두려워했다. 어떻게든 동생 곤지가 와야 했다. 그래야 나라의 질서가 잡히고 국왕의 위세가 살아난다. 문주왕은 곤지에게 귀국을 재촉했다.

거급되는 문주왕의 재촉에 곤지는 왜국 하내(河內)를 떠나기로 결심했다. 곤지는 각라부인과 아들 모대(牟大)를 불러 당부했다. 각라부인은 16년 전 축자(築紫) 지방의 섬에서 아이를 낳고, 한참을 축자에서 머물렀다. 각라부인의 어머니가 왜왕의 여동생이었다. 축자로 시집을 가서 각라부인을 낳았기에 축자는 각라부인의 친정인 셈이었다. 각라부인은 친정인 축자에서 한동안 아이를 길렀다. 섬에서 낳았으므로 이름을 사마(斯麻)라 했다. 곤지는 형님이 사내아이를 낳으면 바로 백제로 보내라고 하였으나 그럴 수가 없었다. 형님의 다른 왕비인 진씨 부인 역시 해산이 멀지 않았기에, 어미도 없고, 따라서 뒷배경도 없는 사마를 백제로 보낼 수는 없었다. 강보에 싸인 핏덩이 아이가 어찌 백제 왕궁에서 제대로 자랄 수 있으랴. 각라부인 역시 절대로 아이를 보내지 아니하려 했다.

"여기가 저의 친정입니다. 여기가 고향이에요. 여기서 아이를 키울 겁니다."

곤지는 각라부인을 축자에 두고 수백 명의 일행과 함께 하내(河內)[79]로 갔다. 곤지의 일행은 왜왕이 요청한 학자와 공인(工人), 승려 등 매우 다양한 인물로 구성되어있었다. 곤지는 각라부인과 헤어지기 싫었지

---

79) 가와치. 현재 일본의 오사카 지역.

만, 곤지에게는 하내에서 또 하나의 백제를 건설해야 하는 임무가 있었다. 그게 형님과의 약속이었다. 대신 각라부인에게 2년의 시간을 주었다. 아이가 두 돌이 지나면 아이는 친정에 맡겨놓고 각라부인은 하내로 가기로 약속했다.

사마는 어머니의 고향 축자에서 무럭무럭 자랐다. 아이가 두 살이 되자 각라부인은 아이를 떼어놓고 하내로 가서 처음으로 곤지의 여인이 되었다. 이듬해 각라부인은 또 아들을 낳았다. 곤지는 아들에게 모대(牟大)라는 이름을 지어주었다. 그 아이가 벌써 열네 살이다. 모자를 불러놓고 곤지는 잠시 옛 생각을 하다가 입을 열었다.

"부인, 내가 이제 백제로 돌아가야겠소. 한성이 함락되고 형님이 비명에 가셨다는 건 이미 알 것이오. 내가 가서 백제를 수습해야겠소. 모대는 어머니를 잘 모시고 있거라. 내가 부르기 전에는 절대 하내에서 움직이지 마라."

곤지는 하내를 떠나 배를 타고 축자에 도착해서 조카 사마(斯麻)를 만났다.

"사마야, 잘 지냈느냐?"
"작은아버님을 뵙습니다."
"내가 왜국에 온 게 16년째이니 너도 이제 열여섯. 이제 어른이 다 되었구나. 키도 훌쩍 컸구나. 그런데 말이다. 사마야."
"말씀을 하소서."
"내가 하는 말을 듣고 절대로 놀라거나 당황해서는 안 된다."

"무슨 말씀이신지……"

"왕께서 돌아가셨다. 그리고……"

"작은아버님, 저도 알고 있사옵니다. 백제의 소식은 축자를 거쳐 하내로 갑니다."

"그렇지. 그걸 내가 깜빡 잊어버렸구나. 네가 힘들었겠구나."

"……"

"내가 백제에 가려고 한다. 네 아버지와 나의 약속이 뭔지 아느냐?"

"왜국에서 힘을 키워라……"

"그래, 그렇다. 힘을 키워 백제가 위급할 때 구원하러 오라는 약속이었다. 하지만 워낙 급작스럽게 거련왕에게 당해서 구원하러 갈 수가 없었다. 너도 알다시피 내가 알고 난 뒤에는 모든 사태가 끝나버렸다."

"알고 있습니다."

"너에게 많이 미안하구나. 내가 아니면 네 어머니가 왜국에 올 일도 없고, 그러면 너는 백제에 있었을 텐데."

"아닙니다. 저는 작은아버님을 원망하지 않습니다. 어머니를 사랑하셨으니……"

"사랑? 그렇지. 사랑했지. 형의 여자를 사랑하는 게 뭔지 네가 알겠느냐?"

"아직은 잘 모르겠습니다."

"그럴 거다. 그건 그렇고. 이제 나는 백제로 가서 왕이 되신 문주 형님을 보필하여 백제를 재건할 생각이다. 내가 가야 백제 군대가 강해진다. 너는…… "

"저도 가겠습니다."

"아니다. 너는 왜국에 남아 우리 백제 사람들을 통솔해야 하고, 훗날을 대비해야 한다. 모대는 하내에, 너는 여기 축자에서 힘을 길러야 해. 내가 부르는 날이 올 거다. 너희는 아버지는 다르다 하나 어머니가 같은 형제다.”

“작은아버님, 그렇기는 하나 저의 아버지가 돌아가셨습니다. 그러니 제가 가야지요.”

“사마야, 너는 아직 내 말을 못 알아듣는구나. 너는 형님의 아들이다. 그러니 네가 가면 죽는다.”

“네? 그게 무슨 말씀이신지.”

“지금 이미 문주 형님이 왕이 되셨어. 원칙으로 말하면 네가 왕이 되어야 해. 네가 왕의 아들이니까. 그러니 네가 가면 문주 형님이 얼마나 불편하겠어. 너에게서 왕위를 빼앗았다는 느낌이 들 게 분명해. 문주 형님은 그렇게 생각하지 않아도, 신하들 사이에서 틈이 벌어지고 모함하면 너는 죽어. 네가 죽는 것도 안타깝지만 그보다도 지금 백제가 왕위 싸움을 하면서 분열하면 절대로 안 돼. 이제 알겠느냐?”

“……”

“형님은 네 어머니를 나와 함께 보내면서 너를 낳으면 바로 귀국시키라고 했다. 하지만 그럴 수가 없었어. 네가 태어난 해에 진씨 왕비도 아들을 낳았지. 네가 가서 어머니도, 외가의 배경도 없이 무사히 자랄 수 있었을 것 같니? 어림도 없는 일이야. 그래서 내가 널 보내지 아니했다. 너의 어머니가 너를 보내지 말자고 했다. 여기서도 즐겁고 행복하게 살 수 있는데, 왜 네가 백제로 가서 목숨이 위태롭게 살아야 하나? 왕은…… 정말 힘들다…… 할아버지도, 아버지도 다 비명에 가셨다.”

“……”

“16년 동안 나는 많은 일을 했다. 왜국이 그동안 얼마나 발전을 했느냐? 내가 오기 전에는 왜국은 칼 한 자루도 제대로 못 만들었다. 대장간도 제대로 없었으니까. 백제 사람들이 없으면 당장 왜국이 곤란해져. 우리 공인이 왜국을 버티고 있어. 우리 스님이 왜국의 안녕을 빌고 있어. 그걸 누군가는 다스려야 해. 너와 모대가 해야 해. 지금 백제는 풍전등화의 위기야. 내가 가서 사태를 수습하겠지만 너와 모대는 여기서 군사를 키워야 해. 나는 이번에 병사를 데리고 가지 않을 거야. 문주 형에게 오해받기 싫으니까. 내가 가서 백제의 군사를 조련해서 한성으로 진격할 거야. 내가 하던 일을 너와 모대가 이어받아서 해야 해. 알겠느냐."

사마는 대답하지 않고 뭔가를 골똘하게 생각했다. 자신이 가서 백제의 병사들을 이끌고 아버지의 복수를 하고 싶었다. 평양성까지 쳐들어가서 거련왕의 목을 베고 싶었다. 한 번도 보지 못한 아버지를, 영원히 보지 못하게 만든 거련왕을 단칼에 죽여버리고 싶었다. 얼마나 그리웠던 아버지였던가. 거련, 그 늙은 몸뚱이의 심장에 깊이 칼을 박아넣고 싶었다. 한 번도 보지 못한 조국 백제의 강산과 들판을, 백제의 공기와 백제의 하늘을 보고 싶었다.

삼촌에게 사마는 어떻게 해서든 자기도 귀국시켜 달라고 조를 참이었다. 사마는 깊이 생각했다. 곤지 삼촌의 말을 듣고 보니 자신이 귀국하면 오히려 일이 복잡해질 건 뻔한 일이었다. 자신으로 인해 백제가 분열되면, 구천을 떠도는 아버지의 혼령이 분명 싫어할 일이었다. 그래, 언젠가는 내 할 일이 있을 거다. 세상일을 어떻게 알아. 기다릴 거야. 사마는 아버지에 대한 사무친 그리움을 속으로 삼키면서 결심했다.

"그렇게 하겠습니다. 작은아버님의 말씀대로 축자에서 제 할 일을 하겠습니다. 백제를 살리소서.”

“고맙구나, 사마야. 그리고 동생 모대도 부탁한다. 그 녀석은 놀기를
너무 좋아해.”

곤지는 사마와 모대에게 뒷일을 맡기고 서둘러 귀국길에 올랐다. 남
해안을 지나 서해로 들어서자 바다의 냄새가 달라졌다. 푸른색이 투명하
던 바다 물빛이 황토가 섞인 탁한 물색으로 변했다. 곤지는 그 물색을 보
고 백제의 바다에 들어섰음을 느꼈다. 배는 한수까지 가지 않고 백강 어
귀로 들어섰다. 백강 어귀에서도 배는 한참을 더 나아갔다. 곤지는 웅진
성으로 가는 뱃길이 낯설기만 했다. 웅진성은 그가 처음 가는 곳이었다.

백강도 아름다웠다. 왜국의 급한 물길이 아니라 느릿느릿 유유자적
흐르는 건 한수나 백강이나 마찬가지였다. 백강을 거슬러 오른 지 사흘
만에 곤지는 웅진성에 도착했다. 곤지는 고마나루에 내리자마자 급하
게 서문을 통해 성안으로 들어갔다.

여러 신하가 도열한 가운데 곤지는 왕이 된 둘째 형님, 문주왕을 배
알했다. 16년 만이었다. 곤지는 바닥에 엎드려 문주왕에게 큰절을 올렸
다. 말을 하려다가 목이 메어 말하지 못했다. 눈물이 먼저 떨어져 바닥
을 적셨다.

“형님, 곤지가 왔습니다. 형님.”

“곤지야, 왜 이렇게 늦었느냐, 곤지야.”

문주왕은 바닥에 엎드린 곤지를 일으켜 세워 부둥켜안았다. 둘은 통
곡하며 한동안 떨어질 줄 몰랐다. 형제간의 만남은 곧 연회로 이어졌다.

아무리 백제가 새로 도읍을 옮겨 왕궁이 초라해도 형제의 재회에 연회가 없을 수가 없었다. 곤지는 술이 몇 잔 들어가자 옛날처럼 호쾌해졌다. 문주왕을 폐하로 부르지 않고 형님으로 불렀다. 곤지는 빨리 술을 마셨다. 여독도 여독이지만 곤지의 감정이 술을 빨리 퍼마시게 했다. 큰형은 돌아가시고 둘째 형이 왕이 되었다. 그보다도 한성에 비하면 초라하기 이를 데 없는 웅진성 자체가 곤지를 비감하게 만들었다. 그 많던 신하와 궁인들은 다 어디 갔나. 백제를 다스리는 왕이 사는 궁이 이토록 좁고 궁색한가. 한성 왕성의 번듯한 별궁 도화루는 어떠했는가? 도화루에서 형님 개로왕과 술 마시던 때가 생각났다. 살곶이벌의 드넓은 들판에서 군사를 호령하던 그때가 떠올랐다.

곤지는 그런 추억이 떠오를 때마다 한 잔씩을 마셔댔다. 곤지는 술이 많이 취했다. 문주왕은 염려가 되었지만, 곤지의 기분을 충분히 이해했다. 곤지는 문주왕에게 형님이라 마구 부르고 껴안았다. 그때 슬쩍 해구가 한마디 했다.

"왕자님, 아무리 그래도 폐하로 부르심이……"

"그래, 그렇구나. 폐하로 불러야지. 그렇게 부르마. 근데, 너 이 녀석 해구야."

"하명하시옵소서."

"넌, 그 많은 병사로 왜 형님을 지키지 못했냐? 형님, 근개루 형님을 왜 지키지 못했냐 이 말이야."

"곤지야, 너 취했다. 자. 이제 자리를 파하자. 모두 물러라."

곤지의 횡설수설에 문주왕이 재빨리 나서서 자리를 끝냈다. 사람은 잘 변하지 않는다. 문주왕은 곤지를 알기에 그 정도에서 정리해야만 했다. 다혈질인 곤지가 해구에게 이 녀석, 저 녀석 정도에 그쳤다면, 그건 평소 곤지의 성정에 비하면 보살의 행색이나 마찬가지였다. 칼을 빼 들고 죽인다고 나서지 않아 오히려 다행이었다.

봉변을 당한 해구는 궁을 물러나면서도 찜찜했다. 남문을 벗어나 저잣거리에서 몇 잔의 술을 더 마셨다. 취기가 오르면서 해구는 뽀드득 이를 갈았다. 측근인 연신이 그를 만류해 술을 과하게 마시진 않았다. 그들은 술집을 나와 어둠 속으로 사라졌다.

33

곤지가 귀국하자 문주왕은 천군만마를 얻은 기분이었다. 본인의 우유부단한 성격을 대신하여 곤지가 시원스럽게 백제의 산적한 국사를 처리할 게 분명했다. 백제가 시급하게 해야 할 일은 넘쳐흘렀다. 문주왕은 바로 곤지를 내신좌평에 임명했다.

곤지는 가장 먼저 문주왕의 맏아들 삼근(三斤)을 태자로 옹립했다. 열세 살 삼근은 나이보다 더 어려 보였지만, 곤지 자신이 오해를 받지 않기 위해서라도 태자 옹립은 가장 먼저 해야 할 일이었다. 16년 전 자신이 왜국으로 갔을 때도 표면적으로는 백제의 후방인 왜국에서 군사를 키우는 게 중요 목적이었다. 형님 개로왕으로서는 군권을 가진 자신을 견제하기 위해서도 그렇게 했다. 곤지는 이미 그때 알고 있었다. 이번에도 오해의 소지를 미리 잘라야 했다. 형님의 여자를 사랑하기는 했다. 형님의 여자를 달라고 떼를 쓰면 형님은 가지 말라고 할 줄 알았다. 형님은 임신한 형수를 내어주면서까지 곤지를 왜국으로 보냈다. 왕의 자리란 그만큼 무서운 법이다. 젊어서는 사랑에 죽고 살기도 한다. 나이가 들어서는 사랑보다 권력이 더 달콤하다.

문주왕의 맏아들 삼근을 태자에 앉히고 즉위식을 하니 나라가 좀 안정되어가는 듯이 보였다. 곤지는 다른 군사적인 개혁을 통해 백제를 강하게 만들고 싶었다. 그런 곤지를 비딱하게 보는 자가 있었다. 병관좌평 해구가 노골적으로 곤지를 마뜩잖아했다. 왜국에 편안히 있다가 왕위를 노리고 백제로 돌아왔다고 은근히 곤지를 모함했다. 삼근을 태자로 옹립한 거야 언제든 바꾸면 되니 그게 오히려 더 수상하다고 했다.

곤지는 해구의 관직을 박탈하고 싶었다. 해구를 따르는 장군과 병사들이 많아 자칫 잘못하면 역공을 받을 수 있어 차근차근 진행하기로 했다. 해구는 해씨들 반란 때 사촌 형들을 고발하고 잡아 와 자신의 안위를 지켜낸 자였다. 그런 해구였기에 곤지는 그가 더 신뢰가 가지 않았다. 한번 주인을 문 개는 다시 주인을 문다. 곤지는 문주왕을 배알했다.

"폐하, 해구를 내쳐야 합니다. 당장 병관좌평에서 물러나게 해야 합니다. 그만한 병력으로 왕을 지키지 못했다면 무능한 것이고, 일부러 왕을 지키지 않았다면 역모나 다름없습니다."

"나도 그렇게 생각한다만, 저들이 그렇게 쉬운 상대가 아니야. 피난하여 웅진으로 내려온 귀족 중에도 해씨들이 많아. 오래된 가문이라 지방 세력과도 연결되어있어. 연씨들도 해씨와 한통속이야. 신중하지 않으면 안 될 거야. 작년 8월에 병관좌평으로 임명을 했는데, 1년도 안 되어 물러나라고 하면, 저들은 모반을 획책할 게 틀림없어."

곤지는 신하가 모반할까 두려워 못 내치는 문주왕이 심히 마음에 들지 않았다. 그게 바로 문주왕의 원래 성격이었다. 그렇다면 자신이 어딘가로 그를 불러서 직접 처단하는 방법밖에는 없다. 궁이 좋을까? 아니면 저잣거리에서 본때를 보여버릴까? 그런 고민을 하면서 곤지는 며칠을 보냈다.

웅진의 왕궁은 마침 웅진성 안에 있었던 웅진 호족인 백씨의 거처를 임시로 개조해서 쓰고 있었다. 골짜기를 메우고 터를 다져 평토 작업을 하는 과정이라 아직 왕궁이라 할 것도 없었다. 곤지의 처소 역시 서문 밖 어느 백씨의 집을 임시로 빌려 사용하였으므로 경비는 허술할 수밖에 없었다.

달 없는 밤, 온몸을 검은 옷으로 감싼 일단의 무사들이 안개 속에서 곤지의 처소로 스며들었다. 곤지의 아버지 비유왕이 죽었을 때 나타났던 그 무사들과 같은 옷을 입은 자들이었다. 그들은 쉽게 곤지가 자는 방으로 들어갔다. 곤지는 나이가 좀 들긴 했어도 인기척에 반사적으로 검을 집어 들고 침입자와 맞섰다. 좁은 방안에서 여러 자객과 곤지의 혈전이 벌어졌다. 곤지는 자객 하나의 목을 찌르고, 이어서 다른 자객의 칼을 맞받아치려는 순간, 짧은 검이 자신의 심장으로 푹 들어왔음을 느꼈다. 차갑고 매끄러운 섬광이 몸을 찌르는 느낌이었다.

이게 끝이구나. 이게 죽음이구나. 아버지와 형님 곁으로 가는구나.

그렇게 곤지는 쓰러졌다. 곤지는 편안해졌다. 곧 곤지의 의식이 없어졌다. 검은 옷의 자객들은 소리없이 백강의 밤안개 속으로 사라졌다. 고마나루에서 작은 배 한 척이 그들을 싣고 어딘가로 떠났다.

백제의 좌현왕이자 왜국 하내 지역의 실력자 곤지는 그렇게 갔다. 아직 쉰을 넘기지 못한 나이였다. 곤지의 죽음은 바로 문주왕에게 전해졌다. 문주왕의 얼굴빛은 창백하게 변했다. 살해범이 누구인지 묻지도 않았다. 범인을 찾으려고도 하지 않았다. 그는 입을 다물고 두려움에 떨기만 했다.

　곤지가 죽고 난 다음 해구는 안하무인으로 행동했다. 누가 보아도 곤지의 살해 배후는 해구였다. 해구는 굳이 그걸 숨기려 하지 않았다. 해구는 조정 신료들에게 백제의 백성이 왜 이렇게 고생하느냐고 되물었다. 바로 이전 왕의 독선과 무능 때문이라고 거침없이 말했다. 비유왕과 개로왕이 고구려를 적으로 삼은 무모함이 결국은 한성 함락으로 이어졌다고 했다. 고구려와 친하게 지내고 사로국을 멀리하는 새로운 나라 전략이 필요하다고 했다. 이어 조심스럽게 왕조의 교체를 암시했다. 부여씨로 왕을 바꾸는 게 아니라 부여씨에서 다른 성씨로 아예 왕조 자체를 바꾸려는 역모를 노골적으로 이야기했다. 연신과 같은 신흥 귀족이 해씨를 옹립하는 데 앞장서고 있었다.

　문주왕은 자신도 동생 곤지처럼 해구에게 당할 수 있음을 알고 있었다. 앉아서 당할 수만은 없었다. 문주왕은 사냥을 핑계대고 고마나루를 건너 연미산으로 어가를 행차시켰다. 연미산에서 장인이기도 한 진남(眞男)의 병사와 합류하여 해구를 제압할 계획이었다.

　해구가 보낸 자객들이 한발 빨랐다. 그들은 대낮임에도 거침없이 왕의 시위병을 살해하고 왕마저 시해했다. 그뿐만이 아니라 왕의 시신마저 백강에 던져버리는 만행을 저질렀다. 비유왕의 아들이자 개로왕의 동생 문주는 고구려군에 의해 형이 죽고 한성이 함락되자 남은 백성과 군사를 추슬러 웅진으로 백제의 도읍지를 옮겼다. 백제의 부흥을 위해 애썼지만, 부하의 반란으로 기껏 2년을 보위에 있다가 살해되었다.

　비유왕과 비유왕의 아들 3형제 모두 비명에 간 초유의 사태가 백제에서 일어났다. 백제 5백 년 역사상 처음 있는 일이었다.

문주왕을 시해했다는 보고를 받은 해구는 즉시 웅진성에서 태자 삼근을 즉위시켰다. 열세 살의 삼근은 두려움 속에 즉위했다. 나라의 모든 일은 해구가 맡아서 했다. 백제 조정의 신료는 해구가 삼근을 죽이고 스스로 왕임을 선포할 날이 그리 멀지 않음을 알고 있었다. 해구는 연신 등을 시켜 각본을 짜고 있었다. 삼근은 양위를 위해 왕으로 세운 만큼 그 역할을 잘해내도록 가르쳐야 했다.

"나는 어리고 어리석고 병이 들어 왕업을 계속할 수가 없도다. 백제 5백 년 사직을 들어, 해씨 구에게 바치노니, 해씨 구는 천지신명의 뜻을 살피고 나라 사람의 충정을 헤아려, 기꺼이 나라를 받아 잇기를 바라노라."

삼근이 이렇게 선포하는 게 해구의 바람이었다.

세상일은 해구가 원하는 대로 흘러가지 않았다. 왕의 자리란 천운(天運)이 따라주어야 한다. 백제는 5백 년의 역사를 지닌 나라였다. 해씨 외에도 진씨나 목씨, 사씨 등 여러 대성(大姓)들이 백제의 구성원이었다. 한성의 백성 외에도 개로왕 이후 무진주 등에서 들어온 신진 세력도 만만찮은 세를 가지고 있었다.

해구가 달콤한 꿈에 젖어 잠시 방심한 사이, 왕의 외조부 진남은 자신의 병사와 목씨와 사씨의 여러 병사를 모아 웅진성을 기습했다. 해구는 구사일생으로 살아 연신과 함께 북쪽 대두성으로 도망쳤다.

해구는 대두성을 근거지로 연신과 함께 새로운 백제를 세운다며 스스로 왕을 자처했다. 진남은 우선 병사 2천을 이끌고 대두성으로 추격해 들어갔다. 해구와 연신은 진남의 공격을 간신히 막아냈다. 진남은 돌격대를 뽑아 공격하게 했다. 해구의 반란군은 나라를 세운 명분이 약했기에 결집력 역시 찾아보기 힘들었다. 어수선한 성내에서 사분오열된 반란군은 진남의 조카 진로(眞老)의 돌격대 5백 명의 기습을 막지 못했다. 돌격대는 성문을 타고 올라가 대두성 장악에 성공했다. 진로는 해구를 찾아내 단칼에 해구의 목을 쳤다.

백제의 왕이 되고자 했던 해구는 목 없는 귀신이 되고 말았다. 그의 몸뚱이는 짐승들이 파먹었다. 해구가 죽자 연신은 미꾸라지처럼 성을 빠져나가 고구려 진영으로 도망쳐버렸다.

가까스로 해구의 난을 진압한 진남은 웅진성에 있던 연신의 처자식을 모두 찾아냈다. 그들을 저잣거리에서 목을 베어 장대에 높이 매달았다. 삼근왕은 구경삼아 저잣거리에 나갔다. 장대에 매달린 연신 처자식의 부릅뜬 눈을 보고 삼근왕은 그만 정신을 놓아버렸다.

삼근왕은 어린 나이에 너무 많은 일을 겪었다. 원체 약체이기도 했지만, 이삼 년 사이에 겪은 일로 인해 충격을 너무 많이 받았다. 삼근왕은 기력이 완전히 빠져 시름시름 앓아 식음을 전폐하다시피 했다. 사람도 알아보지 못하는 혼수상태가 지속되었다. 잠시 정신을 차렸다가 다시 혼절했다. 누가 보아도 삼근왕이 건강을 회복해 정사를 볼 수 있을 것 같지 않았다. 백제 조정의 원로인 진남은 외손자를 측은히 바라보며 아무래도 다음 왕을 미리 정해야겠다고 마음먹었다. 그게 백제의 정국을 안정시키는 방법이었다. 삼근왕 이후의 계승자가 없다면, 또다시 해구 같은 자가 또 날뛸지도 몰랐다. 진남은 달솔 진로 등 여러 대신을 모아놓고 누가 다음 왕이 되었으면 좋은지를 숙의했다.

그들은 왜국에 있는 개로왕의 아들 사마와 곤지의 아들 모대를 저울질했다. 왕위 계승 서열로 보면 개로왕의 아들 사마가 우선이었다. 사마가 곤지 아들 모대보다 두 살이 많기에 왕으로서는 더 적합했다. 해구를 처단하면서 조정에서 발언권이 커진 진로가 말했다.

"모대는 곤지왕자님의 아들입니다. 곤지왕자님은 왜국과 유대관계가 깊었다 하오. 곤지왕자님의 아들을 모셔와야 합니다."

진씨를 중심으로 한 백제의 신료들은 사마가 아닌 모대를 더 마음에 들어 했다. 모대는 곤지의 아들이었기에 백제의 부흥에 필요한 인력과 자금을 더욱 많이 지원받을 수 있다는 계산 때문이었다. 16년 동안 왜국 하내지역에 닦아놓은 곤지의 기반을 충분히 활용하기 위해서는 곤지의 아들이 더 유리할 터였다. 달솔 진로가 왜국으로 가서 모대를 모셔오기로 했다.

사마는 삼촌 곤지가 암살당했다는 소식을 늦게서야 들었다. 이어 아들 모대 역시 그 사건을 알게 되었다. 아버지가 돌아가셨다는 소식에 완전히 식음을 전폐한 각라부인을 간호하다가 모대는 왜왕을 찾아갔다. 분통이 터졌다. 왜국의 병사를 빌려 백제로 쳐들어가서 원수를 갚고 싶었다. 모대는 병사를 빌려달라고 간청했다.

"네가 지금 열일곱이지? 겨우 열일곱. 스무 살도 되지 않은 녀석이 어찌 군사를 이끌고 싸움을 하겠느냐, 기다려라. 다 때가 있다. 모대, 네가 활을 잘 쏜다고는 하나 그것만으로는 전쟁에서 이길 수는 없다."

모대와 사마가 울분에 차서 화살을 허공으로 날리고 있을 무렵 백제의 진로가 왜국으로 건너왔다. 달솔 진로는 축자를 지나면서도 사마는 만나지 않고 바로 하내로 갔다. 진로는 모대를 만났다. 그는 모대에게 삼근왕의 목숨이 경각에 달려있기에 누가 봐도 오래 살 수가 없다고 했다. 다음 왕으로 곤지왕자님의 아들 모대를 모시는 게 백제 사람의 소망이라고 말했다. 모대는 당황스러웠다. 열일곱의 나이였다. 앞으로의 삶에 지대하게 영향을 미칠 어떤 결정을 해본 적이 없었다. 모대는 진로와 함께 왜왕을 찾아갔다.

왜왕은 진로에게 왜 사마가 아니라 모대를 모시려 하느냐고 묻지 않았다. 왜왕은 개로왕의 아들인 사마보다는 곤지의 아들인 모대가 더 친근했다. 모대가 왕이 되면 앞으로 왜국이 백제의 여러 문물을 들여오는데 더 편리하다 생각했다. 곤지가 그런 일을 썩 잘했기 때문에 그 아들에게도 믿음이 갔다. 왜왕은 모대에게 백제의 왕이 되라 했다.

모대는 뛸 듯이 기뻤다. 자신이 백제의 왕이 된다니, 그건 꿈에도 생각해보지 않은 일이었다. 아버지 곤지도 왕이 되지 못했는데, 자신이 왕이 된다? 더욱 기쁜 건 자신을 왕으로 추대하러 왜국까지 찾아온 진로가 아버지의 원수를 갚았다는 점이었다. 진로가 해구를 죽였으니 그는 백제에서도 모대의 든든한 후원자가 되어 줄 것이 틀림없다. 다만 사촌형이기도 하고 형이기도 한 사마가 마음에 걸렸다. 사마 형이 왕이 되어야 하는 게 아닌가? 모대는 열일곱 나이였기에 순진했다. 진로에게 사마가 자신보다 우선 순위가 아니냐고 물어보았다.

진로는 두 가지를 이야기했다. 첫째, 사마는 개로왕의 아들이다. 개로왕이 결국 나라를 망친 장본인이다. 그런 왕은 폐주(廢主)나 마찬가지다. 폐주의 아들이 왕이 될 수는 없다. 둘째, 사마보다는 곤지의 아들인 모대가 왕이 되어야 왜국으로부터 많은 지원을 받을 수 있다. 그게 모대 아버지 곤지의 유산이다. 그 두 가지 이유로 백제 백성은 사마보다 모대를 원한다고 했다. 모대는 충분히 이해했다. 모대는 진로의 말대로 기꺼이 왕이 되기로 했다.

왜왕은 모대가 백제로 떠날 때 병사 5백 명을 모대에게 주었다. 5백 명에게 모대의 시위대가 되어 백제에 가서도 모대를 굳건하게 지키라했다. 5백 명의 군사가 모대에게 큰 힘이 될 게 확실했다. 그 정도 군사만 있었어도 아버지 곤지는 그렇게 허망하게 가지 않았을 게 틀림없었다. 모대 일행은 배 열 척에 나누어 타고 화급히 백제로 향했다. 축자에서 사마는 모대를 환송하며 말했다.

"모대야, 이제 네가 백제 왕이 되는구나. 강한 왕이 되어 내 아버지의 원수도 갚아다오. 나는 여기서 힘을 기르고 있겠다."
"형님, 내가 형님 자리를 뺏은 기분입니다."
"다 운명이다."

모대를 보내고 부두에서 사마는 뜨거운 눈물을 흘렸다. 동생과의 이별이 아쉬워서 흘리는 눈물은 아니었다. 분하고 원통해서였다. 형인 자신이, 왕의 아들인 자신이 왕이 되지 못하고 동생인 모대가 왕이 되어 떠나는 게 너무 서러웠다. 그렇다고 우격다짐으로 자신이 가겠다고 할 수는 없었다.

사마는 한동안 축자의 서쪽 해변에서 낚시만 했다.

낚시하다 보면 뜻밖에도 물고기의 입장을 들여다볼 때가 있다. 역지사지(易地思之)라고 했던가. 처지를 바꾸면 세상도 달라 보인다. 미끼를 바꾸면 안 잡히던 물고기가 잡히고 물때가 바뀌면 잘 잡히던 물고기도 안 잡힌다. 미끼 하나가, 사소한 물흐름이 물고기의 생사를 좌지우지한다. 물때가 바뀌고 큰 물고기 하나를 잡아내면서, 사마는 사람이 죽고사는 일도 한순간에 바뀔 수도 있다는 생각을 했다.

모대를 보내면서 사마는 어른으로 성장했다. 축자 사람들은 큰 키에 나이답지 않게 후덕한 얼굴에 인품마저 관대한 사마를 좋아했다. 왜왕은 그런 소문을 듣고 사마를 하내로 불러 곤지와 모대의 빈자리를 채우게 했다. 어머니 각라부인이 허전해서 큰아들과 가까이 있게 해달라고 왜왕에게 간청한 결과이기도 했다.

진로가 모대를 모시고 백제에 도착하기 직전, 기미년[80] 11월 삼근왕이 죽었다. 재위 기간은 2년 2개월이었다. 개로왕이 아차산 아래에서 비명에 간 뒤, 뒤를 이은 개로왕의 동생 문주왕은 2년, 그 뒤를 이른 문주왕의 아들 삼근왕은 겨우 2년 2개월을 다스리고 저세상으로 갔다.

고구려의 거듭되는 압박과 나라 안의 내분으로 인해 백제는 건국 이후 최대의 위기를 맞이했다. 백제의 희망은 왜국에서 돌아온 곤지의 아들 모대였다. 모대는 삼근왕이 죽자 바로 왕으로 즉위했다. 모대가 데리고 온 5백의 왜국 병사는 어머니의 고향 축자에서 온 병사들이었다. 그들은 웅진성 부근에서 대부분 백제 여인과 결혼하고 평생을 살았다.

---

80) 479년

34

사로국 장군 덕지는 백제 상좌평 문주의 요청에 따라 1만의 구원군을 이끌고 백제를 구원하러 갔었다. 사로국군이 삼년산성을 지나 한성으로 진격하고 있을 무렵, 이미 백제의 한성이 함락되고 개로왕이 전사했다는 소식이 들려왔다. 이어 덕지는 남하하는 백제 패잔병과 피난민을 만났다. 덕지장군은 그들을 호위하면서 대두산성 부근까지 서진하였다. 고구려군은 백제 패잔병의 후미를 따라 추격하고 있었다. 사로국 군사가 그들을 호위하자 고구려 군사가 싸우자고 달려들지는 않았다. 고구려군은 사로국군과는 대적하기 싫은 듯했다. 이윽고 해구가 이끄는 백제의 정예병이 대두산성에 합류하자 덕지장군은 사로국으로 귀환했다.

덕지장군은 자비왕에게 개로왕이 전사하고, 이어 문주왕이 즉위한 자초지종을 보고했다. 그때그때 소식을 들었지만, 덕지장군의 전체적인 설명을 듣고 사로국 조정은 경악을 했다. 동맹국 왕이 적에게 붙잡혀 목이 달아났으니 그럴 만도 했다. 게다가 고구려군은 물러가지 않고 계속 남진하여 백제를 압박하고 있었다. 사로국 국경에 도달할지도 몰랐다.

사로국 전체가 혼란스러워졌다. 자비왕은 화백회의를 소집했다. 고구려가 여세를 몰아 사로국으로 쳐들어올 경우를 대비해야 했다.

덕지장군은 화백회의에서 말문을 열었다. 한수 일대를 완전히 장악한 고구려군이 기세를 몰아 사로국으로 진격했을 때 사로국이 고구려군을 막아내기는 쉽지 않다. 백제가 동맹이기는 하지만 지금 상황에서 백제는 자기 앞가림하기도 바쁜 처지다. 더군다나 고구려군은 기습에 아주 능하다. 백제의 전철을 밟지 않기 위해서는 한성처럼 평지에 왕성이 위치하면 곤란하다. 고구려 기병이 현재의 왕성인 반월성을 에워싸면 개로왕처럼 당할 우려가 다분하다. 마침 이런 때를 대비해서 산성인 명활성을 수리했으니, 왕성을 옮겨야 한다. 덕지장군의 주장이 그랬다.

자비왕은 물론 사로국 조정의 모든 신하와 6부 귀족이 덕지장군의 제안을 옳다고 여겼다.

"지금 고구려군은 매우 강합니다. 실직에서 바로 동해안을 타고 서라벌로 진격하면 사나흘이면 서라벌에 도달합니다. 고구려군은 사냥감을 채는 맹금처럼 움직입니다. 바로 왕을 노리고 속전속결로 서라벌로 들어옵니다. 예전 담덕왕 때부터 고구려군은 철갑기병을 중심으로 빠른 기습전을 펼쳤습니다. 이번에 백제도 기습에 당했습니다. 우리는 명활 산성으로 대왕의 살림과 조정을 옮겨 고구려의 기습에 대비하고 각 지역의 산성을 활용해야 합니다. 산성을 더욱 굳건하게 쌓고, 무너진 곳은 다시 튼튼하게 쌓고 식량을 비축해야 합니다. 고구려군이 쳐들어오면 산성으로 가지고 가지 못할 식량은 모두 태우고 백성들도 산성으로 들어가서 함께 싸워야 합니다. 고구려군이 왕성을 공격할 때 우리는 각지에서 고구려군의 군량 보급선을 끊고 밤에는 공격하고, 적이 반격하면

산으로 도망쳐야 합니다. 적을 지치고 피로하게 만들어야 합니다. 그러면 우리는 이길 수 있습니다."

자비왕은 지체하지 않고 덕지장군의 계책대로 월성에서 명활성으로 왕궁을 옮겼다. 명활성은 월성에서 가깝기는 해도 월성 동쪽 산지에 있어 상당히 험준했다. 명활성은 월성에 비한다면 모든 게 불편했다. 왕실 사람이나 시위대, 심지어 시종들 조차도 백제가 방심하고 있다가 개로왕이 죽었다는 사실을 알기에 불평하지 않았다. 고구려는 백제와 사로국이 합쳐 죽을힘을 다해 싸워도 감히 대적하기 힘든 상대다. 백제가 망가졌으니 사로국은 더 힘들게 되었다.

고구려의 첩자들은 사로국이 고구려의 기습에 철저히 대비하고 있음을 순지장군에게 알렸다. 고구려로서는 싸우자면 도망가고 따라가면 기습하는 사로국이 백제보다 싸우기가 까탈스러웠다. 그렇다고 해도 그냥 둘 수는 없었다. 사로국은 백제에 구원군까지 보냈다. 어떻게 해서든 응징을 가해야 했다. 얄미운 사로국에 본때를 보여주어야 했다. 사로국의 국력을 피폐하게 만들어 고구려에 감히 대항하지 못하게 해야 했다.

고구려 거련왕은 비열홀[81]에서 왜국으로 가는 동해 항로로 병선을 띄워 왜왕에게 사람을 보냈다. 고구려에서 왜국으로 가는 남서 항로는 백제와 가야가 영유한 바다를 거쳐야 하기에 불편하기 짝이 없었다. 고구려에서는 동해의 포구에서 출발하여 우산국을 경유하여 왜국의 서남쪽 해안에 도달하는 동해 항로를 개척했다. 고구려는 왜왕이 좋아하는 질 좋은 비단과 불경을 선물로 보내어 왜왕의 환심을 샀다. 내친김에 왜

---

81) 지금의 동해안 원산 지역으로 추정.

왕에게 사로국 공략을 부추겼다. 왜왕으로서는 손해 볼 일이 아니었다. 왜왕은 서쪽 변방의 지방 호족을 사주했다. 축자 지역의 흩어진 호족들은 도적의 형상을 하고 사로국을 침탈했다.

병진년[82]에 사로국 동해안으로 침입한 왜적은 민가를 불태우고 부녀자를 겁탈했다. 백성을 약탈해 재물을 빼앗았다. 덕지장군이 서라벌 중앙군을 이끌고 기습하여 2백여 명을 죽이고 일부는 사로잡았다. 이듬해도 왜적은 다섯 방면으로 군사를 나누어 서라벌로 쳐들어왔다. 대비가 있었던 사로국 군사는 이들을 잘 막아냈다. 왜적은 사로국 병사가 강하면 재빨리 포구로 가서 배를 타고 도망치는 방법을 썼다.

가끔 왜적은 해안가의 민가 약탈에 만족하지 않고 내륙 깊숙이 침입하여 분탕질을 쳤다. 사로국이 왜적을 막으려면 수군을 강화해 해상에서부터 왜적을 차단하는 방법이 최선이었다. 차단에 실패해도 다음 방법이 있었다. 사로국 수군이 포구에 정박 중인 왜선을 찾아내 침몰시켰다. 퇴로가 막히면 왜적은 죽거나 사로잡힌다. 그런 일이 가끔 일어나자 왜적은 당연히 사로국 수군을 두려워했다. 사로국 수군이 활약하기 시작하자 왜적의 침입도 줄어들었다.

왜적의 침입이 잦아들면서 사로국에는 평화가 찾아왔다. 그 평화는 항구적이 아니었다. 사로국의 동해안 백성들은 왜적이 언제 어디에서 나타날지 몰라 안심할 수 없었다.

어수선한 가운데 기미년[83] 명활성에서 자비왕이 승하하였다. 자비왕의 맏아들 비처가 열일곱 살에 사로국 왕으로 즉위했다.

비처가 즉위한 다음 해 고구려는 말갈을 사주하여 하슬라를 기습하게 했다. 사로국은 비록 실직을 고구려에 점령당했지만, 해로를 통해 하

---

82) 476년
83) 479년

슬라성에 군량을 공급하고 있었다. 하슬라의 사로국 군사들은 이하 부근에서 말갈 군사를 물리쳤다. 이 싸움에서 덕지장군의 부관이었던 장군 실죽(實竹)이 큰 공을 세웠다. 경신년[84] 11월의 일이었다. 승세를 타고 덕지장군도 6부 중앙군을 동원해 실직을 점령했다. 큰 저항 없이 사로국군은 서라벌에서 실직을 지나 하슬라에 이르는 육로를 확보하게 되었다.

하슬라에서 덕지장군은 실죽장군과 반가운 해후를 했다.

"대장군을 뵙습니다."

"허허, 대장군은 무슨, 그래 이번 말갈과의 전투에서 실죽장군이 혁혁한 공을 세웠소."

"공은 무슨 공입니까? 다 대장군께서 해로와 육로로 군사와 군량을 제때 보내주신 덕분입니다."

"그게 다 우리 사로국 수군이 강해졌기 때문이지. 이번에 실죽장군이 더 수고를 해주어야겠소. 대왕께서도 실죽장군의 승전보에 무척 기뻐하고 계시오."

"명을 내리소서, 대장군."

"이번에 비열홀까지 진격해서 아예 고구려의 동해 항로를 차단합시다. 고구려는 비열홀에서 배를 띄워 왜국과 통교합니다. 실죽장군이 나보다 더 알고 있지 않소? 지난번 고구려가 백제 한성을 함락할 때 우리 병사가 백제를 지원하러 간 이후, 부쩍 왜적의 침입이 늘었소. 이게 다 고구려의 사주가 아니고 무엇이겠소."

"그러니 아예 비열홀을 우리가 차지하자 이 말씀이시죠? 비열홀보다

---

84) 480년

더 북에 있는 고구려 포구는 평양성에서 거리가 너무 멀다고 합니다. 비열홀을 차지하여 동해에서 왜와 고구려를 완전히 차단하여 고구려 배가 왜와의 통교를 못 하게 만들면……"

"무엇보다 왜적의 침입이 줄어들겠지. 그게 우리 사로국 백성의 소원이란 걸 실죽장군도 잘 아시지요? 추운 겨울이지만, 고구려군도 춥기는 마찬가지이니 당장 군사를 움직입시다."

실죽은 승전의 여세를 몰아 보기병 3천을 이끌고 동해 해안을 따라 비열홀까지 진격했다. 사로국 수군 병선 10여 척도 비열홀로 쳐들어갔다. 사로국 군사의 기습을 예기치 못했던 고구려의 비열홀 방어 군사들은 죽거나 사로잡혔다. 대다수는 도망을 쳤다. 사로국군은 고구려 병선 몇 척을 노획하고 비열홀을 점령한 뒤 방어하기 좋은 성을 쌓기 시작했다. 전해 11월부터 시작한 사로국군의 비열홀 점령은 이듬해인 신유년[85] 1월이 지나서야 마무리가 되었다.

비열홀을 점령했다는 덕지장군의 보고를 받자, 비처왕은 비열홀로 행차하기로 했다. 사로국으로서는 왜적의 침입을 원천적으로 차단하는 게 무엇보다 중요했다. 왜적이 고구려와 밀접해지면 곤란해지는 건 사로국이었다. 젊은 왕 비처는 의욕이 넘쳤다. 비처왕은 병선을 이용하여 동해 연안을 따라 북상하여 2월 초가 되어서야 비열성에 이르렀다.

비처왕은 동해를 따라 북상하며 눈 덮인 동해 연안의 산들이 얼마나 아름다운 산악미를 풍기는지 두 눈으로 똑똑하게 구경했다. 비처왕이 비열성에 도착했을 때 차가운 눈보라가 몰아치는 가운데서도 병사들은 열심히 성을 쌓고 있었다. 비처왕은 서라벌에서 가져온 따뜻한 겨울

---

85) 481년

옷을 지급하고 술과 고기를 하사하여 병사들을 위로했다. 비열성을 쌓고 동해 포구를 확보하는 일은 사로국의 영역을 넓히는 일이기도 했다. 비열성은 고구려와 왜적의 교통을 차단하고 동해의 제해권을 확보하기 위해 쌓은 성이었다. 고구려 수군의 동해 근거지를 완전히 없애버리기 위해 비열성이 필요했다. 건국 이후 수없이 왜적의 침입에 시달려온 사로국으로서는 왜적 방비는 고구려 방비만큼이나 중요한 일이었다. 비처왕은 군사들을 독려하여 성을 쌓은 실죽장군에게 후한 상을 내렸다.

동해 비열홀이 사로국 군사에게 점령당했다는 보고를 받은 거련왕은 어린아이에게 뒤통수를 맞은 기분이었다. 거련왕은 바로 제우장군에게 명을 내렸다.

"사로국을 그냥 두지 말라."

제우장군은 고구려군 1만을 편성해 말갈 군사와 비열성으로 쳐들어갔다. 실죽은 죽기를 각오하고 싸우려 했으나 중과부적임을 깨달았다. 대부분의 사로국 군사와 함께 병선을 타고 이하의 하슬라성으로 후퇴했다. 도망가면서 남은 병선은 모두 불태웠다.

분기탱천한 제우장군의 고구려 군대는 하슬라성을 내버려두고 기병을 앞세워 질풍노도처럼 동해 해안을 따라 진군했다. 그 사이 사로국의 덕지장군은 백제에 구원병을 요청하였다. 고구려 군대는 먼저 호명성[86]을 빼앗고 인근 성을 차례로 공략했다. 사로국의 산성은 3백여 명에서 5백여 명이 지키는 작은 성이지만, 함락하는 데는 많은 시간이 필요했

---

86) 오늘날의 경북 영덕

다. 고구려 군대는 후방의 기습을 두려워하여 하나하나 성을 깨뜨리면서 전진했다. 고구려 군대는 마침내 7개의 성을 함락시키고 미질부[87]까지 진군했다. 미질부에서 서라벌까지는 불과 이틀이면 도달할 수 있는 거리였다.

사로국의 절체절명의 위기였다. 제우장군은 고구려 군대가 너무 깊숙하게 사로국 영토로 들어왔음을 깨달았다. 승리했다고는 하나 시간이 너무 지체되었다. 보급선이 길어져 군량 확보도 어려워졌다. 이때 백제와 대가야 지원군이 미질부에 도착했다. 사로국은 백제의 모대왕에게 원병을 요청했다. 백제의 모대왕은 한술 더 떠 대가야의 하지왕(荷知王)에게도 사로국 구원에 참여하라고 압력을 넣었다. 대가야 군사는 거리상 사로국에 더 가깝기에 백제군보다 더 빨리 미질부에 도달할 수 있었다.

덕지장군은 백제와 대가야의 연합군이 도착하자 반격을 시작했다. 내륙으로 통하는 산악지역에는 고개마다 연합군 군사를 배치해 고구려 군대의 퇴로를 막았다. 주축인 사로국 군사는 동해안을 따라 북상하면서 고구려군을 압박했다. 고구려군은 황급히 북으로 철수했다. 고구려군이 이하에 이르렀을 때 고구려 군사는 하슬라성에 주둔한 실죽의 군사와 미질부에서 추격하던 덕지장군의 군사에 의해 포위되었다. 고구려군의 활로는 이하 서쪽의 대령(大嶺)[88]뿐이었다. 산악전에 익숙한 말갈 병사가 활로를 뚫으며 고구려군은 간신히 대령을 넘었다. 하지만 사로국군은 끈질기게 추격하면서 고구려 군사 1천여 명을 참살했다. 고구려군의 처참한 패배였다.

이하 싸움은 백제 한성을 함락한 지 6년 만에 처음으로 승승장구하

---

87) 오늘날의 포항 북부 흥해
88) 오늘날의 강원도 대관령으로 추정.

던 고구려군이 패배한 전투가 되었다. 사로국군은 대령을 경계로 내륙으로 더 들어가지 않았다. 사로국군에게 고구려군은 여전히 두려운 존재였다. 사로국군은 동해안의 포구 확보가 가장 큰 목적이었다. 고구려와 왜국의 직접 통교를 막으면 왜적도 쳐들어오지 않았다. 고구려가 원흉이었다.

사로국군은 이하에서 동해안을 따라 북으로 진군했다. 우산성(牛山城)[89]을 지나 과현(戈峴)에 이르렀다. 과현 아래에 호산성(狐山城)[90]을 쌓았다. 호산성에서 비열홀까지는 보병이 이틀이면 도달할 수 있는 거리였다.

사로국군이 동해안 방어에 익숙한 실죽장군을 내세워 여러 성을 굳게 지키자, 갑자년[91]부터 고구려군은 내륙으로 진격 방향을 바꾸었다. 고구려 군사는 죽령을 넘어 모산성(母山城)[92]까지 진격해 들어왔다. 사로국은 백제에 구원병을 청하는 한편 덕지장군이 중앙 6부군을 편성하여 출정하였다. 모산성이 함락되면 서라벌까지는 기병이 이틀이면 도달하는 거리였다. 사로국으로서는 겁나지 않을 수 없었다. 명활산성으로 도망친 게 천만다행이었다. 백제의 모대왕과 병관좌평 진로는 신속히 백제군을 보냈다. 사로국과 백제 연합군은 모산성에서 고구려군을 물리치고 죽령까지 밀고 올라갔다. 고구려군은 상당한 손실을 내고 죽령 이북으로 물러갔다.

거련왕은 19세에 즉위했다. 담덕왕에 이어 크게 확장된 제국 고구려의 태왕으로 군림했다. 무려 79년을 보위에 있었다. 거련왕은 서쪽 위

---

89) 오늘날의 강원도 거진
90) 오늘날의 강원도 고성
91) 484년
92) 오늘날의 경북 의성

나라가 강성해지자 도읍을 평양으로 옮겨 백제와 사로국을 핍박했다. 고구려의 평양 천도는 이후 백제와 사로국 연합과의 치열한 전쟁을 예고했다. 거련왕은 선수를 쳐서 백제 한성을 공략해 개로왕을 전사시키고 고구려 국경을 남쪽으로 크게 확장했다.

백제와 사로국은 거련왕의 고구려에 맞서 동맹을 맺었다. 백제와 사로국은 살아남기에도 바빴다. 백제는 북에서 고구려의 압박이 심해지자 가야와 왜국과 사로국 동맹 체제를 형성하여 남해안의 옛 마한 지역을 직접 지배하면서 활로를 찾고자 했다. 한수 유역의 나라 터를 빼앗긴 만큼 아래쪽 나라 터를 넓혀 그만큼의 나라 영역을 유지하고자 했다. 개로왕이 전사한 뒤 문주왕, 삼근왕을 거쳐 곤지의 아들 모대가 왜국에서 귀국하여 왕이 되었다. 모대왕이 통치하면서 백제는 점차로 안정을 찾았다. 웅진은 새 도읍지의 면모를 갖추어 나갔다. 모대왕은 백가(苩加)를 위사좌평에 임명하여 국왕 직접 통치를 강화했다.

사로국은 거련왕 초기에 고구려의 위성 국가였다. 눌지왕이 고구려를 배신하면서 자립에 성공했다. 처음 사로국은 고구려의 문물을 받아들였다. 이후 백제와 동맹을 맺으면서 백제에서도 여러 문화를 배웠다. 그 결과 사로국도 점차 나라 꼴을 갖추어갔다. 사로국이 강성해지면서 중간에 있는 가야를 두고 백제와 사로국 두 나라는 친선은 유지하되, 속으로는 누가 먼저 가야를 차지하는가 하는 치열한 경쟁을 시작했다. 이모두 거련왕의 남진(南進)이 가져온 필연적 결과였다.

고구려 거련왕은 아버지 담덕왕에 이어, 나라의 영역을 더욱 확장했다. 거련왕은 연나라를 흡수하고 위나라와 국경을 맞대면서 평화를 구축했다. 평양으로 도읍을 옮겨 나라의 살림을 윤택하게 했다. 고구려는 차령, 조령, 죽령 이북까지 남쪽으로 나라 터를 확장했다. 거련왕은 그 것에 만족하지 않고 죽을 때까지 백제와 사로국에 대한 공략을 중지하 지 않았다. 거련왕 치세에서 고구려 백성은 대체로 평화롭게 살았다. 나 라 터 안에서 큰 전쟁은 없었다. 원정 전쟁에서 획득한 부와 노예가 고 구려 안에 쌓였다. 고구려 백성에게는 태평성대였다.

신미년[93], 동방의 큰 별이 떨어졌다. 오래도록 고구려를 통치했던 군 주 거련왕이 저세상으로 떠났다.

모든 역사가 그렇듯이 변화는 작은 곳에서 일어난다. 처음에는 그것이 무엇인지, 앞으로 그것이 어떤 방향으로 나아갈지 아무도 알지 못한다. 작은 씨앗이 바람에 날려와 한 줌의 흙에 뿌리를 내려 큰 나무 될지 알지 못한다. 어디에선가 씨앗 하나가 나타나 사로국 어딘가로 날아갔다.

(소설의 이야기는 1권으로 이어집니다.)

---

93) 491년